Louise, die Witwe eines südfranzösischen Fischers, lädt ihre drei erwachsenen Kinder und ihre übrige Familie zu einem Abendessen. Je näher das geplante Familientreffen rückt, desto mehr Erinnerungen an Vergangenes werden wach. Eifersucht, Verbitterung, zärtliche Melancholie, aber auch verzweifeltes Bedauern über Geschehenes beginnen die Geladenen einzuholen. Die Vergangenheit entwickelt ein Eigenleben, Erinnerungen bringen immer neue, andere Erinnerungen hervor, und aus diesen inzestuösen Vereinigungen entstehen Fabeln, bis sich am Ende auch der verstorbene Armand, Tyrann und gewalttätiger Vater, zu Wort zu melden scheint: »So ist es nun mal, die Lebenden verformen das Gedächtnis der Toten, nie sind sie weiter von ihrer Wahrheit entfernt.«

Jean-Baptiste Del Amo, 1981 in Toulouse geboren, lebt in Montpellier. Für seinen Debütroman »Die Erziehung« wurde er 2009 mit dem Goncourt du Premier Roman ausgezeichnet. Er war Stipendiat der Villa Medici in Rom.

Jean-Baptiste Del Amo bei btb
Die Erziehung. Roman (74616)

Jean-Baptiste Del Amo

Das Salz

Roman

Aus dem Französischen
von Lis Künzli

btb

Die französische Originalausgabe erschien 2010
unter dem Titel *Le Sel* bei Éditions Gallimard.

MIX
Papier aus verantwortungsvollen Quellen
FSC® C083411
FSC
www.fsc.org

Verlagsgruppe Random House FSC® N001967
Das für dieses Buch verwendete FSC®-zertifizierte
Papier *Lux Cream* liefert Stora Enso, Finnland.

1. Auflage
Deutsche Erstveröffentlichung August 2014

Umschlaggestaltung: semper smile, München
Umschlagmotiv: Laura Barisonzi/Gallery Stock
Satz: Uhl + Massopust, Aalen
Druck und Bindung: CPI – Clausen & Bosse, Leck
SK · Herstellung: sc
Printed in Germany
ISBN 978-3-442-74756-6

www.btb-verlag.de
www.facebook.com/btbverlag
Besuchen Sie unseren LiteraturBlog www.transatlantik.de

INHALT

»Sie könnten Lichtinseln sein – Inseln im Strom, den ich zu vermitteln versuche: das Leben selbst, wie es dahinläuft.«

Virginia Woolf, Tagebücher
7. November 1928

ERSTER TEIL

Nona

Sie erwachte in der festen Überzeugung, die Kinder schliefen noch. Dann schlich sich der Gedanke an das Abendessen in ihr Bewusstsein und mit ihm das Gefühl dieser Präsenz, der Präsenz der Kinder in ihren Betten am anderen Ende des Flurs, ihre unter die Decken verkrochenen Körper.

Durch das Fenster glitt ein zerfasertes Licht, das sich an der Kommodenecke brach. Das Zimmer lag im Morgengrauen. Den Lärm der Wellen konnte sie im Haus nicht hören, aber die Schreie der Möwen drangen zu ihr. Wenn die Fensterläden nicht geschlossen waren und sie am Morgen auf der Seite lag, das Gesicht zum Fenster gedreht, dann war eines der ersten Bilder, das sie sah, wenn sie die Augen aufschlug, der hohe Flug der Vögel im Himmelviereck in der Wand. Manchmal zog stockend ein Wolkenstreifen vorüber. War der Morgen grau, sah Louise einen Widerschein des Meeres, Schaum, der weiß oder gar schwarz sein konnte. Ganz unabhängig von der Wetterlage beherrschten die Vögel die Stadt. Was den Menschen der See auch zustoßen mochte, gleichgültig durchschnitten sie den Himmel. Ihre Unbeirrtheit gefiel ihr, nichts konnte sie davon abhalten, ihre Schleifen zu ziehen. Meist nahm sie ihre Schreie nicht wahr, die Gewohnheit verschmolz sie zu einer vertrauten, eintönigen Kulisse, doch heute Morgen legten sie sich doppelt ins Zeug, sie aus dem Schlaf zu reißen. Vielleicht war es auch der Wind, der Richtung Haus blies und das Konzert bis zu ihr trug. Oder vielleicht war es die Unruhe wegen des Essens, die sie schon die ganze Nacht geplagt hatte.

Sie hatte geträumt, sie säßen alle um einen Küchentisch herum. Es war nicht ihre Küche, aber sie war ihr vertraut. Armand unterhielt sich mit den Kindern. Sie sah ihre Gesichter nicht und konnte ihr Alter nicht bestimmen. Auch Armands Worte waren undeutlich; das verunsicherte sie, sie bildete sich ein, sie sprächen über sie, beanstandeten das Essen oder den Zustand des Hauses. Dann fiel ihr das Schlappern ihrer Schritte auf, wenn sie zwischen Tisch und Spüle hin- und herging. Louise senkte den Blick und sah, wie sich über die Fliesen unter dem Tisch eine Wasserpfütze ausbreitete, ohne dass jemand Notiz davon nahm. Armand murmelte weiter unverständliche Worte vor sich hin, und die Kinder saßen reglos und verängstigt da. Das Wasser machte ihr Angst, es stieg immer weiter an und hatte bald ihre Knöchel erfasst. Louise forderte die Kinder auf, etwas zu unternehmen, ihr zu sagen, was da vor sich ging, doch keiner antwortete ihr, alle starrten wie versteinert Armand an. Sie erinnerte sich, wie sehr die Vorstellung sie erschreckte, dass das Wasser, das weiter anstieg, den Tisch, das Essen und die ganze Familie zu überschwemmen drohte. Da die andern tatenlos blieben, suchte Louise in allen Richtungen nach der undichten Stelle und entdeckte zu ihrer Verblüffung, dass all das Wasser aus Armand herausfloss. Es floss aus seinen Hosenbeinen, aus Kragen und Hemdsärmeln, aus dem Mund, dessen Bewegungen sie nicht sehen konnte.

Dann wurde ihr, wie das manchmal vorkommt in Träumen, die Irrealität der Szene bewusst: Sie musste aufwachen. Armand war tot, die Kinder konnten gar nicht mit ihm am Tisch sitzen. Diese Küche hatte sie frei erfunden. Da stand kein Wasser bis zu ihren Knien. Mehrmals hintereinander musste sie sich in der Nacht vor dem Essen aus diesem

Traum reißen. Sie erwachte in der Feuchte der Laken, um gleich darauf in einen ähnlichen Traum zurückzufallen.

*

Dass die Kinder noch im Bett liegen konnten, obwohl sie schon seit Jahren aus dem Haus waren und am selben Abend das von ihr initiierte Essen stattfinden sollte, störte sie nicht. Diese Absurdität, der jede zeitliche Logik fehlte, verschaffte ihr ein Glücksgefühl, ähnlich wie damals, als die Kinder am Morgen, nachdem Armand zum Hafen hinuntergegangen war, zu ihr ins Zimmer geschlüpft kamen. Kaum waren sie aufgewacht, krochen sie unter ihre Laken und umgaben sie mit ihrem lauwarmen Fleisch. Die Schlaftrunkenheit erlaubte es Louise, diese Szene noch einmal zu durchleben. Sie musste dem Augenblick entfliehen, sich vom Dämmerzustand tragen lassen, um sich am Leben zu fühlen. Sie versuchte den Eindruck ihrer Anwesenheit auszudehnen, doch während die Rollos Lichtlamellen formten und auf ihren gebeugten Arm rotbraune Streifen malten, setzte sich allmählich die Realität des Zimmers durch. Nur widerwillig löste sich Louise von der Vorstellung der Betten, der verschlafenen Gesichter ihrer Kinder im Türrahmen. Das Haus ringsum hatte die Stille und Unbeweglichkeit von Stelen. Von ihrem Zimmer aus sah sie das Labyrinth der Zimmer vor sich, und es kam ihr vor, eine Ruine, ein viel zu großes Wrack zu bewohnen. Schon andere haben versucht, die Leere zu beschreiben, die die Abschiede hinterlassen.

Louise setzte sich auf den Bettrand. Das Nachthemd rutschte ihr über die Schenkel. Sie strich mit der Fußsohle über den Teppich. Sie beschloss, die Fenster weit zu öffnen, vor dem Abend den Teppich auszuklopfen, zum Markt zu gehen, nahm sich all diese belanglosen Dinge vor, mit denen

Frauen ihres Alters sich herausputzten. Der Besuch der Kinder machte ihr Angst. Ihre Anwesenheit im Haus war schmerzhaft für sie. Dabei war es ihr Wunsch, sie kamen auf ihre Bitte heute Abend, doch sie wirkten brutal in diesen Räumen, so riesenhaft, dass Louise zu zweifeln begann, ob sie sie wirklich zur Welt gebracht hatte, und sie wie Fremde wahrnahm. Aber das war, so sagt man, nichts Ungewöhnliches, Kinder beginnen sich, sobald sie aus dem Mutterleib heraus sind, zu entfernen, zusehends unabhängiger und fremder zu werden. Louise verfolgte den Gedanken nicht weiter, beobachtete stattdessen durch das Fenster, wie es Tag wurde, und überlegte, was als Nächstes zu tun war.

Schon am Tag zuvor hatte in den Fingern wieder diese Spannung angefangen, die vertraute und gefürchtete Steifheit in den Händen. Es begann, nachdem sie mit Jonas telefoniert hatte. Als sie auflegen wollte und der Hörer ihr aus der Hand glitt, wusste sie, dass es wieder so weit war. In der Nacht wurde es schlimmer, vielleicht war das schuld an den wirren Träumen. Louise nahm die Teufelskrallenkapseln aus der Nachttischschublade, obwohl sie wusste, dass sie eigentlich die Entzündungshemmer nehmen sollte. Schon kam es ihr vor, als stäche ein Metalldraht durch die Haut ihrer Finger und bohre sich beharrlich in jedes ihrer Gelenke. Ihre Bewegungen wurden unbeholfen.

Der Besuch der Kinder erregte sie aber auch; inzwischen fühlte sie sich hellwach und wollte sich von dem Ziehen in den Fingern nicht unterkriegen lassen. Ein außerordentliches Ereignis kann den banalen Stunden, die ihm vorausgehen, einen besonderen Reiz verleihen oder sie durch den Kontrast noch schaler erscheinen lassen. Schon bevor sie da waren, gaben die Kinder dem Tag Konturen, die es Louise erlaubten, ihren Alltag anzugehen. Gewöhnlich beherrschte die

Langeweile ihre Tage. Die Gewohnheit verschmolz sie miteinander. Sie beklagte sich nicht und verlangte nichts weiter. Die Langeweile durchzog ihre ganze Existenz. Ihr Leben bestand bei genauerem Nachdenken aus einer Landschaft ohne Unebenheiten, ohne diese besonderen Momente, an die man sich gerne zurückerinnerte, ohne einen Vorsprung, von dem aus man alles unter einem neuen Blickwinkel betrachten konnte. Ein Bild nach dem andern schob sich an die Schwelle ihres Bewusstseins und rollte, vom nächsten verdrängt, zurück, ohne dass eine Welle größer gewesen wäre als eine andere. Diese Existenz konnte genauso gut eine Ewigkeit oder eine Sekunde dauern. Sie musste an die Gischt denken, von der Armand stets bedeckt war, wenn er vom Hafen zurückkehrte. Das kam bestimmt von der Gewissheit, dass hinter dem Fenster, weiter unten, gleichzeitig mit ihr der Hafen erwachte – falls er überhaupt jemals schlief. Louise sah die Netze vor sich, die gespannt und dann auf die Fischkutter gehievt wurden, die Geschäftigkeit der Seeleute, hörte ihre sich ereifernden Stimmen, nahm den Geruch ihrer Haut wahr, ihrer Hände, die von den Fischeingeweiden eisern rochen. Sie hatte diese immer von Neuem entfachte Begeisterung für das Meer nie verstanden. Die Männer gehen zum Meer, wie sie zu den Frauen gehen, werden der Frauen überdrüssig, nie aber der See. Sie dachte an Armand, ohne wirklich an ihn zu denken; die Verstorbenen sind stets in uns. Sie sind kein Bild, sondern ein unauslöschlicher Abdruck, ein Schleier, der zwischen uns und der Welt liegt und sie mit einer bitteren Melancholie tönt. Nichts mehr erreichte sie, kein Bild, kein Ton, kein Gefühl, das nicht durch die Erinnerung an Armand gefärbt war.

Louise stand auf und streifte sich einen Morgenmantel über, schlüpfte in die Pantoffeln, die sie stets ans Fußende des Bettes stellte, dann spannte sie Laken und Decken, strich notdürftig die Daunendecke zurecht. Sie nahm den Raum ringsum nicht mehr wahr, die engen, ergrauten Wände, die groben beigefarbenen Teppichmaschen; es war ein altmodisches Schlafzimmer, das mit seinen bräunlichen Tapetenbahnen im hereinfallenden Licht wie ein Polaroid-Dekor wirkte. Ihre Finger fühlten sich wie Krallen an. Louise dachte daran, wie Armand die Kinder eins nach dem anderen aus ihren Betten gezerrt hatte. Und ihr die laxe Haltung vorgeworfen hatte:

– Ich will nicht, dass meine Rangen ständig an den Rockschößen ihrer Mutter hängen.

Er war im Zimmer aufgetaucht, in sein Seemannsschweigen gehüllt – so bezeichnete Louise die Undurchdringlichkeit, hinter der er so oft verschwand, um sich durch nichts mehr erreichen zu lassen –, marschierte auf das Bett zu, riss wütend an den Laken und versuchte aufs Geratewohl Arme oder Beine der Kinder zu fassen. Erst hatten sie gelacht, und sie mit ihnen, dachten, es sei ein Spiel, aber Louises Lachen brach rasch ab, denn sie erkannte, was die Kinder noch nicht kannten: die Starrheit von Armands Gesicht. Es war im Laufe ihres gemeinsamen Lebens oft vorgekommen, dass ihr Mann sich von sich selbst entfernte. Dann veränderte sich sein Charakter. Wurde ozeanisch, dachte sie. Er verfinsterte sich, und es sah aus, als würde eine Flut ihn aus seiner fleischlichen Hülle herausspülen. Und sie hatten nur noch eine Borke vor sich, die Leere und seinen starren Blick. Sie mussten die Brandung abwarten, den Moment, in dem der vertraute Mann und Vater zurückkehrte.

Die Szene, die Gestalt annahm, während sie die Laken auf dem Bett zurechtzog, war einer dieser Augenblicke, in denen Armand dem Borkenmann Platz gemacht hatte. Die Kinder hatten verstanden, dass Armand sie tatsächlich zu greifen versuchte, sobald Louise zu lachen aufgehört und mit einem ungewöhnlichen Ton den Vornamen ihren Vaters ausgesprochen hatte in der vergeblichen Hoffnung, ihn zu besänftigen. Seine breiten, rohen Hände hatten Albin und Jonas gepackt, um sie aus dem Bett zu zerren. Louise wusste, wie sich die Rauheit dieser Hände auf ihrer Haut anfühlte. Sie wusste, dass sie beides sein konnten, sinnlich und autoritär, und die still auf das glatte Weiß ihrer Glieder ausgeübte Gewalt hatte sie hilflos gemacht. Armand hatte die Kinder in den Flur hinausgeschoben, sie waren in ihre Zimmer zurückgekehrt, während ihre schmalen Brüste unter dem Hass ihres Vaters anschwollen, ihre Arme sich vom Abdruck seiner Hände marmorierten.

– Saubande, eine ordentliche Tracht Prügel hätten sie verdient.

Als das Laken unter die Matratze geschlagen war, wurde sie von Unruhe gepackt. Armand hatte sich zwischen sie und die Kinder gestellt. Selbst jetzt, wo er tot war, blieb er das unüberwindbare Hindernis zwischen ihnen. Doch es kam für sie nicht in Frage, nur das in ihrem Mann zu sehen, worauf etwa Jonas die Erinnerung an seinen Vater beschränkte. Armand war eigen gewesen, Louise wollte nicht behaupten, ihn gekannt zu haben. Sie hatten Seite an Seite nebeneinander gelebt, in Wirklichkeit aber nur kurze Momente, flüchtige Zeitsplitter miteinander geteilt. Wie sollte sie da behaupten, sie wüsste, wer Armand gewesen war? Ein Bild, in dem ihre Erinnerungen und die der Kinder zusammenliefen, müsste dem Mann, der er gewesen war, am nächsten kommen, dachte Louise, aber vielleicht war Armand auch so noch nicht zu fassen.

Als das Bett gemacht war, blieb sie am Fußende stehen und betrachtete das Zimmer, die Finger in die Handballen gepresst. Die Gegenstände um sie herum waren erstarrt, es schien ihr, es hätte sie übermäßige Anstrengungen gekostet, auch nur eine Kleinigkeit auf irgendeinem Regal zu verrücken, unabhängig von der Arthrose, die sie zermürbte. Sie hatte nicht mehr die Kraft, gegen das Haus anzukämpfen, es ihrem Willen zu unterwerfen. Das Zimmer zu verlassen, bedeutete ins Leben einzutauchen, die Nähe des Abendessens nicht länger zu verdrängen und die Vorbereitungen in Angriff zu nehmen mit der Entschlossenheit einer Mutter, die bereit ist, ihr Bestes zu geben, um die Ihren zu empfangen. Louise stellte sich den bevorstehenden Abend, das Eintreffen der Kinder in allen Einzelheiten vor. Die Lampe unter dem Vordach würde sie in ein fahles Gelb hüllen. Die Hände würde sie verstecken, hinter dem Rücken verschränken, damit sie die roten Flecken auf den Fingern nicht sähen. Aufrecht würde sie im Licht stehen, das auf die aneinandergereihten Steinplatten herabfiel. Sie kämen einer nach dem anderen, oder vielleicht auch zusammen. In der ungeordneten Abfolge des Zufalls oder durch die Pünktlichkeit vereint. So wünschte sie sich ihre Ankunft, getreu den Augenblicken, die sie so selten zusammengebracht hatten. Sie würden auf sie zukommen, ihre Kinder, ihr Fleisch und Blut, ihre noch zu lebenden Leben. Wohlwollend würde ihr Blick sie umfangen. Während der Kies auf der Straße unter ihren Schritten knirschte, würden sie, getragen von ihren Illusionen, spüren, wie ihre Liebe die Nacht verdichtete und ihre Herzen umgab. Sie würde denken: *Habe ich es nicht geschafft, sie zu beschützen? Bin ich, wie alle Mütter, eine Versagerin?* Dabei würde sie lächeln, der goldenen Aureole gewiss, die sich um ihre Schultern legte, damit sie noch immer an ihre Unerschütterlichkeit glaubten.

Als er gestern mit seiner Mutter telefonierte, hatte er gar nicht erst den Versuch unternommen, sich mit Hicham vor dem Abendessen zu drücken. Jonas beugte sich der Verpflichtung aus Angst, sie zu enttäuschen, obwohl ihm stets graute vor dem Augenblick, da die Familie sich ohne den Vater an den Tisch setzte. Sie gaben sich gesellig, jeder mühte sich, sich von der besten Seite zu zeigen, so vage wie möglich zu bleiben. Sie achteten darauf, nicht von ihm zu reden, und Jonas wusste nicht, ob sie aus Respekt vor Louises Kummer schwiegen oder aus Angst vor dem, was von Armand zum Vorschein kommen könnte.

Hicham war im Badezimmer. Das Wasser rauschte gegen das Emaille der Duschwanne. Jonas konnte nicht mehr einschlafen und verfolgte eine imaginäre Linie Hichams Oberkörper und Bauch entlang, wo das Wasser hinunterlaufen und auf der Haut brennen musste. Wenn er an Hicham dachte, schob sich stets das Bild, die Erinnerung an Fabrice davor. An diesem Morgen war es nicht anders. Der Tag sah so aus: Hicham würde seine Praxis aufsuchen, dann die morgendlichen Hausbesuche machen. Und Jonas würde zum See gehen, um Stichproben zu nehmen. Beide wussten, dass am Abend das Essen bei der Mutter stattfand. Sein Bruder Albin, Fanny, die Älteste, ihre jeweiligen Lebensgefährten und Kinder wären da.

Hicham hatte wie gewöhnlich keine Unlust angedeutet, als Jonas das Essen erwähnte. Diese etwas weichliche Sanftmut hatte ihn gleich im ersten Augenblick, als Hicham das Zimmer im Krankenhaus betreten hatte, gerührt. Da er nicht viel von der Familiengeschichte wusste, urteilte er nicht, hatte gegen niemanden ein Ressentiment, mischte sich mit einer ungespielten Leichtigkeit und Freude, einer Unschuld, unter sie. Warum hatte Jonas trotzdem das Gefühl, sie bildeten einen Gegenpol zur Familie? Er spürte zu seinen Angehörigen eine Distanz wie zu niemandem sonst, und konnte es nicht ertragen, dass Hicham dieses Gefühl nicht teilte. Kam das Gefühl der Distanz daher, dass sie so unterschiedlich waren, oder war es der Schatten des Vaters, der stets über ihnen und selbst in ihnen auftauchte? Sie wussten alle, dass Armand sie auseinanderriss, aber auch, dass jeder von ihnen, auf seine Weise, versuchte, die Vaterliebe hochzuhalten oder sich davon zu befreien, ohne es je zu schaffen.

Einmal, als er noch lebte und sie von einem Essen kamen, hatte Jonas Hicham vorgeworfen, er buhle um die Zuneigung seines Vaters. Er hatte keine Lust zu reden, etwas erklären zu müssen, was ihm, sobald es ausgesprochen wäre, pathetisch oder erbärmlich vorgekommen wäre, aber diese Anbiederung – in Wirklichkeit eine Art Liebenswürdigkeit – war ihm zuwider.

– Du bist nicht sein Sohn, hatte Jonas gesagt. Glaub mir, er hat nur einen, und er ist unfähig zu geben, was du von ihm erhoffst. Dieser Typ ist unfähig, überhaupt irgendetwas zu geben. Egal wem. Man kann von Armand nichts erwarten; mein Vater war immer das genaue Gegenteil des Mannes gewesen, den er heute zu sein vorgibt.

Dieser Sohn, von dem er sprach, war Albin. Hicham gab ihm Recht, obwohl ihm bewusst war, dass Jonas ihn zu verletzen suchte.

– Verlang nicht von mir, dass ich ihn für etwas verurteile, wovon ich nichts weiß.

Hicham hatte diese Geradlinigkeit, die er nie haben würde.

Die Ereignisse glitten an ihm ab, alles schien selbstverständlich, und manchmal verachtete Jonas ihn dafür.

– Und außerdem, hatte er hinzugefügt, hast du doch gesehen, wie gern er mit seinen Enkelkindern zusammen ist, oder nicht?

Jonas hatte sich zum Fenster gedreht, den Blick starr auf die am Straßenrand aufleuchtenden Kilometersteine gerichtet, die durch sein Spiegelbild hindurchglitten. Es war ihm ganz einfach unmöglich, sich mit Armand und den Kindern von Albin oder Fanny im selben Raum zu befinden. Nichts kam ihm verlogener vor als die Aufmerksamkeiten, die Zärtlichkeiten, die Koseworte, mit denen er sie dann bedachte. Beim Anblick, wie die Kleinen in die Arme ihres Großvaters flogen, drehte sich ihm der Magen um. Armand konnte für sie nicht sein, was er für seine eigenen Kinder nie zu sein verstanden hatte, und Jonas hatte das Gefühl, den mickrigen Darsteller einer grotesken Rolle vor sich zu haben.

Er hatte mit Hicham zum ersten Mal in Toulouse geschlafen, am Ufer der Garonne, ein paar Monate nach Fabrices Tod. Es war ein herrlicher Sommer, absolut unvereinbar mit dem Gedanken an den Tod, und doch hatten sie ihn unter einer strahlenden Sonne, im Schatten von Zypressen und ausladenden Eichen, im Geruch von warmen Blättern und fetter Erde zu Grabe getragen. Hicham hatte ihn auf der Hinterbank seines Wagens genommen. Jonas' Kopf schlug im Rhythmus seiner Hüftstöße an den Türriegel; er entdeckte das dicke, beschnittene Geschlecht, das genau der Vorstellung entsprach, die er sich davon gemacht hatte, als er es sich unter seinem Arztkittel auszumalen suchte, und auch dem Verlangen, das er gespürt und sogleich unterbunden hatte. Jonas öffnete die Augen, sah durch die Scheibe in einen glühenden Himmel, und das durchsichtige Gesicht von Fabrice schob sich vor diese strahlenden Töne; dieses Gesicht, das er mit seinen Händen und Lippen bedeckt hatte, als es unter seinen Fingern bereits einzufallen und sich aufzulösen begann. Es war ein Moment von außerordentlicher Sanftheit, in dem jede Bewegung Hichams seinen Kummer milderte, den Klumpen löste, der irgendwo in seinem Bauch wucherte. An diesen Augenblick dachte Jonas an jenem Morgen vor dem geplanten Essen, und er überlegte, ob er masturbieren sollte, bevor Hicham aus dem Badezimmer kam. Hichams Körper war ihm so vertraut geworden, dass er Teil seiner selbst zu sein schien und es ihm manchmal, wenn sie miteinander schliefen, beinahe vorkam, als onaniere er. Ihre jeweilige Lust war nicht mehr voneinander zu trennen. Jonas verzichtete und beschloss, das Ziehen in seinem Geschlecht zu ignorieren.

Als Kinder waren sie manchmal an den Bahnschienen entlang über Sète hinausgegangen bis zum Sumpfgelände am Seeufer. In diesen Landschaften, wo die Erde und das Meer sich in einem unendlichen Kampf gegenseitig die Grenzen streitig machten, streiften sie tagelang herum. Schlamm und Schluff vermischten sich mit dem Sand, unerwartet tauchte Wasser auf, reckte sich Schilf empor. Hier erprobten sie ihre Freiheit und ließen sich wie kleine Tierchen vom Instinkt des Genusses und der Zerstreuung durch die Gegend tragen. An diese Empfindungen, an diese Entdeckung der Welt durch die Sinne dachte Jonas am Morgen vor dem Essen. Die Rosaflamingos standen in Gruppen zusammen, und er hatte eine Anhäufung von Sand entdeckt, auf der Schilf wuchs. Er schaffte es, auf Knien vorsichtig in die Mitte einer Kolonie dieser leuchtenden Vögel vorzustoßen, bis er ganz von Wasser umgeben war. Da überkam ihn das starke Bedürfnis, auf dem Inselchen zu masturbieren, es war ein ununterdrückbares Verlangen, an das er schon Stunden, manchmal Tage zuvor dachte, wenn er Schule hatte und auf den freien Samstag warten musste. Dann zog er los, von einer unwiderstehlichen Anziehungskraft geführt. Jonas ließ die Stadt hinter sich, mit Feuer auf den Wangen, erregt von der Vorstellung der Insel und der Schilfrohre, auf die er sich legen und die sich unter ihm biegen würden. Oft drückten die Angst, überrascht zu werden, oder das Gewicht dessen, was ihm vage wie eine Sünde vorkam – oder zumindest wie eine verwerfliche Tat –, auf seine Blase und zwang ihn, stehen zu bleiben, um in einen Graben oder auf einen braunen Baumstrunk zu pinkeln. Erst wenn der Sumpf und die Flamingos vor ihm auftauchten, ging er langsamer und hielt den Atem an. Es kam vor, dass sie nicht da waren; dann kehrte er mit einer großen Enttäuschung wieder um. Doch meistens erschienen die Vögel pünktlich zum Rendezvous – Jonas hatte so sehr auf diesen Augenblick der Lust gewartet, dass ihm schien, die Flamingos hätten ihn durch irgendein Mysterium genauso erhofft –, und er fand sie zu Dutzenden vor, wie sie ihre Spiegelbilder auf das dunkle Wasser warfen, mit ihren Beinen und den kuriosen Hälsen zum Angriff auf die Fische ansetzten. Wenn er in der Nähe des Deichs war, machte er sich klein, legte sich auf die Erde und krempelte ordentlich die Hosenbeine hoch, damit die Mutter nichts merkte – was sollte sie eigentlich geargwöhnt haben? Das nackte, vom Kies und Sand zerkratzte Fleisch war ihm lieber als die Schlammspuren auf seiner Kleidung, die ihm mit Sicherheit Armands Zorn eingebracht hätten. Vorsichtig und beharrlich arbeitete sich Jonas voran, ohne die Flamingos und das Ende des Inselchens aus dem Blick zu verlieren. Meist schaffte er es, ohne dass die Gruppe aufflog. Diese Eskapaden fanden regelmäßig genug statt, dass sich kein Nest bilden konnte an der Stelle, an der er sich gewöhnlich hinlegte. Wenn ihn die Schule oder etwas anderes am Kommen hinderte, musste er manchmal frische Triebe umbiegen, ganz behutsam, damit die Schilfrohre nicht brachen und die Vögel nicht aufgescheucht wurden. Im Winter vergaß er das, was einer seiner Kindheitsriten geworden war, fast wie von selbst, und im Frühling musste er dieses behelfsmäßige Lager, auf das die Vegetation wieder ihre Rechte geltend gemacht hatte, neu aufbauen. Jonas legte sich auf die blassen Gräser und das feuchte Schilf. Der Geruch des Wassers und der Pflanzen umhüllte ihn, der Schlick und der Schlamm falteten eine Art dicken Jutestoff um ihn, die schwarzen Algen bildeten einen Heiligenschein um seinen Kopf. Durch die Stängel hindurch konnte er, wenn er das Gesicht drehte, der gemächlichen Choreographie der Flamingos zusehen. Legte er sich auf den Rücken, bot ihm der Himmel sein wässriges, vom Flug der Möwen und der Bahn der Flugzeuge durchpflügtes Blau dar. Jonas schob sein Unterhemd hoch und die Hosen herunter. Das Vergnügen, das er empfand, wenn die Sonne auf seinen Bauch fiel, wenn er in diesem Bett der unberührten Natur – seiner Wonne gegenüber gleichgültig und doch Komplizin –, nach seinem Geschlecht griff, war unbeschreiblich. Für eine Ejakulation war er noch zu jung, aber er konnte stundenlang, wie ihm schien in Wirklichkeit waren es nur kurze Momente –, daliegen und sich reiben inmitten des Deichs und der Rosaflamingos.

Jonas hatte beschlossen, einen seiner Kameraden mitzubringen, von dem er glaubte, ihm das Geheimnis anvertrauen zu können. Olivier, ein Jahr älter, war größer und magerer als er selbst, und Jonas mochte das Perlweiß seiner Haut, die Kontur seiner Oberlippe, die vom Schatten seiner Nase verdunkelt wurde. Wenn sie sich im Sommer am Strand auszogen, hatte er nur Augen für diesen Jungen und seinen faszinierenden Körper. Er war noch ein Kind, aber in ihm bahne sich bereits eine Veränderung an, die für Jonas noch in weiter Ferne lag. Er betrachtete ihn als einen von ihnen, als seinesgleichen, als ein Kind von männlichem Geschlecht, aber auch als eine Sublimation dessen, was sie waren. Er kam in den Stimmbruch, unter seinen Achseln deutete sich ein Flaum an. In Olivier lauerte eine latente Tragödie, die sämtliche Freunde wahrnahmen und die Jonas unaufhaltsam zu ihm führte. Beim Anblick dieses sich verwandelnden Körpers musste man unweigerlich an den Tod denken; die Zeit hinterließ ihre Spuren und machte ihn dadurch umso begehrenswerter. Er war so kostbar und unergründlich wie es für Kinder zum Verschwinden bestimmte Gegenstände sind. Als Jonas und Olivier auf dem Inselchen am Ende des Deichs angekommen waren, zog Jonas sich aus und fing an, an sich herumzumachen in der Überzeugung, Olivier täte es ihm nach. Der Junge schaute zuerst interessiert zu, dann zog er eine verächtliche Grimasse, und schließlich stand er auf, indem er einen Schwarm Flamingos aufscheuchte, der den Himmel durchrauschte. Olivier drehte sich um und rannte davon, ließ Jonas zurück mit dem Bewusstsein einer Kluft zwischen dieser Intimität, diesem Verlangen, das er vertrauensvoll preisgeben hatte, und der Verachtung, die es bei seinem Kameraden auslöste. Er hatte sich nie zuvor Gedanken gemacht, ob seine Anziehung für Olivier normal sei. Manchmal berührte er sich und dachte dabei an ihn oder an einen herbeiphantasierten Jungen. Er schämte sich weder für die sexuelle Bedeutung seiner Geste noch für sein Objekt, und es kam ihm ganz natürlich vor, Olivier seine Lust zu zeigen. Jonas zog sich in aller Eile an.

In den folgenden Tagen trieb ihn ein neues Gefühl um: die Sorge, Olivier könnte verraten, was zwischen ihnen vorgefallen war, und die schlimmste Angst dabei war, dass die Sache Armand zu Ohren käme. Jonas begann die Heuchelei zu lernen und eine noch undurchschaubare Wahrheit zu fürchten. Aber nichts deutete darauf hin, dass sein Kamerad sich erinnerte; er schien noch immer mit demselben Vergnügen mit ihm zu spielen, machte keinerlei Anspielung auf den See, sodass Jonas das Ganze schließlich selbst mehr oder weniger vergaß. Jahre später jedoch trafen sie sich einmal in der Rue de Sète. Olivier lebte inzwischen in Paris und war bei seinen Eltern zu Besuch. Um den Alltag des alten Ehepaares mit seinen ruhigen Gewohnheiten nicht allzu sehr zu stören, stieg er in einem der schäbigen Hotels im Stadtzentrum ab. Olivier schlug Jonas vor, mit ihm ein Glas zu trinken, doch als Jonas an seinem ausweichenden Blick überrascht feststellte, dass er sich sehr genau an jenen Tag am See erinnerte, lehnte er ab.

Damals aber spukte Olivier noch in seinen Träumereien herum, und Jonas kehrte nicht mehr zum Deich zurück. Die Kinder, die sie gewesen waren, ruhten irgendwo dort zwischen dem Schlamm und der Blässe des mediterranen Himmels. Neben der Erinnerung an diese erste Anziehung durch einen Jungen behielt Jonas den Eindruck einer Symbiose, einer Verbundenheit mit der Natur zurück, das Bild eines runden, vollen Glücks. Fünfzehn Jahre später sollte er für den Schutz der Thau-Lagune arbeiten. Hätte er dort als Kind nicht die Erfahrung seiner Wollust gemacht, würde er sie dann heute mit derselben Begeisterung lieben?

Hicham kehrte ins Zimmer zurück und setzte sich auf die Bettkante. Er roch nach Seife und Rasierwasser. Jonas sah im Halbdunkel einen Schnitt am Hals, einen kleinen roten Stern aus Blut. Er streckte eine Hand aus und fuhr mit den Fingern durch den Pelz auf seiner Brust. Jonas legte seinen Kopf auf Hichams Knie.

– Bist du sicher, dass du hingehen willst?

Jonas sagte nichts. Es war im Grunde nur ein Essen, eines mehr; er sollte es nicht dramatisieren. Er dachte an die starke Verbundenheit seines Vaters mit dem Meer. Jeder von ihnen hatte sie mitbekommen. Dieses Meer, das schon vor ihnen da war und nach ihnen noch da sein würde. Sie sind mit ihm groß geworden, haben ihr Leben nach ihm ausgerichtet. Selbst jetzt, wo Armand nicht mehr da war, konnte sich keiner von ihnen dem Meer oder Sète entziehen, nicht einmal der Dickschädel Fanny. Hicham war und blieb in dieser Beziehung ein Außenstehender. Jonas wusste nicht, ob ihm die Allegorie dieses realen und zugleich imaginären Meeres bewusst war; Hicham hatte ihn auch nie nach seiner Obsession für den See gefragt, genauso wenig wie nach seinem Hass auf seinen Vater. Alles schien ihm selbstverständlich oder bedurfte zumindest keiner Rechtfertigung. Bei all seiner Sturheit, zur Familie gehören zu wollen, blieb ihm stets bewusst, dass er nicht von hier war, dass er ein Fremder bleiben würde. Jonas nahm an, dass er die Beziehung zum Meer als eine Besonderheit der Setoiser betrachtete, etwas, was den Seeleuten zustand: Nicht dass Hicham verschlossen gewesen wäre, aber sie hatten keine Worte für diesen Teil ihrer Existenz. Jonas' Versuche zu verleugnen, was sein Vater gewesen war, hatten damit nichts zu tun. Armands Bemühen, sich von seinem Sohn abzuwenden, war genauso vergeblich gewesen.

Hicham strich mit der Hand durch Jonas' Haare, aber Jonas machte sich von ihm und dem Zimmer los.

Auf Aufforderung seines Vaters hatten sie einen russischen Seemann bei sich aufgenommen, den ein Handelsschiff am Hafen ausgesetzt hatte. Jonas wusste nicht, ob sich Albin auch noch an ihn erinnerte; ihr Vater sollte später viele weitere solcher Matrosen aufnehmen, und ihre Anwesenheit spielte für sie alle eine wichtige Rolle, doch der Russe war der erste, den er konkret im Gedächtnis behalten hatte. Dieser Koloss musste sein Rückgrat beugen, um zur Tür hereinzukommen, und in die Hocke gehen, wenn er die Kinder begrüßte, deren Hände von den seinen verschluckt wurden. Dieser Mann, der selbst Vater sein musste, der auf einem dieser Landstriche, die Jonas sich schneefunkelnd vorstellte, wahrscheinlich eine Frau und Kinder besaß, hatte ihn gerührt. Abends saß Jonas auf seinen Beinen, die breit waren wie Baumstämme, sich der Dankbarkeit des Matrosen sicher, für den er einen Jungen oder ein Mädchen ersetzte, an deren Gesichtszüge der Russe sich vielleicht nur noch mit Mühe erinnern konnte. Wenn es Zeit fürs Abendbrot war, ließ Louise die Kinder in der Küche essen und brachte sie ins Bett. Aus seinem Zimmer hörte Jonas die Stimmen der Erwachsenen, die das Stockwerk hochkletterten; diese ungewöhnliche Gegenwart war für ihn eine ständige Quelle der Erregung. Der Russe sprach wenig. Wie Armand untermalte er Louises Geschwätz mit zustimmendem Knurren, sibyllinischen Sätzen. Albin und Fanny, weniger beeindruckt von dem breitschultrigen Russen als Jonas, schliefen rasch ein, er aber fand nicht in den Schlaf und beschloss, wieder aufzustehen und sich zum Treppengeländer zu schleichen, von wo er einen monolithischen Rücken sehen konnte. Seine Mutter sprach in unbekümmertem Ton über sie. Manchmal kicherte der Russe. Der Pastis und der Wein berauschten ihn.

– Und Sie, Pavel, fragte Louise, haben Sie auch Kinder?

So bekam der Russe einen Vornamen, und sein geheimnisvoller Klang mit den russischen Konsonanten verführte Jonas auf der Stelle. Er sagte ihn leise vor sich hin: *Pavel, Pavel, Pavel,* als wäre er ein Zauberspruch, durch den er ihn an sich binden könnte. Der Matrose war Vater von drei kleinen Mädchen, mit denen er telefonierte, wenn es ihm ein Landgang erlaubte, und er machte sich Sorgen um ihre Erziehung. Keine leichte Aufgabe für eine Mutter allein in den trockenen Gegenden nah der sibirischen Grenze. Nach ein paar Abschweifungen ging es um Jonas, und Armand verkündete in kategorischem Ton, dass ihm dieses Kind von allen dreien am meisten Sorgen bereite:

– Aus diesem Jungen wird nichts. Da ist nichts zu machen, er ist und bleibt ein Versager.

Pavel ließ ein mitleidiges Murmeln vernehmen. Einzig Louise versuchte, Jonas' Verteidigung zu ergreifen:

– Er ist nicht böse, ganz im Gegenteil, er ist eben ein turbulentes Kind, Sie wissen ja, was das bedeutet …

Der Russe wusste genauso wenig wie Jonas mit seinen acht Jahren, was dieses Wort meinte, und hütete sich, zu antworten.

– Eine Schwuchtel ist er, wenn Sie mich fragen, fügte Armand hinzu.

Jonas hörte, wie seine Mutter abrupt aufstand und wie auf ihrem Teller das Besteck klimperte, das ihr aus der Hand geglitten war.

– Möchten Sie noch etwas, Pavel? Einen Kaffee?

Die Szene dieses Abends musste eine von vielen gewesen sein, die Jonas gelegentlich durcheinanderbrachte, miteinander verwechselte, in keine chronologische Ordnung bringen konnte. Ihre Kindheit war geprägt von den Wutanfällen und Demütigungen ihres Vaters. Fanny, die Armand schon vor Jonas' Geburt gekannt hatte, deutete manchmal ohne große Überzeugung an, er sei früher ein liebender Mann, ein aufmerksamer Vater gewesen, an jenem Abend aber torkelte Jonas überwältigt von einer Wut auf seinen Vater, die er noch heute intakt wiederfand, in sein Zimmer zurück. Das Wort Schwuchtel kränkte ihn, und auch wenn er nicht sicher war, es zu verstehen, verwies es gnadenlos auf einen uneingestandenen und beschämenden Teil in ihm, den er instinktiv eher mit seinen Ausflügen zum See als mit seiner Anziehung für die Jungen verband. Er wünschte sich, dass Armand auf der Stelle tot umfiel, um am nächsten Morgen nicht dem schuldbeladenen Blick seiner Mutter begegnen zu müssen, wenn sie sich beim Zubereiten seines Frühstücks an diese Worte erinnern und sich vorwerfen würde, nichts gesagt zu haben. Jonas wälzte sich im Bett hin und her, malte sich Beschwörungen aus, um sämtlichen Zorn und sämtliches Unheil auf ihn zu richten. Er schwor sich, seine Erwartungen nie zu erfüllen, ohne zu wissen, dass er bereits das unauslöschliche Zeichen seiner Andersartigkeit in sich trug. Ein Krieg war erklärt worden, gegen seinen Vater und gegen sich selbst. Er verwünschte seine Mutter, dass sie Armand nicht an die Liebe erinnert hatte, die er seinem Kind schuldig war. Und auch von Pavel fühlte sich Jonas verraten, von diesem Russen, dessen majestätische Gestalt er mit Zärtlichkeiten und Aufmerksamkeiten überhäuft hatte. Pavel, der seinem Vater mit Leichtigkeit hätte Paroli bieten können und sich nicht gerührt hatte.

Jonas' Kopf lag auf Hichams Schenkeln. Er war Lichtjahre von diesem Augenblick entfernt und taumelte unsicher durch seine Erinnerungen, doch die Flamme hielt stand, trotz dieser langen Zeit. Sie hatte das Kind geleitet, das er gewesen war, und warf noch immer ihren Schein auf sein Leben. Jonas wusste, was Hicham oder seine Mutter, jeder, der gesunden Menschenverstand besaß, sagen würde: Sein Vater hatte ihn geliebt, auf seine Art. Konnte er ihm vorwerfen, dass er unvollkommen war? Aber sie wussten nicht, dass Jonas ihm nicht verzeihen konnte, dieser erbärmliche, dieser besiegte Tyrann gewesen zu sein, auch wenn der Hass mit der Zeit einem bitteren Mitleid, einer großen Verachtung gewichen war. Armand hatte seinen Sohn ungewollt stark gemacht. Jonas hatte es ihm zu verdanken, dass er dieser robuste, aufrechte Mann geworden war, den er um nichts in der Welt mehr verleugnen würde. Was Pavel betraf, so hatte Jonas ihn nie mehr wiedergesehen. Lange stellte er sich ihn auf dem Deck eines Fischkutters vor, während der Wind der Nordsee ihm ins gischttriefende Gesicht peitschte und er drei reizenden blonden Mädchen entgegenschiffte.

Sie trank einen Tee, ans Abtropfbrett gelehnt. Martin aß sein Frühstück, in die Beschriftung einer Getreideflockenpackung vertieft, aus der er von Zeit zu Zeit etwas in eine Schale Milch schüttete. Von oben hörte sie Mathieus Schritte. Ihr Sohn und sie sprachen nicht beim Frühstück, und so wanderte ihr Blick an jenem Samstagmorgen zwischen den Linien seines Gesichts, das ein Dreitagebart aus noch etwas spärlichen Stoppeln wenig anziehend machte, und den Rosetten auf den Bodenfliesen hin und her. Mathieu arbeitete an diesem Tag. Seit Leas Tod fand er, wie er sagte, in seinem Beruf als Werbefachmann genug Ablenkung, um nicht mehr an ihre Tochter zu denken. *Um nicht mehr an ihre Tochter zu denken*, genau das war die Kluft, die sich immer weiter zwischen ihnen auftat. Fanny wusste, dass er es nicht schaffte, dass er es nie schaffen würde – wie sollte er auch, wenn alles ringsum die Erinnerung an ihr Kind herauszuschreien schien? –, aber dass Mathieu nach fast zehn Jahren noch immer darum kämpfte, war ihr unerträglich. Hatte ihr Mann ein Verhältnis? Sie hatte nichts gegen sein ständiges Ausbleiben zu unternehmen versucht, und jetzt war es zu spät. Fanny wusste Bescheid über die wechselnden Beziehungen, die Mathieu in diesen letzten Jahren eingegangen war, konnte aber weder Schmerz noch Groll empfinden. Sie wusste, dass Mathieu ihr aus dem Weg ging, und nahm es ihm nicht übel. Leas Tod hatte ihr Leben angehalten: Sie stand am Bahnsteig und sah zu, wie der Zug vorbeifuhr, versuchte gar nicht erst aufzuspringen.

Fanny beobachtete Martin, die Bewegungen seines Gebisses, und merkte, wie fremd ihr auch ihr Sohn, das einzige Kind, das ihr blieb, geworden war, inzwischen ein junger Mann von zweiundzwanzig Jahren. Sie wusste nicht, was ihm Freude machte, welche Interessen er hatte. Sein Körper schien ihr unbekannt, sein Geruch schon seit Langem nicht mehr der seine. Wenn sie ihn einsog, bevor sie seine schmutzigen Bettlaken in die Trommel der Waschmaschine stopfte, während sie reglos in der Wäschekammer stand, das zerknitterte Laken in den Fäusten, und diese männliche Ausdünstung nicht wiedererkannte, wurde sie von Panik ergriffen. Sie hätte, jeder Moral gemäß, diesem Kind die Liebe, die Zuneigung schenken müssen, die sie ihrer Tochter nicht schenken konnte und nie mehr wird schenken können. Aber Fanny hatte begriffen, dass sie dazu nicht in der Lage war. Lea hatte in ihr jede Fähigkeit erstickt, für die andern oder auch nur für sich selbst zu leben. Sie hatte oft den Eindruck, in einem Leben herumzugeistern, das vom Phantom ihrer Tochter bewohnt war, und beobachtete Mathieu und Martin mit dem unendlich verwirrenden Gefühl, dass sie sich weit weg von ihr befanden. Immer wieder hatte sie die Hand ausgestreckt, und sie hatten sie nicht einmal wahrgenommen. Sie bewohnten eine gemeinsame Wirklichkeit, ihre Körper berührten sich, doch Fanny war ganz woanders. Sie lebte in einer andern Welt, in einem von Leas Abwesenheit durchdrungenen Zwischenreich.

Gleich würde Mathieu in die Küche hereinstürmen, sie auf die Stirn küssen, sich einen Kaffee einschenken, ihrem Sohn mit der Hand durch den Haarschopf fahren, sie sah auch schon die Kopfbewegung, mit der sich der Junge entziehen würde. Ihr Leben verlief in geregelten Bahnen, Tatsachen und Gesten kehrten in einer unerschütterlichen Monotonie wieder. Fanny dachte an das Abendessen und beschloss, tagsüber bei ihrer Mutter vorbeizuschauen, um nachzusehen, ob sie nicht doch Hilfe benötigte. Sie hatte sich vorgenommen, das Fliederkostüm zu tragen, hatte aber ihre dazu passende anisfarbene Viskosestola verlegt. Da Mathieu arbeitete und ihr Sohn seinen eigenen Beschäftigungen nachging, wollte sie nach Montpellier fahren. Fanny legte größten Wert auf ihre Erscheinung, genauso wie auf die Führung des Haushalts. Nichts durfte nachlässig wirken. Im Wohnzimmer herrschte eine Ordnung, die so wenig einladend war wie diese künstlichen Räume in den Einrichtungskatalogen. Von ihren Schmerzen durfte nichts nach außen dringen, jedes Aufkeimen von Gefühl kam ihr grotesk, überspannt vor. Die Leute würden sie ohnehin nicht verstehen, sie waren der hartnäckigen Ansicht, alles werde sich geben und die Zeit alle Wunden heilen.

Wenige Monate, nachdem es passiert war, ging Fanny eines Morgens wie gewohnt zum Friseur. Die Friseurin, die sie von dem Geschwätz, das sie führten, um die Zeit herumzubringen, zu kennen meinte und die um den Unfall wusste, hatte sich über dem Waschbecken an ihr Ohr gebeugt und mit einer vor Mitgefühl triefenden Stimme, während sie plötzlich mit der Hand ihre Schulter presste, gesagt:

– Glauben Sie mir, ich weiß, was Sie durchmachen, meine Schwester hat auch ein Kind verloren. Es ist furchtbar, das stimmt, aber Sie sind noch jung, und das Leben geht weiter.

Was sollte sie auf die Herablassung dieser Frau erwidern? Wie konnte sie den Trostbezeugungen der Leute Einhalt gebieten? Fanny hatte doch getan, was von ihr erwartet wurde: Sie hatte ihre Tochter beerdigt.

Als Martin sein Frühstück beendet hatte, stand er auf und ging wortlos hinaus. Fanny spülte seine Schale aus. Mathieu trank seinen Kaffee und blätterte in der Zeitung, doch sie wusste, dass er sie nur überflog, um nicht mit ihr sprechen zu müssen. Fanny freute sich darauf, ihre Brüder Jonas und Albin zu sehen, und hielt sich an dieser Aussicht fest, was sie nicht hinderte, ständig über die Wichtigkeit einer passenden Stola zu ihrem Kostüm nachzugrübeln, nicht aus Eitelkeit, sondern weil sie verhindern musste, dass Mathieu und sie Mitleid erweckten. Fanny sprach mit keinem ihrer Brüder über den Verlust ihrer Tochter. Der Umstand, dass es Jonas und Hicham versagt war, Vater zu sein, war ein wenig vergleichbar mit dieser Bindung, die ihr genommen war und die man ihr seit Langem nicht mehr zubilligen wollte, doch wie durch eine stillschweigende Übereinkunft sprachen sie nicht über Lea, und wenn ihre Mutter ihren Namen erwähnte, überließen sie sie ihrem Geschwafel. Was Albin betraf, so erinnerte sie seine Rohheit an die Armands, er gehörte zu den Männern, die keine Gefühle nach außen dringen ließen. Ihre Wege folgten einander, ohne sich zu kreuzen.

– Wann sollen wir da sein?, fragte Mathieu.

Fanny stellte Martins Schale aufs Abtropfbrett.

– Um acht. Ja, acht Uhr, das scheint mir das Beste, antwortete sie.

Sie trocknete die Hände und wollte noch etwas hinzufügen, doch Mathieu nickte nur und sagte nichts weiter. Sie schauten einander an, als beschäftigten sie sich mit dem Beginn des Abendessens, während sie in Wirklichkeit überlegten, wie sie die Distanz zwischen sich verringern konnten. Sie wusste, dass sie für ihn ein Mysterium darstellte, eine von der Zeit überholte Gestalt, einigermaßen vertraut und doch unerreichbar. Zweifelte er in diesem Augenblick daran, eine einzige Person vor sich zu haben? Manchmal schien Fanny ihr Leben wie eine Maskerade, kam sie sich wie eine Usurpatorin vor. Hatte sie eine legitime Berechtigung in dieser Küche zu sein, als Ehefrau und Mutter, oder würde sie für immer der Schatten von Lea bleiben? Ihr Mann begehrte sie nicht mehr, schlief nur noch aus Gewohnheit, aus Pflichtgefühl mit ihr, vielleicht in der Hoffnung, ihren Argwohn nicht zu erwecken. Mathieu streckte ihr seine Tasse entgegen, und Fanny betrachtete den Ring, den der Kaffee auf dem Emaille hinterlassen hatte.

– Ich muss los, sonst komm ich zu spät, sagte er schließlich und faltete seine Zeitung zusammen.

Sie dachte, dass er sich zu viel von diesem Eau de Toilette aufgelegt hatte, mit dem er regelmäßig Halsbeuge, Handgelenke und Schläfen besprühte. Er wollte gerade hinausgehen, als sie ihm sagte, sie fahre nach Montpellier und von da direkt nach Sète, und sie habe sich für das fliederblaue Kostüm mit einer Anisstola entschieden. Fanny spickte ihr Leben mit diesen vergeblichen Versuchen, die sie nur noch mehr von Mathieu entfernten. Wie waren diese Frauen, die er an ihrer Stelle umarmte? Waren sie so anders?, fragte sie sich, mit der immer selben Leere im Bauch. Mathieu zuckte die Schultern.

– Gut, Fanny, was soll ich schon sagen? Mach, wie du es für richtig hältst, es wird auf jeden Fall perfekt sein, wie immer.

Im nächsten Augenblick war sie allein und hielt sich an einer Ecke des Tisches fest.

*

Fanny ging in den ersten Stock hinauf, öffnete beim Vorbeigehen die Fenster und zog die Luft von draußen ein. Mathieus

Wagen verließ die Allee; in der blendenden Scheibe sah sie sein Profil. Die Sonne lockte die Kinder aus den Häusern. Sie beobachtete die der Nachbarn, die auf dem Rasen mit einem Schokolabrador herumtollten. Etwas weiter weg surrte ein Rasenmäher. Eine apathische Brise trug den Geruch von frisch geschnittenem Gras heran. Die Fassaden der Häuser waren weiß, rosa oder gelb; die Fensterläden hatten ausgefallene Farben. Da sie die Form ihrer Häuser nicht individuell gestalten konnten, versuchten sie diese durch Details von denen der anderen abzuheben, durch die ausgefallene Gestaltung von Gärten und Balkonen, die Anhäufung von Steindekorationen. Ein reizendes Bild. Man brauchte nur durch die Alleen und die Wege entlang zu gehen, um sich davon zu überzeugen, dass hier liebende Familien, rechtschaffene Leute wohnten. Keiner von ihnen konnte sich einen Schatten auf diesem Gemälde des herausgeputzten Glücks vorstellen: Die Kinder würden ohne Ende auf ihren Rädern die Straßen hinunterflitzen, unter dem wohlwollenden Blick der Erwachsenen von einem Garten zum anderen gehen, die Mütter über dem Gras ihre Laken spannen und ihre Nesthäkchen stillen, die Nachbarn einander nett finden und über die Zäune hinweg grüßen. Sie war stolz gewesen, dazuzugehören und genau wie sie ihren Lebensstandard zur Schau zu stellen. Sie hatte, dachte sie triumphierend, sich diesen Wohlstand erkämpft, während alles sie dazu prädestiniert hatte, dieses proletarische, arbeitsame Leben von Sète zu reproduzieren. Sie hatte es gemocht, durch die Siedlung zu gehen, wenn der Sommer einem dieses Gefühl gab, das Leben erstarre zu einer betäubenden Mattigkeit, und niemand denken konnte, dass diese Unbekümmertheit, die die Kinder auf die Erwachsenen übertrugen, getrübt werden könnte. Eine Gegenwart, die unendlich schien.

Sie betrat ihr Schlafzimmer. Mathieu hatte auf dem Bett gesessen, auf der Decke war noch der Abdruck seines Körpers zu sehen. Das Kostüm, das Fanny gewählt hatte, hing in der Zimmerecke über der Lehne eines weißen Holzstuhls. Sie hörte die Bässe der Musik, die ihr Sohn immer hörte und mit der sie nichts anzufangen wusste. Sollte sie ihm vorschlagen, sie in die Stadt zu begleiten? Er schämte sich für sie, ging ihr auf der Straße stets ein paar Schritte voraus. Müsste sie sich Gedanken machen, wie er seinen Tag herumbrachte? Er würde sie an der Türschwelle seines Zimmers wie einen Eindringling empfangen, sie würde spüren, wie sehr ihm ihre Anwesenheit auf die Nerven ging, auch wenn er kein Wort sagte. Fanny ließ es bleiben.

Das Unbehagen, das sie kurz zuvor in der Küche befallen hatte, war noch immer da und machte sie hilflos. Die Last des Hauses, ihrer Einsamkeit, ihrer Entfremdung und der Siedlung ringsum drückte sie nieder, sie hielt sich nur mit Mühe aufrecht. Mit sechsundvierzig spürte sie manchmal erbarmungslos den ganzen Widersinn ihrer Existenz, die Entstellung ihrer Realität. Diese Momente waren nur vorübergehend, doch der Schwindel, den sie auslösten, führte sie stets an den Abgrund, den Leas Tod in ihr aufgerissen hatte. Sie konnte sich nicht einfach aus diesem Tag davonstehlen, sie musste ihm seine Normalität zurückgeben. Fanny setzte sich auf den Bettrand, an die Stelle, wo Mathieu seine Schuhe gebunden hatte und noch immer sein Parfüm in der Luft hing. Sie betrachtete ihr Bild in dem Spiegel, in dem sie sich gerne beobachtete bei den seltenen Gelegenheiten, da sie miteinander schliefen. Sie sah den Rücken und die Hinterbacken von Mathieu, während er sich über ihr zu schaffen machte. Sie war die Zuschauerin dieser Begegnung ihrer Körper, stellte sich vor, eine dieser anderen zu sein, die er mehr begehrte als sie, eine dieser Frauen, mit denen sich Fanny schließlich verbunden fühlte, ohne sie zu kennen, als wären sie im Grunde eine Variante von ihr selbst, in einer Wirklichkeit, in der Leas Tod nicht stattgefunden hatte. Sie ordnete ihre Frisur. Durch das Fenster drang noch immer, etwas weiter weg inzwischen, das Brummen des Rasenmähers. Die Brise hob den Schleier der Vorhänge, und ein grelles Licht fiel ins Zimmer, leckte ihren Hals und ihr Gesicht, machte ihre Glieder träge und zerstreute ihre Unruhe. Nun fühlte sie sich gut, an der Oberfläche der Erscheinungen, selbst ätherisch und gewichtslos. Fanny streckte sich auf dem Bett aus. Das Rascheln der Vorhänge und das Licht ließen unter ihren Lidern undeutliche Formen entstehen; waagrecht glitten träge, helle Ströme an ihr vorbei, und jeder dieser Strahlen wurde zu einem Funkeln auf dem Kamm einer Welle, einer leuchtenden Gischt. Sie sah eine Szene aus ihrem Leben vor sich, an die sie noch nie zurückgedacht hatte, obwohl sie einen dieser Momente von Glück und Erfüllung darstellte, die ein Privileg der Kindheit sind. Es war geplant, dass Armand sie aufs Meer führte. Auf ihrem Bett ausgestreckt, erlebte Fanny noch einmal den Gang durch die engen Straßen von Sète hinunter zum Hafen.

Louise trug Jonas auf dem Arm. Albin und Armand gingen voraus. Sie marschierten darauf los, als wären sie allein, aber Fanny spürte am Elan ihrer Mutter, an ihrem lebhaften Schritt, wie stolz sie war, mit den Ihren die Stadt zu durchschreiten. Sie hätte nicht sagen können, ob sie zuvor schon einmal auf dem Meer gewesen waren, aber ihre Begeisterung galt nicht nur der Aussicht, einen gemeinsamen Tag zu verbringen, sondern auch, in das Geheimnis einzudringen, das ihren Vater mit dem Meer verband. Fanny kannte den Hafen und die Strände, sie gingen oft mit ihrer Mutter dahin, um stundenlang zu baden, aber für sie gab es zwei Meere: jenes, das sie seit jeher kannte, aus lauter Blau und Grün, mit dem Geruch von Algen und Sand; und dann dasjenige, das sich hinter dem Schweigen ihres Vaters verbarg und das die Familie beherrschte, dieses Meer ohne Land am Horizont und ohne Grund, schwarz und kalt, großzügig oder gnadenlos. So zumindest stellte sie es sich vor, und noch heute sah sie, wenn sie an ihren Vater dachte, einen Matrosen inmitten einer riesigen Ölfläche vor sich, einen Kapitän Ahab.

Es war schön. Sie trug das Baumwollkleid, an dem sie sich auf den Kinderfotos wiedererkannte. Jonas war kaum ein Jahr alt. Er schlief in den Armen seiner Mutter, an ihr fülliges, entblößtes Fleisch geschmiegt, das die Sonne rötete. So mochte sie ihre Mutter, so wie sie seit der Geburt von Jonas war: fett und ganz und gar ihrem Bruder hingegeben. Fanny schaute fassungslos zu, wie Jonas trank, mit welcher Verbissenheit er die Brust zu verschlingen suchte. Während sie zum Hafen hinuntergingen, entdeckte sie die Familie, die unerschütterlichen Bande des Bluts. Nichts würde die Ordnung und Heiterkeit zerstören, die ihr Vater und die freundliche Wärme des Sommers diesem Augenblick zu geben beschlossen hatten. Das Licht war prall in ihrer Erinnerung. Die Hitze ließ die Fassaden erstarren und brachte den Asphalt auf den Straßen zum Flimmern. Später würde Fanny Sète zu hassen anfangen, die wahllos durcheinandergewürfelten Farben seiner Häuser, den unvermeidlichen Dreck auf den Steinen, das Durcheinander auf den Kais, wo sich Netze, Mülleimer und Container stapelten und die Kaufläden auf die Gehsteige quollen. Das unversiegbare Murmeln des Meeres. Sie würde sich fest vornehmen, der Stadt den Rücken zu kehren, ins Landesinnere zu flüchten. Und da die Wirklichkeit den Träumen nie gewachsen war, würden Mathieu und sie sich schließlich in Nimes niederlassen. Wenigstens hätte sie das Meer nicht mehr vor der Nase. Für die Einheimischen kam es bereits einer Verleugnung der Heimat gleich, anderswo als in Sète zu leben. Für den Vater wäre sie eine Exilantin. Doch von alldem wusste sie in jenem Sommer noch nichts. Die Liebe zu beiden Elternteilen war noch ungebrochen. Sie lebte in der Gegenwart, ohne ihr Ende zu fürchten. Die Stadt war ihr vertraut, sie genoss das Brennen der Sonne auf ihren nackten Schultern und zog die Blicke der Matrosen auf den Caféterrassen auf sich. Sie gingen absichtlich aus der Oberstadt durch das Stadtzentrum, damit ihre Eltern ihre Bekannten grüßen konnten. Die Fenster auf die Gassen standen offen, und die Familien füllten die Stadt mit ihren Alltagsgeräuschen.

Das nächste Bild beförderte sie an den Hafen. Die Augen mit der Hand beschattet, betrachtete sie die Schiffe der Handelsmarine, rostige Riesen, ungerührt von den Strömungen im Hafen. Das Wasser plätscherte an ihre Rümpfe. Albin und sie konnten die Fischschwärme sehen, die sich an ihrem Panzer aus Miesmuscheln und Seeigeln entlangschlängelten. Der Hafengeruch war Teil von ihr, es reichte, an ihn zu denken, und schon waren die Dünste des stehenden Wassers wieder da, die Salzigkeit der Luft, der Geruch nach dem Stahl und Holz der Schiffe, die in der Sonne schwitzten; die Stoffe, Netze und Segel von der Gischt und dem Wasser der offenen See durchtränkt. An jenem Tag war der Geruch des Hafens der ihres gemeinsamen Glücks, und sie meinte ihn auf ihrem Bett durch das auf die Siedlung geöffnete Fenster wieder zu spüren. Hatte das kleine Segelboot, auf dessen Deck sie sah, wie ihr Vater Albin anleitete, ihnen gehört? Ihre Mutter, Jonas und sie waren am Kai geblieben, und Fanny verfolgte mit dem Blick die nackten, roten Körper der beiden. Louise winkte mit der Hand in ihre Richtung.

– Schau, sagte sie, schau, da sind sie.

Dann drehte sie sich zu Fanny und strich ihr mit der Hand über den Nacken:

– Alles in Ordnung, mein Schatz? Wir haben es schön hier, nicht?

Fanny stimmte lebhaft zu. Es kommt vor, dass bei der Betrachtung eines Gesichts, das uns so vertraut ist, das es nichts mehr in uns auslöst, für die Dauer eines Augenblicks wieder der erste Eindruck aufscheint, den es auf uns gehabt hat. So intakt wie an diesem Morgen war ihr das Bild ihrer Mutter, das die Zeit entstellt hatte, nie wieder erschienen, genauso wenig wie die Bewunderung für diese Frau, die sie später verachten würde. Armand setzte das Segel, und der Stoff flackerte zum Himmel auf, warf Schatten auf ihre Gesichter, und sie konnte Albins Ekstase sehen. Sie konnte ihn verstehen. Sie teilte seine Begeisterung für den prächtigen Körper ihres Vaters, auf dem sich die Rillen der Deltamuskeln abzeichneten. Louise strotzte vor Selbstgefälligkeit, als sie mit ihrem Kind auf dem Arm am Hafen stand. Sie fuhren aufs Meer hinaus, als ginge es darum, ins Geheimnis der Götter eingeweiht zu werden. Der Ausflug würde ihnen offenbaren, was unaussprechlich war, würde sie über Armands Bande mit dieser Unendlichkeit aufklären, auf die der alte Hafen sich öffnete. Doch mit diesem Bild erlosch die Erinnerung: ihre Mutter, die Jonas' Hand zum Segelboot hin ausstreckt. Eine strahlende Weite. Der Meerwind wirbelte ihre Kleider hoch. Fanny versuchte sich die Familie auf dem Meer vorzustellen, die unterschiedlichen Gestalten abzurufen, in denen sich das

Vergnügen den ganzen Tag präsentiert hatte. Vielleicht war es ein Tag wie jeder andere gewesen, mit Vergnügen ohne jeden Anspruch. Vielleicht hatten erst die Jahre eine gemeinsame Freude auf diesen unbeweglichen Fotos von ihnen am Hafen abgelegt, bis zu dem Tag in Juni, wo sie in ihrem Zimmer vor sich hin dämmerte. Sie hatte nicht gemerkt, dass sie eingeschlafen war. Sie hatte zur gleichen Zeit ihren Körper auf dem Bett wahrgenommen und sie alle am Kai in Erwartung des Meerausflugs. Als sie aufstand, spürte sie eine Erregung, die sich beim Anblick des Zimmers und der Kleider über der Stuhllehne wieder legte. Fanny war verwirrt, ärgerlich, dass die Verpflichtung des Abendessens sie aus der Träumerei riss. Das Bild von ihrer Mutter wurde wieder trübe und farblos.

Sorgfältig faltete sie die Kleider und ging ins Bad. Vor dem Zimmer ihres Sohnes blieb sie eine Weile stehen. Sie klopfte und blieb reglos im Halbdunkel, während sie auf eine Antwort wartete. Fanny hoffte, dass er nicht mitkäme am Abend, dem Schauspiel ihres Verfalls nicht zusähe, das sie alle, einer dem anderen fremd, unweigerlich bieten würden. Weit weg von dem Nachmittag am Hafen, stand sie in der Mitte des Flurs und horchte, ihr zerknittertes Kostüm in den Händen.

– Was gibt's?, fragte Martin endlich.

– Ich bin's, mein Schatz, Mama. Hast du vor mitzukommen zum Essen heute Abend?

Emilies Brust lag in seiner rechten Handfläche. Sie hatte sich ihm verweigern wollen. Dabei verlangte er gar nicht ständig nach ihr, meinte aber, dass eine Ehefrau es sich schuldig sei, ihren Mann zu befriedigen. Er hielt sich für ganz vernünftig, was diesen Aspekt ihrer Beziehung anbelangte. Er war jetzt dreiundvierzig, und ließe er seiner Lust freien Lauf, würde er weit mehr von ihr fordern. Aus Respekt für Emilie legte er sich abends meistens hin, ohne ein Verlangen zu bekunden. Drehte sich zur Seite und streifte nicht einmal ihren Arm. Sie war in einen dieser Romane vertieft, die sich auf dem Nachttisch stapelten und die sie nie zu Ende las. Albin schlief vor ihr ein, und sie wusste nichts von dem Samen, den er auf das Emaille der Toilettenschüssel, die Fliesen des Badezimmers oder in ein in der Hosentasche gefundenes Papiertaschentuch vergeudete. Manchmal wichste er sich in blinder Wut so oft und so heftig, dass sein Geschlecht schmerzte. Nach einem x-ten Mal brachte er oft nur noch einen erbärmlichen Faden der Samenflüssigkeit heraus. Dann kamen ihm seine Hoden leer und verdorrt vor. Seine Eichel brannte, als stecke ein glimmender Holzsplitter in seiner Harnröhre. Er ekelte sich hinter seinem Plastikvorhang vor sich selbst und seifte sich lange ein. Er glaubte zu wissen, was Männer und Frauen trennt, ihre unterschiedlichen Erwartungen zu kennen, und er wollte für Emilie, ihre Söhne und ihre Tochter für das sorgen, was ein Vater und Ehemann am besten einbringen kann: die Sicherheit, die Wärme eines Heims. Ordnung vor allem. Emilies Zurückhaltung beunruhigte ihn nicht weiter – es kam immer noch vor, dass die Initiative von ihr ausging –, doch es verunsicherte ihn, zu sehen, wie die Jahre sie voneinander trennten, wie hartnäckig er inzwischen einfordern musste, was ihm zustand. Am Tag vor dem Abendessen hatte sie einen Vorwand gefunden, um ihn auf Distanz zu halten, doch er war hartnäckig geblieben und hatte ihr zu verstehen gegeben, dass ihre Dickköpfigkeit nicht angebracht war. Sie hatte sich auf seine Zärtlichkeiten eingelassen, allerdings ohne sie zu erwidern oder dann mit dieser Lustlosigkeit, dieser Sanftmut, die sie manchmal vortäuschte. Zu Beginn ihrer Beziehung hatte sie seine Haut zerkratzt, geschwitzt und so geschrien, wenn sie kam, dass Albin spürte, wie sie sein Glied in ihrem Fleisch zusammenpresste und im Orgasmus zerging. Als die Kinder kamen, lernten sie, es ganz leise zu tun. Wenn sie nicht da waren und einem von ihnen ein Seufzen entwich, schlich sich ein Unbehagen in ihre Lust. Die Dinge, die Albin ihr zuflüsterte, hatten sie früher erregt, doch jetzt glitten seine Worte an Emilies Wange ab. Manchmal reckte sie wie an diesem Abend feindselig ihr Kinn; gab ihm zu verstehen, dass er nichts von ihr zu erwarten habe. Er benutzte sie verschämt als Objekt seines Genusses, kämpfte sich ab wie der Teufel, während sie sich von sich selbst entfernte und er sie am liebsten bei den Haaren gepackt hätte, um sie zum Schreien zu bringen. Er war erstaunt, an diesem Morgen ihre Brust in seiner Hand zu halten. Ihre Haut war etwas feucht, er löste einen Finger nach dem anderen, um die Elastizität zu prüfen. Emilies Brüste waren nicht mehr so fest, lösten aber immer noch eine große Zärtlichkeit in ihm aus. Albin zog seine Hand zurück und gab Acht, seine Frau nicht zu wecken, es war noch früh, und er musste zur Arbeit.

Er stieg aus dem Bett, dachte an seine Mutter, die auch zeitig aufstand. Die Aussicht auf ihr Kommen belebte sie bestimmt. Er brannte nicht gerade darauf, Jonas und seinen Lebenspartner wiederzusehen. Die Richtung, die Jonas seinem

Leben gab, und die Beziehung, die er mit diesem Mann unterhielt, stießen ihn ab. Waren sie da, sah er unweigerlich ihre verschlungenen Körper vor sich, das Geschlecht dieses Mannes im Mund oder im Arsch seines Bruders. Albin wollte ihre Gefühle nicht auf diese pornographischen Vorstellungen beschränken, schaffte es aber nicht, dagegen anzukämpfen. Sein Bruder widerte ihn an, bereitete ihm Schande. Seine Anwesenheit war wie ein Affront gegen seine Männlichkeit. Er bildete sich begehrliche Blicke seines Gefährten ein. Nichts war schwieriger für ihn, als sie völlig normal unter dem Dach seines Vaters vereint zu sehen.

Dabei hatte sich Armand, ein paar Jahre, nachdem Jonas ihnen von seiner Homosexualität erzählt hatte, einverstanden erklärt, Hicham zu empfangen.

– Keiner zwingt dich dazu, hatte Albin zu seinem Vater gesagt.

Sie gingen gemeinsam die Corniche entlang. Armands Medikamente zwangen ihn zur Ruhe, und diese Spaziergänge am Meerufer blieben sein letztes Vergnügen. Albin versuchte, ihn so oft wie möglich dabei zu begleiten.

– Misch dich nicht in Sachen, die nur deine Mutter und mich angehen, hatte Armand geantwortet und ihn mit nervösem Schritt überholt.

Albin wusste, wie schmerzlich es für ihn war, dass einer seiner Söhne seine Erwartungen dermaßen enttäuschte, den Werten zuwiderhandelte, die er ihnen beigebracht hatte. Er verstand diese Toleranz nicht, diese Nachgiebigkeit, die ihren Grund seiner Ansicht nach einzig in der Krankheit haben konnte, und er fühlte sich durch Armands Abfuhr verletzt. Sein Vater hatte ihm die Grundlagen mitgegeben, die einen Mann ausmachen: die Rechtschaffenheit und Härte der Seeleute, die unerschütterliche Liebe für Sète und die Frauen. Und Jonas pfiff auf diese Werte. Er wurde zur Niederlage ihres Vaters, zum Schandfleck der Familie. Ein paar Tage nach dem Spaziergang auf der Corniche saß Hicham an ihrem Tisch im Wohnzimmer, wo die Anwesenheit eines Liebhabers von Jonas viele Jahre lang undenkbar gewesen wäre.

Albin rauchte unter dem Vordach, als die Tür aufging. Jonas trat heraus, bat ihn um eine Zigarette und lehnte sich an die Wand. Ihre Atemstöße bleichten die Luft.

– Hat gut geschmeckt, das Essen, nicht?

Albin hatte Lust, in dieses Gesicht zu schlagen, in dem die Erleichterung geschrieben stand.

– Damit hast du ihm den Gnadenstoß verpasst.

Jonas erbleichte. Hatte er, als er die Tür aufstieß, um zu seinem Bruder zu gehen, wirklich geglaubt, Hichams Anwesenheit könnte der Anfang einer neuen Zusammengehörigkeit sein?

– Du weißt ganz genau, dass er es war, der angerufen hat. Er hat uns eingeladen …

Albin schickte sich an, ins Haus zurückzukehren, aber er konnte den Zorn, der in ihm aufstieg, nicht länger unterdrücken, und drehte sich noch einmal um:

– Wie konntest du auch nur einen Augenblick glauben, dass er sich das gewünscht hat? Er wird sterben, Jonas, und er wollte Mutter eine Freude machen, das ist alles. Ich könnte kotzen.

Jonas war draußen geblieben und die Straße auf und ab gegangen. Als er zurückkam, ließ er nichts mehr von der Traurigkeit durchscheinen, die ihm wenige Augenblicke zuvor noch im Gesicht gestanden hatte. Er hatte sich einfach neben Albin gesetzt und angefangen, sich mit Emilie zu unterhalten, in einem gleichgültigen Ton, der nichts verriet.

Albin dachte an seine Worte zurück und warf sich vor, dass er so hart zu seinem Bruder gewesen war. Er hatte jedoch aufrichtig gesprochen und war nach wie vor überzeugt, dass Jonas wissen musste, was für eine Last er für die Familie darstellte. Lange hielt er seinen Bruder für schuldig an Armands Krankheit, zumindest an deren Verschlimmerung.

*

Albin rasierte sich, während er sich im Spiegel betrachtete. Er sah seinen Vater vor sich, so, wie er ihn als Kind gekannt hatte: ein kräftiger Mann mit strengem, von der Gischt gestähltem Gesicht. Dann wurden seine Züge von denen des Sterbenden überlagert, über den sie am Ende seines Lebens gewacht hatten. Sein Körper verströmte einen strengen Geruch, schwitzte eine Agonie aus, die sie einhüllte, erstickte, sie zwang, das Zimmer zu verlassen, um eine Luft einzuatmen, die nicht von Armands Fleisch verdorben war. Was Albin in diesem Spiegel sah, war die Verheißung, eines Tages dem Bild dieses verfallenden Körpers zu gleichen.

Es kam vor, dass seine Mutter ihn lange ansah, nichts sagte, aber sich eine Verwirrung anmerken ließ. Albins Anwesenheit erfüllte sie mit einer bitteren Traurigkeit. Er hatte so viel Beharrlichkeit an den Tag gelegt, um seinem Vater ähnlich zu werden, dass sein Körper ganz von dieser Absicht durchdrungen war. Als Kind hieß es, er sei nach ihr geraten. Seine Augen waren mit der Zeit dunkler geworden. Er war blond gewesen, nun war er braunhaarig; seine Haare standen in der Mitte der Stirn hoch und fielen dann herab, genau wie bei Armand. Unter seiner Haut begann sich das Fett breitzumachen, das Sediment der Jahre. Das kleine Fenster, das auf die Straße hinausging, erhellte das Badezimmer nur spärlich, und Albin machte die Neonlampe auf dem Apothekerkasten an, deren Licht den Verfall seines Körpers mit gnadenloser Präzision bloßstellte. Albin spülte den Schaum von den Wangen und trat zurück, um seinen Oberkörper zu betrachten. Seine Schultern waren noch immer prall, seine starken Arme flößten den Kindern Respekt ein. Aber das Ganze begann zu zerfallen. Er fühlte sich bedroht von diesem bis in die Fundamente angegriffenen Körper. Während Emilie und die Kinder noch schliefen, begriff Albin, dass dieser Körper nicht mehr der Partner war, auf den er sich bisher verlassen hatte. Er hatte dieser Entwicklung zugesehen, ohne sich dessen mit der ganzen Klarheit, die das Morgengrauen und das künstliche Neonlicht erst ermöglichten, bewusst zu werden. Das beunruhigende Bild rief ihm den Tod seines Großvaters väterlicherseits in Gedächtnis. Das Sterben dieses Mannes, von dem er uralte Erinnerungsfetzen und Gerüche im Gedächtnis behielt, hatte seine Kindheit geprägt. Sein Tod hatte ihm mehr noch als die Endlichkeit des Menschen das Ende einer Unschuld vor Augen geführt, die bis dahin intakt gewesen war.

Am Tag nach der Beerdigung wartete er darauf, dass seine Eltern ins Bett gingen, und konnte nicht einschlafen, verfolgt vom Bild des Patriarchen mit dem wächsernen Gesicht auf seinem nach Formol stinkenden Bett. Die Stimmen der Eltern, das Knarren im Dachgebälk, die Schritte auf der Holztreppe: Gewöhnlich lösten all diese Geräusche eine tiefe Ruhe in ihm aus, ein Gefühl der Sicherheit, das durch den Tod des Ahnen verhöhnt wurde. Durch das Fenster sah Albin die stockdunkle Nacht, den Himmel, den seine Verwirrung gleichgültig ließ. Armand hatte ihm befohlen, den im Schlafzimmer aufgebahrten Körper des Verstorbenen auf die

Wange zu küssen. Die Reglosigkeit des Großvaters machte ihm Angst. Die Fensterläden waren zugezogen, die Heizung abgestellt, und Albin spürte den Geruch von Heizöl, Küche und Waschmittel, dann dieses Nelkenparfüm. Seine Tanten, schwarze Harpyien, die aus Italien gekommen waren, um in dieser Leichenhauskühle über die Überreste eines Vaters zu wachen, den sie seit Jahrzehnten nicht mehr gesehen und dessen Gesicht sie vergessen hatten. Im Schein einer Nachttischlampe, über die ein Deckchen gelegt worden war, malten die Häkelmaschen schummerige Pocken an die Wände und auf die Wange des Ahnen. Angesichts von Albins Zögern und der Strenge seiner Schwestern legte Armand eine unbeugsame Hand auf den Nacken seines Sohnes, schubste ihn vorwärts, und Albin erinnerte sich, wie er sich mit aller Kraft an der Matratze festklammerte, damit sein Körper nicht mit dem des Patriarchen in Berührung kam. Die Wange war steif, als er sie mit seinen Lippen streifte. Er musste warten, bis sein Vater seinen Griff lockerte, um sich von der Leiche zu befreien, und noch heute spürte er den Geruch der Salbe, mit der ein Einbalsamierer die Haut imprägniert hatte, genauso wie den von Rasierwasser, Bartseife, und in Verbindung damit jenen des Resopalmöbels, in das er seinen Pinsel räumte, die zu seinen Lebzeiten Großvaters Düfte ausgemacht hatten. Doch dieser Geruch überdeckte nur mit Mühe den der Desinfiziermittel. Als er aus dem Zimmer kam, empfing ihn Louise mit heftigen Vorhaltungen und zog ihn an der Hand ins Badezimmer. Albin hatte in die Hose gepinkelt, ein Fleck zog sich sein linkes Bein hinunter, durchnässte seine Socke und gab beim Gehen ein beschämendes Plätschern von sich. An diesem Abend hatte er im Bett noch an die Unwandelbarkeit ihrer Leben und des Augenblicks geglaubt. Er hatte ein Bewusstsein von vergangenen Momenten, doch schienen sie ihm aus einer unversiegbaren Quelle geschöpft zu sein, und die Entdeckung des Todes – er sah die Leiche des Patriarchen wieder vor sich und rieb sich die Lippen, um den Abdruck wegzuwischen – erschütterte seine Überzeugungen. Die Besudelung durch diese Leiche machte ihn selbst zu einem vergänglichen Wesen.

Inzwischen verstand er die Respektbezeugung, die Armand seinem eigenen Vater gegenüber von ihm verlangt hatte. Einunddreißig Jahre später schienen die Züge des alten Mannes auf seinem eigenen Gesicht durch. Albin hatte alles darangesetzt, Armands Erwartungen zu entsprechen. Er bedeckte seinen heimtückischen Oberkörper mit einem Baumwollhemd. Konnte er in diesem Alter verstehen, was sein Vater durch den Druck seiner Hand auf seinem Nacken von ihm gefordert hattc? Hatte er die Wahl gehabt, ein anderer zu werden?

Die Morgenluft aus den offenen Fenstern belebte sie. Ob ihre Enkelkinder kommen würden? Sie hätte sie gerne dabeigehabt, hätte gerne die ganze Familie ohne Ausnahme um ihren Tisch versammelt. Die Stühle, auf die sie sich setzen würden, standen auf dem Tisch. Der Teppich hing ausgeklopft über dem Fensterbrett. Louise hatte das Sofa zur Seite geschoben und machte sich an den Fliesen im Wohnzimmer zu schaffen. Ihre Finger schmerzten nun stark und ununterbrochen, bis in die Ellbogen strahlte der Schmerz aus. Camille, Jules und Sarah, Albins Kinder, würden kommen, ihr Sohn bestand gewöhnlich darauf. Aber wegen Martin machte sie sich Sorgen. Dieses Kind entfernte sich von ihnen, von seiner Familie, so wie ihre eigenen Söhne und ihre Tochter sie aus ihrem Leben ausgeschlossen hatten. Louise spürte ein Ziehen in der Brust und dachte, wie unfähig sie doch war, sie einander anzunähern, mit Fanny zu reden. Den Besen in der Hand, geriet sie außer Atem, und ihre Kehle schnürte sich zu. Ihre Tochter wies ihre Ratschläge zurück, wollte nichts hören von ihren Erfahrungen als Mutter. Louise hätte ihr gerne gesagt, dass ihre Fehler sie davor bewahren könnten, eigene zu machen. Musste denn sämtliches Unglück der Welt einzig ihnen, den Müttern, aufgebürdet werden? Wie konnten sie die Schuldgefühle loswerden, die die Kinder ihnen für immer und ewig aufluden? Sie stellte den Besen ab, schluckte eine Tablette und setzte sich ans Fenster. Ihre Finger waren angeschwollen, das Tageslicht fiel ihr ins Gesicht. Sie streckte die Beine aus und atmete tief durch, um die Unruhe loszuwerden, die der Gedanke, ihr Enkel könnte fernbleiben, ausgelöst hatte, und um von den Schmerzen in den Händen abzulenken. Wieder stieg der Geruch der Stadt herauf und drang ins Haus ein. Am Nachmittag, wenn der Meerwind anschwoll, glaubte sie manchmal den Lärm vom Fischmarkt zu hören. Der Vormittag schritt voran, die Sonne hatte sich despotisch festgesetzt, und sie legte sich einen Lappen auf die Stirn, um das Gesicht zu schützen. Die Farbe des Stoffes dämpfte das Licht von draußen, und sie stellte sich das Wohnzimmer, das sie nicht sah, in olivgrünes Licht getaucht vor. Die Unruhe legte sich. Louise sagte sich mit Erleichterung, dass es unsinnig sei, sich so viele Sorgen um das Kind zu machen. Leas Abwesenheit fokussierte all ihre Ängste und ihre Fürsorge auf Martin. Der Feigenbaum am Felsabhang vor dem Fenster schwenkte seine Blätter durch das weiße Licht, streute seine Schatten auf den Lappen. Die Krümmung der Wimpern, das wogende Grün kamen Louise durch den Schlitz ihrer Augen wie eine eigenständige Welt vor. Sie sah darin den Seetang, den das Meer unermüdlich auf die Strände wirft, die hellbeigen und ockerfarbenen Wellen, die plötzlich aufblitzten und grün durchzogen über den Sand rollten.

Louise schritt mit den Kindern aus. Sie musste sich gegen den Wind stemmen, bei jeder Böe stob der Sand über den Strand, und die Dünen, mit einem wogenden Schleier bekleidet, begannen zu leben. Louise hielt Albin und Jonas an der Hand. Ihr Jüngster war kaum drei, und sie musste ihn immer wieder tragen. Fanny ging ihnen mit jugendlichem Eigensinn voraus, die Arme um die Schultern geschlungen, in beharrliches Schweigen gehüllt. Es musste April gewesen sein; sie waren allein am Strand, und Louise gefiel es, das Meer entlangzugehen. Die Klagen des Windes füllte ihnen die Ohren, der Sand peitschte ihnen an die Wangen, die Augen trieften, doch sie hatten das Gefühl, frei zu sein, den Strand zu erstürmen. Hin und wieder drehte sich Fanny nach ihrer Mutter und ihren Brüdern um, rief ihnen etwas zu, aber Louise verstand nichts, antwortete ihr, die Hände zum Trichter geformt.

– Bring die Kinder heute Nachmittag zum Strand, hatte Armand befohlen, schaff sie mir aus dem Weg.

Und da ging sie nun mit ihnen, sich den Erwartungen ihres Mannes beugend, im Wissen, dass die Anwesenheit von drei Kindern im Haus für ihn schwer auszuhalten war. Er hatte keine Geduld für ihre Spiele und ihre Schreie, und Louise gab stets Acht, seinen Ausbrüchen zuvorzukommen, die Kinder zu beschützen, die Armands Lebensraum zu beschneiden, ihm die Luft zum Atmen zu nehmen schienen. Vor allem Jonas. Schon seit er ganz klein war und ohne dass sie gewusst hätte, warum, erfüllte sie der Gedanke, das Kind mit seinem Vater allein zu lassen, mit Angst. Es kam vor, dass Armand ihn gereizt, mit verächtlichem, zornigem Blick ansah, selbst wenn der Junge in aller Ruhe spielte. Louise hatte es gleich gespürt, Jonas hatte etwas durcheinandergebracht, das sie nicht zu bezeichnen oder zu benennen wusste, aber deutlich wahrnahm. Sie versuchte sich einzureden, es sei natürlich, dass ein Mann, der den ganzen Tag auf See war, zu Hause seine Ruhe wollte.

Die frische Luft belebte die Kinder, rötete ihre Wangen und Nasenspitzen. Manchmal lief Albin ihnen davon, um seine Schwester einzuholen. Lange weiße Bänder überzogen den Himmel, die Wolken flogen nur so dahin. Sie gingen noch immer gegen den Wind, und das Meer klatschte die sich ständig wandelnden Algen auf den Strand; die turbulente Natur ringsum hatte sie im Griff und sie überließen sich ihr. Sie kamen an einem Mann mit einem kleinen Jungen vorbei, die beiden saßen im Sand, und die Kinder wollten sich ebenfalls hinsetzen. Eine Sanddüne, auf der sich Sträucher eingenistet hatten, beschützte sie vor der Tramontana. Etwas weiter weg zog sich eine Mole aus großen Felsen ins Meer hinaus. Louise hatte ein Laken mitgebracht, das sie ein paar Schritte von dem Mann und seinem Sohn ausbreiteten. Die Jungen legten Steine und Sandhäufchen auf die Ecken, doch das Laken blähte sich weiter und Fanny warf sich drauf, sofort gefolgt von ihren Brüdern. War Louise damals bewusst, wie sehr dieser Augenblick ihr Glück verkörpert hatte? Die Schatten von Möwen glitten über den Strand, auf dem der Wind die Wellen kräuselte, und er schien eine neue Wasserfläche zu bilden. Im Zickzack zogen sich die Spuren ihrer Schritte dahin, bis sie sich verloren. Das Meer blendete, sie kniffen die Augen zusammen, um die Silhouetten der Schiffe zu sehen, die zaghafte Linie der Masten einiger Segelboote. Louise hatte sich ebenfalls hingesetzt, und die Kinder zogen die Schuhe aus. Sie drückten ihre nackten Füße in den Sand, der sich unter der Oberfläche frisch anfühlte. Sie ließ Muschelsplitter durch die Finger gleiten, und die Kinder standen auf und rannten ans Meer. Sie waren nicht weit von ihr, sie sah sie im Gegenlicht, hörte ihre Stimmen, bevor sie von der Böe verschluckt wurden.

Ein Körper ging an ihr vorbei, spritzte Sand auf ihre Beine. Das Kind lief trotz der Ermahnungen seines Vaters, dessen Schritte neben ihr zum Stehen gekommen waren, zu Jonas, Albin und Fanny.

– Er wird sie nicht stören, er muss ungefähr so alt wie Ihr Ältester sein.

Louise hob den Kopf und schaute zu dem Mann. Sie wurde geblendet und konnte ihn kaum sehen.

– Sie freuen sich bestimmt, bestätigte sie.

Als wäre ihre Antwort eine Einladung gewesen, setzte er sich neben sie in den Sand.

– Ein herrlicher Tag.

Er atmete tief ein und füllte die Brust, als versuche er die ganze Szene in sich aufzunehmen, das Schattenspiel der Kinder im Sand, die Farbe des Meeres. Louise hatte begonnen, sich vor Armand zu fürchten, und unmerklich nach und nach ein Misstrauen gegenüber den Männern im Allgemeinen entwickelt, hielt sie alle zu ähnlicher Brutalität imstande, jetzt aber fasste sie sofort Zutrauen, da sie dieses Gefühl des Erfülltseins teilte. Später würde sie sich an einen schlanken Mann erinnern, an eine raue Stimme und einen schleppenden Akzent, nichts, das mit Armand zu tun hatte, und dieser Unterschied, die Besonderheit seines Äußeren, sein liebevolles Interesse für das Spiel der Kinder nahmen sie für ihn ein. Sie war verwirrt, an jenem Tag am Strand, und zum ersten Mal, seit sie Armand kannte, begehrte Louise einen anderen Mann, mit diesem animalischen, triebhaften Verlangen. Fanny hielt Jonas an der Hand, die Kinder gingen auf die Mole zu. Leicht beunruhigt stand Louise auf und schüttelte sich den Sand vom Kleid:

– Vielleicht sollten wir sie zurückrufen?

Der Mann lächelte, sie kam sich töricht vor, zögerte einen Augenblick. Sie wollte in seiner Nähe bleiben, und als sie wieder auf dem Laken saß, wurde ihr bewusst, welcher Natur das Gefühl war, das sie davon abhielt, schleunigst zu ihren Söhnen und ihrer Tochter zu rennen. Louise schämte sich nicht, sie spürte höchstens ein vages, köstliches Schuldgefühl. Ihr Magen höhlte sich, ihre Hände wurden taub, und sie drückte sie wieder in den Sand. Immer wieder sagte sie sich erstaunt, dass der Unbekannte nichts mit ihrem Mann gemein hatte. Er hatte sich hingelegt, die Hände unter dem Kopf verschränkt, die Beine angewinkelt. Er trug einen Pullover, der über seinen Nabel rutschte, wenn er seine Arme bewegte, und sie betrachtete diesen unbehaarten Bauch, diese Haut, die so offensichtlich sanft war, die Ligatur im Fleisch. Lust schoss ihn ihr auf, sie zitterte unmerklich, ihre Kehle schnürte sich zu, während die Kinder unter Geschrei die Hosenbeine hochkrempelten und am Rand der Mole die Füße ins Wasser steckten.

– Der Himmel sieht wunderschön aus, Sie sollten sich hinlegen.

Louise warf einen Blick zu Fanny, Albin und Jonas, denn sie allein konnten sie noch zur Vernunft bringen. Sie unternahmen nichts. Albin – oder war es der Sohn des Unbekannten – begann die Felsen hochzuklettern. Louise ließ sich auf das Laken fallen, und ihre Schultern berührten sich. Der Strand war verschwunden; vor ihr tat sich die unendliche Weite, der turbulente Himmel auf. Der Mann forderte sie auf, die Formen der Wolken zu erraten. Louise sah nichts, war mit allem einverstanden, hielt sich für übergeschnappt. Eine neue Lebensfreude, ein ungehöriges Fieber beschlich sie.

– Ich komme aus London. Meine Mutter ist hier aufgewachsen, dann hat sie sich in einen Engländer verliebt. Es war mir wichtig zurückzukehren.

Sie nickte, doch die Vorstellung, dass dieser Mann und sein Sohn in London lebten, führte ihr die Enge ihres eigenen Lebens, ihres Lebens mit Armand vor Augen, den sie zu fürchten angefangen hatte. Louise beneidete den Unbekannten.

– Sie kehren nach Sète zurück, und ich, ich habe es nie verlassen. Ich werde diese Stadt nie verlassen, das weiß ich.

Ihre Stimme bekam einen herausfordernden Ton; sie wollte die Illusion einer freien Wahl erwecken. Der Mann antwortete nicht, versuchte nicht, ihr zu widersprechen, während er ihr doch von London hätte erzählen, ihr weismachen können, sie würde reisen. Lügen, da es das war, was sie von ihm erwartete in diesem Augenblick. Doch er wechselte einfach nur das Thema:

– Wenn man lange hinschaut, beginnt man Himmel und Erde miteinander zu verwechseln. Stellen Sie sich vor, dass Sie oben sind und nicht unten, dass wir es sind, die schweben.

Louise konzentrierte sich, sie wollte unbedingt etwas mit ihm teilen. Sich die Wahrnehmung, die dieser Mann von dem Augenblick hatte, zu eigen machen. Schließlich spürte sie diesen Schwindel, die Überzeugung, am Strand zu liegen wie auf dem Gipfel einer Wölbung, sich über die Gesetze der Schwerkraft hinwegzusetzen. Es gab keinen Strand mehr, sie dachte nicht mehr an die Kinder. Sie schloss die Augen, gab sich hin und spürte, wie sich eine Hand auf ihr Knie legte, ihren Schenkel hinaufwanderte und unter ihr Kleid glitt. Es war eine breite Hand, mit kalter Haut. Louise wies sie nicht zurück, ließ die Zärtlichkeit zu.

– Ich habe Lust auf dich, flüsterte er.

Sie wusste, dass er sein Gesicht zu ihr gedreht hatte, obwohl sie sich weigerte, die Augen zu öffnen. Unter ihrer Brust tobte der Puls, und sie antwortete nicht, denn alles an der Haltung und den Worten des Mannes schien ihr obszön und sanft. Sie wollte, dass er weiterredete, sie weiter streichelte. Ihr Geschlecht strahlte aus, wurde zum Mittelpunkt eines Körpers, aus dem jede Parzelle Substanz zu ziehen schien. Doch die Hand blieb auf ihrem Schenkel, versuchte nicht, ihr Geschlecht zu erreichen, und die Absurdität dieser Geste, ihrer Anwesenheit auf dem Strand, der Zudringlichkeit dieses Mannes, gegenüber dem sie sich aufgab, ihre Würde als

Ehefrau und Mutter ablegte, trieb sie noch weiter in die Sinnlichkeit. Er schwieg, drückte die Fingerspitzen in ihr Fleisch. Louise spürte, wie seine Finger ein Oval nach dem anderen auf ihre Haut zeichneten.

– Mama?

Vor ihren Füßen stand Albin und schaute auf diese Hand unter ihrem Kleid. Sie stieß sie hastig zurück und richtete sich auf. Neben ihrem Sohn stand der blasse Junge mit einer braunen Krabbe in der Hand, die er seinem Vater hinstreckte. Fanny kam auf sie zu.

– Wo ist Jonas?, fragte Louise.

Albin zuckte die Schultern, dann sagte er:

– Wir haben eine Krabbe gefangen, schau mal.

Sie stand auf und suchte mit dem Blick den Strand ab, ohne ihr Kind zu sehen. Ein dumpfer Schrecken lief ihr vom Nacken bis in die Beine. Mühsam schwankte Louise Fanny entgegen, behindert durch das Schweregefühl in den Gliedern.

– Wo ist Jonas?, fragte sie wieder.

Das Kind drehte den Kopf zur Mole.

– Keine Ahnung, ich dachte, er wäre bei Albin, und bin etwas weiter gegangen …

Louise packte ihre Tochter bei den Schultern:

– Oh mein Gott, mein Gott.

Sie rannte aufs Meer zu. Schrie Jonas' Namen in Richtung Mole. Die Felsen waren viel weiter entfernt, als sie angenommen hatte. Der Strand schien endlos. Louise merkte, dass Fanny, Albin und der Mann ihr folgten, aber drehte sich nicht um. Sie erreichte die Felsen und kletterte ungeschickt hoch, indem sie nach den scharfen Kanten der Steine griff. Zwischen zwei Steinbrocken hatte das Wasser eine durchsichtige, ruhige Wanne gebildet. Darin saß Jonas und planschte. Als sie auftauchte, schaute er erschrocken hoch. Louise stürzte sich auf ihn, fiel auf die Knie und presste ihren Sohn in die Arme, sog den Geruch seiner Haut, seiner Haare ein, drückte ihn so fest, dass Jonas zu wimmern anfing. Sie stand wieder auf, stieg torkelnd auf die Mole, um zum Strand zurückzukehren.

– Verzeih mir, verzeih mir, keuchte sie.

Sie war zerzaust, ein schaumiger Speichelfaden lief ihr über die Wange. Sie stellte ihr Kind auf den Boden. Fanny hatte sie eingeholt, und sobald Jonas auf den Füßen stand, ohrfeigte Louise sie mit solcher Heftigkeit, dass sie in den Sand fiel. Albin, der Engländer und sein Sohn waren ein paar Schritte von ihnen stehen geblieben. Sie standen reglos da, sahen einander an.

– Bist du übergeschnappt? Hast du überhaupt kein Verantwortungsgefühl?, schrie Louise.

Die Gewalt des Schlages verblüffte Fanny. Ihre Augen blieben trocken. Sie hielt sich die Hand an die Wange und getraute sich nicht aufzustehen.

– Es ist alles in Ordnung, sagte der Fremde, um sie zu beruhigen, es ist nichts passiert.

– Schweigen Sie! Schweigen Sie bloß!

Louise hatte sich auf das Verführungsspiel eines Mannes eingelassen, den sie nun, da er vor ihr stand, nichtssagend fand. Sie hatte sich seiner Zärtlichkeit hingegeben und dabei das Leben ihres Sohnes aufs Spiel gesetzt. Sie fühlte sich beschmutzt durch diese Hand, die auf ihre Haut gedrückt hatte. Beschmutzt durch einen Ehebruch, zu dem sie sich nie für fähig gehalten hätte, mit einem Mann, der in ihr das genaue Gegenteil dessen auslöste, das sie über alles lieben müsste. Angst, Groll und Demütigung verwandelten den Strand und die Landschaft, deren romantische und unendliche Dimension sie zu erspähen geglaubt hatte. Schließlich streckte Louise Fanny die Hand hin, schloss Jonas in die Arme. Sie hatte sich auf den Felsen den Knöchel aufgerissen, ihr Fuß war scharlachrot, der Sand mischte sich mit dem Blut, und Jonas weinte, aber sie hörte sein Geschrei nicht mehr. Nichts konnte das anschwellende Brummen in ihren Schläfen übertönen.

– Gehen wir, sagte sie.

Sie drehte dem Mann den Rücken zu und marschierte los, gefolgt von ihren beiden Ältesten. Sie achtete nicht auf die Wunde an ihrem Knöchel; der Wind, der unter ihr Kleid fuhr, ließ sie spüren, wie feucht ihre Schamlippen waren. Louise marschierte mit dem einzigen Ziel, die größtmögliche Distanz zwischen diesem Strand und ihnen zu schaffen, zwischen diesem Mann und ihr, getrieben von dem dringenden Bedürfnis, in die Stadt und ins Haus zurückzukehren, sich auf einem der Betten auszustrecken und davon zu überzeugen, dass alles nur ein Traum gewesen war. Doch wenn sie an diesen Nachmittag zurückdachte, kehrte das wohlige Gefühl wieder zurück, das sie beim Betrachten des Himmels gespürt hatte. Die Gleichgültigkeit gegenüber ihren Kindern. Die Hand des Mannes auf ihrem Schenkel. Und sie bereute es, dass sie sich nicht noch einmal umgedreht hatte, als sie sich vom Strand entfernte, um dieses Gesicht ein letztes Mal zu sehen und es sich für immer einzuprägen.

*

Mit neunundsechzig Jahren dachte Louise an die Erotik dieser Stunden, die sie in sich bewahrt hatte. Sie hatte um das Leben ihres Kindes gebangt, gefürchtet, es sei vom Meer mitgerissen worden, weil sie sich für einen Augenblick aus ihrem

Leben davongestohlen hatte. Jonas behielt keine Erinnerung an diesen Tag, dessen war Louise sich sicher. Ob Fanny und Albin sich erinnerten, wusste sie nicht, keiner von ihnen jedoch konnte die Wirklichkeit dieser Augenblicke erahnen, die die Zeit auslöschte. Sie zog den Lappen vom Gesicht. Sie war in der Sonne eingenickt. Louise hielt ein Bein ins Licht. Sie betrachtete die Narbe, die ihren Knöchel zierte, über die trockene Haut lief. Sie mochte sie, diese hässliche Spur; sie war der Beweis, dass dieser Tag tatsächlich existiert hatte, dass es vielleicht irgendwo einen betagten Engländer gab, der sich in seinen uralten Träumen an sie erinnerte, so, wie sie in jenem Augenblick gewesen war.

Die Hitze und das Medikament linderten die Schmerzen in den Händen ein wenig. Der Geruch vom Feigenbaum, dieser Duft nach milchigem Saft, betäubte sie. Wenn der Haushalt gemacht ist, beschloss sie, gehe ich in die Markthallen. Louise stand auf und versuchte das Phantom ihrer Schuldgefühle zu verjagen. Sie war ungerecht gewesen zu ihrer Tochter, na und, Jahre später würde Fanny erfahren, was sie an jenem Apriltag nur gefürchtet hatte: den Verlust eines Kindes. Den durch nichts aufzuwiegenden Verlust von Lea.

Mach, dass Martin da sein wird, betete sie still.

Er ging in der Nähe von Bouzigues die Böschung entlang. Der See zu seinen Füßen spannte im Morgenlicht sein metallisches Blau und opales Weiß über die Erde. Die schwarzen Tische der Austern- und Miesmuschelkulturen hoben sich von der in der Dämmerung glänzenden Wasseroberfläche ab, und dahinter spiegelten sich die Pfosten schattenhaft in der Strömung. Nie war der See so majestätisch wie in der Morgen- und Abenddämmerung. Stets verfärbt er sich und leuchtet rot auf, überstrahlt die Spuren der Menschen, veredelt sie. Die Häuser erstarren im Rotviolett der Strahlen; das Holz der Boote, gestrandet zwischen Schlamm und Schilf, blättert blau ins Meer ab. Die Fischer werden unscheinbar und gleiten wie antike Fährleute durch das Hohngelächter der Zikaden. Ganz vom Wasser in Bann genommen, streift Jonas herum, während er auf Samuel wartet.

Der See umfängt Sète zwischen Balaruc und Marseillan mit einer Tiefe von vier bis zehn Metern. In der Nähe von Balaruc tut sich eine Kluft von dreißig Metern auf, in die das lauwarme Wasser gleitet und die zu der außerordentlichen Lebensvielfalt im Wasser beiträgt. Was Jonas als Kind, in der Oberflächlichkeit seiner Begierde, als eine unendliche Weite vorgekommen war, nahm er nun in seiner Dichte wahr. Er glaubte, irgendwann in ferner Zukunft ihrem Ruf Folge leisten zu können, und die Vorstellung gefiel ihm, nicht aus Verzweiflung, sondern aus Zustimmung, Verzicht, aus Pflicht, an das zurückgegeben zu werden, was ihn formte und ausmachte. Manchmal sah er sich in einer großen Ruhe am Grund des Wassers inmitten der Algenwälder, durch die Seepferdchen und Pfauenschleimfische schwimmen, sah sich neben Fabrices Körper liegen, der völlig unversehrt war, wie an jenem Tag, als Jonas das Laken über sein Gesicht gezogen hatte: abgemagert, grau und auf tragische Weise schön.

Er dachte an den Morgen zurück, daran, wie Hicham weggegangen war, und hatte das Gefühl, dass sie im Laufe der Jahre füreinander zu etwas geworden sind, ohne das zu leben zwar schwierig wäre, das aber oft nicht mehr unentbehrlich war. Bestimmt war es das, doch hatten sie ihre gegenseitigen Verpflichtungen akzeptiert und waren den Kompromiss einer Vertrauensbeziehung eingegangen. Jonas wäre es schwergefallen, für Hicham auf den See zu verzichten, er hatte auch nie versucht, ihn aufzugeben. Es kam vor, dass Jonas glaubte, in ihm immer noch Fabrice zu lieben. Und es kam vor, dass er dachte, Hicham wüsste das und akzeptierte es in gewisser Weise.

Nachdem es mehrere Tage geregnet hatte, mussten Samuel und Jonas ein paar Proben nehmen und ins Labor bringen. Mit der Urbanisierung rings um den Teich wächst die Gefahr der Verschmutzung, und die sommerlichen Temperaturen begünstigen Sauerstoffmangelerscheinungen, die zur sogenannten *malaigue* führen. Die Sulfide verursachen einen fauligen Geruch, der über der Gegend hängt, bis die Tramontana ihn vertreibt.

Als Kind hatte Armand hier Venusmuscheln und Seeigel gefischt. Im Sommer, als er elf war, hatte er das Fischen im Meer entdeckt, das er in den Wintermonaten in der Lagune fortsetzte. Jonas hatte Mühe, sich Armand als Kind vorzustellen, ihn, den er nur als stämmig und furchterregend gekannt hatte. Armand hatte ihnen von fabelhaften Fängen nach dem

Krieg erzählt, von den Meerzikaden und Langusten, die sich auf dem Fischdeck türmten, von ihren leuchtenden blauen Panzern, von einem Seemann, dem ein riesiger Hummer mit der Schere die Finger gebrochen hatte. Armand, der die Verarmung der Küste, die Verknappung der Fischbestände miterlebt hatte, die die Seeleute zwangen, die Fangzonen immer weiter hinauszuschieben, nötigte Jonas' Engagement für den Schutz des Thau-Sees Achtung ab. Er sprach nie davon, aber Jonas wusste von seiner Mutter, mit welchem Stolz der Vater erzählte, dass er die Leidenschaft für die Gewässer rings um Sète an seine Söhne weitergegeben hatte. Es war im Grunde das Einzige, was ihn mit Armand verband, das Einzige, wofür er ihm Dankbarkeit zu schulden meinte. Und Jonas, dazu verdammt, nie Vater zu werden, dachte am Ufer der Lagune an seinen, und rezitierte still für sich Wojnarowicz: *Ich entspringe also einem kalkulierten Fick auf irgendeinem entlegenen sonnendurchfluteten Bett, während die Gardinen von einer leichten Brise aus und in das Fenster gesogen werden.*

*

In seiner am weitesten zurückreichenden Erinnerung war er fünf Jahre alt. Armand verfolgte vor seinem Radiogerät die erste Auflage der Segelregatta *Route du Rhum*. Jonas wusste nichts über diesen transatlantischen Segelwettkampf, doch die feierliche Haltung, mit der sein Vater am Küchentisch saß und schwieg, faszinierte ihn. Louise verlangte, dass die Kinder sich zurückzogen und ruhig verhielten. Als es Zeit wurde, das Mittagessen vorzubereiten, trat sie leise in die Küche und befahl ihrem Sohn, der nicht mitkommen durfte, im Türrahmen zu warten. Jonas lauschte auf die Kommentare im Radio. Er mochte den Geruch der Gewürzkräuter, die sorgfältig am Rand der Abzugshaube aufgereiht waren, den des Gases, den die Brenner aufflackern ließen, während sie Armands Wange blau färbten. Hatte er es sich verbeten, dass die Kinder in die Küche hereinplatzten, oder wollte Louise einmal mehr dem Zorn ihres Vaters zuvorkommen? Wahrscheinlich machte Jonas aus einer einmaligen Szene eine wiederkehrende Erinnerung – einen dieser seltenen Momente, in denen Armand als liebender Vater in Erscheinung tritt –, im Glauben, sie habe sich mehrmals zugetragen, wofür auch sprach, dass sein Bruder und seine Schwester in seinen Erinnerungen niemals anwesend waren.

Der Vater sah ihn im Türspalt stehen und forderte ihn mit einem Handzeichen auf, sich auf seinen Schoß zu setzen. Voll der Dankbarkeit betrat Jonas die Küche, kletterte auf seine Beine, in seine knorrigen Arme und rührte sich nicht mehr. An seine Brust gelehnt, tat er, als interessiere er sich für das Radio, seine Hand in der schweren, behaarten des Vaters. Louise machte sich weiter in der Küche zu schaffen, und der Geruch der Zwiebeln und des Tintenfischs, den sie mit einer Sauce Rouille zubereitete, umfing sie, ihn und seinen Vater, mit ein und derselben Lieblichkeit. Mehr als um sein eigenes Vergnügen sorgte sich Jonas um die Freude seiner Mutter, die die Nähe und Zuneigung Armands zu einem der Kinder bei ihr auslöste. Sein Vater strich mit der Hand durch seine Haare, einer der Zärtlichkeitsbeweise, die er ihm manchmal bekundete. Wie von einem Thron herab buhlte Jonas auf seinem Schoß um den Stolz seiner Mutter, während er dem Bericht von der Regatta lauschte und sich Armands Verbindung mit dem Meer bewusst wurde. Wie er Jahre später zufällig bei einer Rückschau erfahren sollte, war die erste Auflage der *Route du Rhum* durch den Tod von Alain Colas, des führenden Seglers, gezeichnet. Ins Auge eines Zyklons geraten, verschwand er in der Nacht zum 16. November, und sie hörten, alle drei in der Küche vereint, seine letzte Funkübertragung.

– Ich befinde mich im Auge des Zyklons. Da ist kein Himmel mehr, ein einziges Amalgam der Elemente, um mich herum sind Berge von Wasser …

Armand schwieg, und Jonas merkte, dass er mit dem Schrecken, der vom Meer ausgehen konnte, vertraut war. Von diesen Worten, an die er sich nicht mehr im Einzelnen erinnern konnte, blieben ihm Bilder einer flüssigen Hölle, von einem weit aufgerissenen Auge, wie eine Kerbe im Himmel, von emporragenden Ungetümen, in denen sich die *Manureva* abkämpfte. Es gab in diesem Bild keine Bewegung, doch was Jonas damals vor sich sah, ließ keine Hoffnung zu und prägte sich ihm auf unauslöschliche Weise ein. Tatsächlich wurden weder das Schiff noch Colas' Körper je gefunden. Sein Vater schaltete das Radio aus, und Jonas' Rausch wich der Spannung, die ihm von der väterlichen Präsenz besser vertraut war. Armand packte ihn unter den Achseln und hielt ihn eine Weile über dem Boden, bevor er ihn abstellte wie ein Paket, an dem man plötzlich jedes Interesse verloren hatte, wie eine aufdringliche Katze, die man sich vom Leib schafft. Dann stand er auf und ging hinaus. Jonas blieb reglos stehen, in seinem Kopf tobte noch immer das Wasser, zögerte, seinem Vater zu folgen, fürchtete aber, zurückgewiesen zu werden. Da ist kein Himmel mehr, ein einziges Amalgam der Elemente … Louise spürte seine Verwirrung und drückte ihn mit ihren fettigen Händen zärtlich in den Duft ihres Kleides.

Das Leben seines Vaters schien ihm nun jeden Tag bedroht, und er sah das Meer nur noch durch Colas' Worte. Wenn sie auf einem Spaziergang in die Nähe des Strandes kamen, erkannte Jonas nichts von diesem unendlichen Meer, das sich apathisch vor ihre Füße warf. Er spähte nach diesen Wasserwänden in der Weite, denen Armand sich aussetzte. Das Meer musste eine niederträchtige Welle sein, ein mit Leben ausgestattetes Wesen, in dem sich Elemente und Welten kreuzten und in dessen Eingeweiden uralte Überreste von Seemännern trieben. Sein Vater wurde zu einem undurchdringlichen Wesen, und er rechtfertigte seine Unnahbarkeit durch die Gefahren des Meeres, umgab ihn mit einem Nimbus von Ehre und Tragödie.

Als sie aus der Tram stieg, lag die Place de la Comédie in strahlender Weite vor ihr. Sie ließ die Bahn davonfahren. Ihr Spiegelbild glitt über das Blau der Metallseiten, und ihr Gesicht verschmolz mit jenen der Fahrgäste. Sie wurde von der Menge ringsum zum Platz geschoben. Ihre Handtasche unter den Arm geklemmt, ließ sich Fanny über die Steinplatten tragen und senkte die Sonnenbrille, um die Fassade des Theaters zu sehen, das Treiben auf den Caféterrassen, wo die Zerstäuber ihre Wassermoleküle in die Luft und auf die braungebrannten Leiber sprengten. Der Brunnen mit den drei jugendlichen, fülligen Grazien döste in der Morgensonne.

Gewöhnlich hätte sich Fanny gleich Richtung Stadtzentrum aufgemacht, doch an jenem Tag wurde sie, kaum hatte sie die Tram verlassen, sofort von der Vormittagshitze erschlagen, blieb stehen und rührte sich nicht mehr, als würde sie auf jemanden warten, umkreist und gestreift von den Bahnen, die die Touristen um sie zogen, betäubt vom Klappern der Sandalen und vom Geruch von Sonnencreme, den die Häute großzügig verströmten. Fanny wusste nicht mehr, warum sie hergekommen war, und die Stola schien ihr auf einmal unwichtig. Sie dachte daran, wie Mathieu am Morgen weggegangen war, an Martins Zurückweisung, und kam sich in dem Stadtzentrum völlig unbedeutend vor, wie in einer Theatervorstellung, in der sie nur eine Statistenrolle zu spielen hatte. Die Hitze drang in die Haut ein, machte sie schwer und schlaff, und es war ihr vor den hell funkelnden Steinfassaden, wo jedes Fenster den Glanz des weißen Himmels zurückwarf, als würde sie schwanken, als wäre ihr

Geist in eine Hülle aus erschöpftem, abgestumpftem Fleisch gepackt.

Sollten sie am Abend wirklich nach Sète gehen? Die Vorstellung, dass sie ohne Martin bei ihrer Mutter erschien und die Zerrüttung ihrer Ehe allen in die Augen springen musste, entsetzte sie: Würde sie das Bild einer gescheiterten Mutter und Ehefrau abgeben? Sie gab sich einen Stoß und ließ sich von dem ruhelosen Strom der Menge in die Rue de la Loge schieben. Fanny verschmolz mit der Menschheit ringsum, ging aber noch immer beschämt, als schleppe sie die Last ihrer Familie hinter sich her, fühlte sich aller Augen ausgesetzt, diesen Fremden, ihrem Gespött, ihrem Urteil ausgeliefert. Sie versuchte, ihr Unbehagen zu verscheuchen, und blieb vor einem Geschäft stehen, betrachtete inmitten anderer Frauen, manche von Männern oder Kindern begleitet, die Sommerkleider, die Gestaltung der Auslagen. Sie ahnte, dass jede dieser Frauen unter der Belanglosigkeit ihrer Worte oder der Flüchtigkeit der Blicke genauso viel Bedauern und Verzicht zu verbergen hatte: Fanny fühlte sich als eine von ihnen und empfand plötzlich Zuneigung zu ihnen; sie wähnte sich in Sicherheit, während ihre Arme einander streiften und ihre Blicke auf den Schaufensterpuppen zusammenliefen. Sie teilten eine flüchtige Verbundenheit, bevor sie wieder vom Fluss der Passanten verschluckt wurden.

Fanny drehte sich um und ging Richtung Grand-rue Jean-Moulin, schlenderte von einem Geschäft zum nächsten. Ohne Grund dachte sie plötzlich an die Jahre vor Jonas' Geburt, an die sie eine verschwommene Erinnerung besaß, ohne dass es ihr zu unterscheiden gelang, was davon aus ihrem Gedächtnis und was von den Fotos und Superachtfilmen ihres Vaters stammte. Diese Chroniken ihrer Kindheit waren erstarrt wie Fotos oder Gemälde, und der Gedanke daran reichte, um Gerüche oder Eindrücke heraufzubeschwören. Eine Frau ging an ihr vorüber, und obwohl sie nichts mit Louise gemein hatte, weder Erscheinungsbild noch Gesichtszüge, musste sie an ihre Mutter denken, so wie sie damals war: das Schaukeln ihrer Schritte, die Neigung ihres Kopfes, diese Art, eine Hand unter die Brust zu halten, wenn sie lachte. So sah sie ihre Mutter in diesen Jahren, ein proletarisches Glück ohne Anspruch, das mit dem Vorhandensein von zwei Kindern und einem Mann auskam.

Sie sah sie in der Wohnung, die sie zuerst nah an den Kais bewohnt hatten, ihre Strickarbeit in der Hand, in dem einzigen Raum, in den das Licht wie ein klarer Sprühregen schräg durch das Klappfenster auf sie fiel. Sie sah sie, wie sie vor der Frisierkommode ihre Haare ordnete, sie mit der Hand flüchtig verknotete, während sie mit der anderen Albin hielt. Louise war nie eitel gewesen und behielt von ihrer bäuerlichen Kindheit ihre groben Züge und die Verachtung für das Äußere. An Festtagen jedoch legte sie abends manchmal ungeschickt etwas Schminke auf die Wange, was ihr Gesicht ungewöhnlich aussehen ließ, vulgär beinahe. Fanny mochte den Geruch des Haarlacks. Sie sah sie nackt im Badezimmer, ihre Brüste waren oval und ihre Warzen dunkel. Sie sah sie verwandelt in den Armen ihres Vaters, der sie in der kleinen Küche umarmte. Bestimmt hatte es Auseinandersetzungen gegeben, bestimmt war Armand nicht von heute auf morgen zu dieser undurchdringlichen Person geworden, die alle gekannt haben. Fanny hatte noch diese idyllischen Bilder vor sich, auf denen ihre Eltern ein liebendes Paar bildeten, als die Hoffnung noch ungebrochen war und das mittelmäßige Leben und die düsteren Wochen ihr nichts anhaben konnten. Wann aber, dachte sie, hatte sie dann die Zuneigung zu ihrer Mutter verloren?

Durch die Rue du Petit-Saint-Jean gelangte sie auf die Place Saint-Roch, wo die Kirche mit ihrem porösen Stein das Morgenlicht auffing. Die Kneipiers schleiften die Tische nach draußen, spannten die Sonnenschirme auf, und sie ging zwischen den Stühlen hindurch, an einem unter Jasmin begrabenen Eisenzaun vorbei. Fanny wusste nicht, wie sehr jeder von ihnen in den sieben Jahre zwischen Albins und Jonas' Geburt Armand mit seiner eigenen Unfähigkeit konfrontierte. Die Ankunft der Kinder, die die Familie begründete, kündigte gleichzeitig ihren Niedergang an. Armand konnte nicht Vater sein, Fanny hatte es schließlich begriffen. Sie zweifelte nicht, dass er es gewollt, sich über ihre Geburt gefreut hatte, doch wusste sie nun, dass er unfähig war, diese Rolle auszufüllen. Wie hätte sie für Jonas diese Jahre rekonstruieren können, die er nicht erlebt hatte, diese Zeit, da Albin und sie ihren Vater nicht gefürchtet hatten? Sie kam sich falsch und feige vor, wie immer, wenn sie über Armand urteilte, über diese Verbindung, die sie, so gern sie es getan hätte, nicht durchtrennen konnte.

Die Frische im Schatten der Häuserfassaden der Rue de l'Argenterie entspannte sie ein wenig, und Fanny blieb einen Augenblick stehen, eine Hand auf die Mauer gestützt, um zu Atem und wieder zu sich selbst zu kommen. Es war, als hätte die Stadt ihr ein unsichtbares Hindernis in den Weg gestellt, gegen das sie ankämpfen musste, um vorwärtszukommen. Ihr Vater, erinnerte sie sich, blieb oft ohne Erklärung weg, ließ Louise mit Jonas, der damals gerade auf die Welt gekommen war, allein, und sie sah das Kind vor sich, das auf der Couch neben der Mutter eingeschlafen war, im Licht des Fernsehers, dessen Ton sie ausgeschaltet hatte, während sie auf die Bilder starrte, wie eine Brandung an der Wand. Erst machte sie sich Sorgen, Armand würde nicht wie gewohnt vom Fischfang zurückkommen, dann verdächtigte sie ihn zu Recht, zu trinken und durch die Bars von Sète zu ziehen. Fanny stellte es sich so vor: Louise hatte an das Vorhandensein einer Geliebten geglaubt, wenn er nachts aufwachte und in die Nacht hinausging. Was wusste sie davon? Sie hatten nie darüber gesprochen und sie würden nie darüber sprechen. Jede von ihnen besaß ein Teilchen von Armand, das sie mit eisernem Schweigen belegten. Louise blieb nächtelang wach, und wenn ihre Kinder von der Schule kamen, fanden sie sie auf dem Bett eingenickt, Jonas still an ihrer Seite. Als Armands Ausbleiben zur Routine geworden war, klammerte sie sich an ihrem Sohn fest, als würde sie nur noch für ihn leben. Sie distanzierte sich von Albin und Fanny. Sie war nicht etwa gleichgültig ihnen gegenüber, nur weit weg, wie resigniert. Wenn die Kinder sie ansprachen, antwortete sie erstaunt, als wäre sie überrascht, dass sie da waren, und wenn eines von ihnen ihr einen Vorwurf machte, wiederholte sie, dass Jonas ihre ganze Zeit und Aufmerksamkeit in Anspruch nehme, aber dass sie groß genug seien, um das zu verstehen. Von jenem Sommer war Fanny ein Spaziergang zum Hafen in Erinnerung geblieben. Sie war mitgegangen, um dem dichten Schweigen, in das sich ihr Vater einmauerte, und Louises mit jedem Tag offensichtlicherem Desinteresse zu entkommen.

*

Sie schlenderte lange durch die Stadt. Die Feindseligkeit der Schaufenster hielt sie auf Distanz, sie lief ohne Überzeugung gegen eine Menschenmenge an, die durch die Straßen drängte und sie behinderte. Über die Rue de Bras-de-Fer gelangte sie wieder in die Rue de la Loge, dann auf die Place Jean-Jaurès. Die Erinnerung warf ein neues Licht auf einen Strandausflug.

Es war Frühling und sie gingen am Meer entlang. Fanny lief vor der Mutter und ihren Brüdern her, und mit jedem Schritt wuchs ihr Zorn. Sie sind rausgegangen, wollten an den Strand; doch er kam ihr ungastlich vor, vom Helldunkel des Himmels beherrscht. Das Meer leuchtete grün, an manchen Stellen braun, barg dunkle Flecken, die von schattenhaften Wesen aus der Tiefe zu stammen schienen. Fanny verabscheute ihre Mutter, weil sie sich wie so oft Armands Launen gefügt hatte, sich von ihm vertreiben ließ. Die Sonne stach hinter zwei Wolken hervor, funkelte auf der Oberfläche der Wellen, entzündete in der Ferne einen quecksilbrigen Glanz; die Strömungen wurden schuppig, als wären sie voller Heringsschwärme. Tanghaufen und Gestrüpp fegten über den Strand. Der Sand bauschte sich wie ein Tuch und stürzte sich krachend auf sie, zerstäubte in der Luft, legte sich auf die Dünen, die Triebe von Hexenfingern und Binsen. Ein Mann und ein kleiner Junge waren außer ihnen die einzigen Menschen. Auf Bitte von Albin breiteten sie ein Laken auf dem Sand aus. Eine Sandmulde, die etwas höher lag als die anderen, schützte sie vor der Tramontana. Fanny nahm Jonas an der Hand und folgte den Jungen Richtung Meer. Eigentlich wollte sie nur Distanz schaffen zwischen Louise und sich, denn warum widersetzte sich ihre Mutter Armand nie? Warum schien sie sein Verlangen, sie aus dem Weg schaffen zu wollen, sie ständig zu ignorieren, zu billigen? Manchmal, wenn er eines der Kinder ohrfeigte, kam Louise und bettelte um Vergebung. Sobald Armand den Rücken drehte, schlich sie zu ihnen ins Zimmer, den Kopf in die Schultern gezogen, die Lippen zusammengekniffen, wie ein beschämter Hund, der einen Knochen gestohlen hat; sie streichelte ihre kleinen Köpfe und flehte sie an, nicht mehr zu weinen. Dann hätte Fanny sie am liebsten zum Teufel geschickt.

Am Rand des Wassers hatte sie das Plappern ihrer Brüder und des Kindes, das nicht ihre Sprache sprach, bald satt. Als sie zu ihrer Mutter blickte, sah sie sie neben dem Mann liegen. Albin achtete nicht darauf, und Jonas war damit beschäftigt, Muscheln aus dem Sand zu buddeln. Die Ungezwungenheit, mit der Louise auf dem um sie herumflatternden Laken lag, konnte nur eine Luftspiegelung sein. Der Wind in den Ohren, der Geruch der Gischt, das Wüten auf dem Strand: Alles gab der Szene einen Hauch von Eigenartigkeit, die jeder Logik entbehrte.

– Pass mal auf Jonas auf, ich bin gleich wieder da, sagte sie zu Albin.

Sie ging auf Louise zu, sie wollte ihre Vision überprüfen, musste sehen, was es mit diesem merkwürdigen Bild auf sich hatte. Sie sah die Hingabe ihrer Mutter, nahm die Fiebrigkeit der Stimmen wahr, ohne den Sinn der Worte zu erfassen, dann die Hand, die bleich wie eine Made auf dem dargebotenen Schenkel von Louise lag. Diese Zärtlichkeit auf der verbotenen Haut nahm Fanny den Atem, erfüllte sie mit Schmerz und Abscheu.

– Ich habe Lust auf dich, hörte sie ganz deutlich.

Sie steckte bis zu den Knien im Sand und zog sich an den eingewurzelten Grasbüscheln zum Gipfel der Düne hoch, um ihre Mutter aus ihrem Blick zu schaffen. Sie kullerte die andere Seite hinunter, hinterließ den Abdruck ihres Körpers im Sand. Sie landete in einem Schilfbeet, und als sie sich etwas beruhigt hatte, drückte sie zwei Finger in den Slip und masturbierte wütend, dann blieb sie, reglos hechelnd, mit tränenüberströmten Wangen liegen, starrte zum Himmel und wollte nie mehr aufstehen. Doch dann hörte sie die Stimmen von Albin und dem Jungen den Strand heraufkommen. Sie ging um die Düne herum, um ihre Brüder einzuholen.

Louise kam auf sie zugerannt. Sie packte sie bei den Schultern und fragte, wo Jonas sei. Fanny wusste es nicht, zeigte auf den Steindamm, unter dem sie ihn unter Albins Aufsicht zurückgelassen hatte. Die Berührung von Louises Händen widerte sie an, sie glaubte den Geruch ihrer Vulva wahrzunehmen oder von der ihrer Mutter. Fanny log, Louise wusste nicht, dass sie wenige Augenblicke zuvor bei ihr gewesen war und was für einen Anblick sie mit ihrem Hingefläztsein geboten hatte. Dann verloren sich ihre Erinnerungen in einem verzweifelten Lauf zum Meer, mit diesem Bild von Louise, die mit einem blutüberströmten Fuß und Jonas auf dem Arm auf der Mole auftauchte, da war diese Hand, die ihr mit solcher Kraft ins Gesicht schlug, dass sie taumelte und in den Sand fiel. Sie sah Louise, die sie beschuldigte für das, was ihrem Bruder hätte zustoßen können, und sie sah sich selbst, auf dem Boden vor dem Unbekannten und seinem Sohn, wie benommen vom Hass, von der Ungerechtigkeit und dem schlechten Gewissen wegen der Lust, von der ihre Beine noch immer zittrig waren.

Fanny hatte die Esplanade Charles-de-Gaulle erreicht ohne eine Vorstellung davon, wie lange sie gegangen war. Sie näherte sich dem Einkaufszentrum, das wie ein Exanthem aus Glas und Metall über die Stadt hinausragte, dann tauchte sie in das Summen der künstlichen Beleuchtung, die geisterhafte Hektik der Einkaufspassagen ein. Sie betrat das erstbeste Geschäft und schlenderte im Geruch von neuen Textilien an den Regalen vorbei. Neben den Kassen befanden sich die Satin- und Viskosestolen. Fanny sah sie mit Erleichterung, ließ die fließenden Stoffe durch die Finger gleiten. Sie überprüfte die Farben und die Details der Stoffe, als sie eine Frau bemerkte, die ihr bekannt vorkam. Sie schob ein Kind im Wagen, und

Fanny fand die Vorstellung, dass es ihr gehörte, unanständig, denn sie mussten eindeutig im selben Alter sein. Die Frau erblickte sie und kam mit übertriebenem Staunen auf sie zu:

– Fanny? Bist du es tatsächlich?

Sie stoppte den Kinderwagen. Die Tücher zwischen den Händen, nickte Fanny und versuchte den Zügen der Frau, wenn nicht einen Namen, so doch wenigstens eine Erinnerung zuzuordnen, eine gemeinsame Bekanntschaft. Die Frau hielt es nicht für nötig zu präziseren, wo sie sich schon einmal begegnet waren, und da sie genauso erstaunt schien, war Fanny nicht sicher, ob sie mehr als ihren Vornamen kannte. Sie verharrten unschlüssig, in einer Art Schwebezustand, dann kam die Frau der Frage zuvor, die Fanny noch nicht gestellt hatte:

– Das war nicht geplant, es kam völlig unverhofft. Ich habe bereits vier; sie sind natürlich schon groß. Aber du weißt ja, was man sagt: Eine Frau blüht nie so auf, wie in dem Moment, wenn sie Mutter wird. Ich fühle mich so verändert … Ich habe den Eindruck, neu aufzuleben. Dieses Kind, nach fünfundzwanzig Ehejahren, verstehst du, es ist völlig verrückt, aber ich glaube, ich hätte ohne es nicht weiterleben können. Etwas Besseres ist mir in meinem ganzen Leben nicht passiert. Ich meine, etwas Besseres als ein Kind zu bekommen, Mutter zu sein, verstehst du? Ich habe mich noch nie so … erfüllt, so lebendig gefühlt wie in der Schwangerschaft. Und das in meinem Alter, stell dir vor!

Fanny nickte, schaute auf das plumpe Gesicht des Kindes in den Windeln, halb unter Kuscheltieren verborgen, während seine Mutter weitersprach und sorgfältig jede Frage vermied. War sie so gleichgültig? Würde Fanny für die anderen immer nur diese durchsichtige Frau, die Mutter des bei der Mole getöteten Kindes sein?

Das Geplapper, der Milchgeruch des Kindes, das Stimmengewirr im Laden und die Hintergrundmusik machten sie wie benommen. Trotz aller Anstrengung gelang es Fanny nicht, das Gesicht einzuordnen, das ihr in einem Augenblick freundschaftlich, in der nächsten Minute arglistig vorkam, je nachdem, ob die Frau sie ansah oder das Gesicht zu ihrem Sohn hinunterbeugte. Sie fand sie bedrohlich, sich ihrer Allmacht über das Kind und der Aura, das es ihr verlieh, allzu gewiss. Sie sprach laut, um von allen gehört zu werden. Despotisch nahm sie das ganze Geschäft in Beschlag. Fanny dachte an Louise: Sie hatte keine Ahnung, was die Kinder von dem Strandausflug an jenem Apriltag mitbekommen hatten, und konnte die Konsequenzen für ihr Leben nicht einschätzen. Von diesem Augenblick an, das wusste Fanny, käme ihr die Mutter gealtert vor, so ganz anders als jene Frau, die am selben Tag die Zärtlichkeit einer Hand auf dem Schenkel akzeptiert hatte. Louise war zu einer anderen geworden, und es war Fanny unmöglich, ein einzelnes Bild von ihr festzuhalten, das ihr gerecht würde.

– Und du, sagte die Frau schließlich, was machst du?

Fanny senkte den Blick auf die Stolen in ihren Händen. Eine von ihnen war anisfarben, genau das Pendant zu der, die sie verlegt hatte, und würde perfekt zu ihrem Kostüm passen.

– Oh, ich hab ein Familienessen.

Die Mutter nickte, Verachtung in den Augen. Ihre Arme, ihr Hals und ihre Brüste hatten die Üppigkeit der Schwangerschaft behalten. Sie war geschmacklos gekleidet, in altmodischen Farben und weiten Formen, die das Auseinanderfallen ihres Körpers kaschieren sollten, was sie aber nicht weiter zu stören schien. Bestimmt fand sie Fanny im Gegensatz dazu aufgetakelt, dafür aber unendlich viel armseliger als sie, darauf reduziert, eine Stola auszusuchen, während sie mit ihrem Kinderwagen durch die Menge stach und ihren Sohn vor aller Augen zur Schau stellte. Fanny legte die Stolen zurück.

– Ehrlich gesagt, ich glaube, ich muss weiter, ich bin in Eile.

Die Frau stimmte wieder zu, inzwischen mit misstrauischem Ausdruck. Sie verabschiedeten sich kalt, und Fanny suchte das Weite.

Es war vereinbart, dass Albin die Seeleute am Hafen abholte.

Es kam vor, dass die Reeder dort ihre Schiffe absetzten. Um den Zuschlag für ein Geschäft zu bekommen, drücken sie die Transportpreise, sparen im Gegenzug an der Sicherheit und dem Unterhalt der Schiffe, zahlen den Seeleuten keine Löhne und tricksen mit den Steuern. Wenn eine Gewerkschaft inspiziert, das Schiff am Kai beschlagnahmt und die Verstöße anzeigt, verschwinden die Reeder und überlassen ihre Besatzung sich selbst. Ein Mann hatte sich in seiner Kajüte an Bord eines Handelsschiffes erhängt, das seit mehr als drei Wochen im Hafen blockiert war und dessen Kapitän sich in Luft aufgelöst hatte, zwanzig Kerle aus allen Ecken der Welt, ohne Einkommen und ohne Aufenthaltserlaubnis zurücklassend. Von Gibraltar über Kambodscha bis Liberia gibt es an die dreißig Länder, die keine Zulassung erfordern und weder arbeitsrechtliche Vorschriften kennen noch Kontrollen der Schiffe durchführen. Für diese Männer, zum Teil improvisierte Matrosen, ist das Meer die Hoffnung auf einen Ausweg. Doch auf hoher See werden die Lebensbedingungen zur Sklaverei: Gewalttätigkeit, Nahrungs- und Wasserentzug, Suizid und Mord, Epidemien aufgrund der mangelnden Hygiene … Wer wollte aufbegehren, dass man einen Mann über Bord wirft, wenn jedes Jahr rund um die Welt zweitausend Seemänner den Tod im Meer finden? Um das Stillschweigen der Männer zu garantieren, drohen die Reeder mit einer schwarzen Liste: Wenn ihr Name draufsteht, kann der entsprechende Matrose sicher sein, nie wieder angeheuert zu werden. Das Heim, für das Albin arbeitete, sicherte diesen Männern Unterkunft und Verpflegung. Karitative

Organisationen unternahmen jeden Tag mehrere Fahrten, damit die Matrosen duschen, ihre Familien anrufen oder einen Moment der Geselligkeit miteinander teilen konnten.

Auf dem Parkplatz des Heims genoss Albin einen Augenblick die Weite des Meeres unter sich, sein Methylenblau. Er dachte an Emilie, schaute auf die Uhr und stellte fest, dass sie gerade aufwachen musste. Er bereute es, dass er die Zwillinge nicht aus dem Bett gerissen hatte, bevor er gegangen war, und hoffte, dass seine Frau streng bleiben würde: Er konnte es nicht leiden, wenn die Jungen in seiner Abwesenheit faulenzten, und er ging nie aus dem Haus, ohne ihnen eine Liste von Aufgaben hinterlassen zu haben, deren Erfüllung er abends überprüfte. Albin stieg in den Trafic und suchte im Handschuhfach nach der Marlboro-Packung. Er lehnte sich an den Rücksitz und drückte den Knopf des Zigarrenanzünders, den Blick noch immer aufs Meer gerichtet. Ihn schauderte, als er einen Zug tat, und er öffnete die Scheibe einen Spalt. Das Bild der Totenwache, das er am Morgen deutlich vor sich gesehen hatte, verfolgte ihn noch immer. Der Tod des Patriarchen stellte den Anfang einer Veränderung dar, oder zumindest war Albin in den Monaten, die auf sein Sterben folgten, die Undurchdringlichkeit des Vaters aufgefallen, das Geheimnis, in das er sich gehüllt hatte. An seinen Großvater hatte er nur eine vage Erinnerung. Ein paar Bilder eines Spätnachmittags in der Familie, in seinem Haus, das er in Pointe-Courte bewohnte. Auch der pittoreske Anblick dieses Fischerviertels mit seinen weißen Fassaden, den Netzen, die da und dort über den Zäunen hingen, den azuritfarbenen Booten, waren mit der Person des Großvaters verknüpft. Albin erinnerte sich an das Geräusch des Wassers, das durch die Rohrleitungen im Hof floss, und an seinen eisernen Geschmack. An die Welpen, die eine herumstreunende Hündin in einer Fischerhütte in die Mulde eines Autoreifens geworfen hatte; an diesen Geruch von Blut, vermischt mit Gummi, und an den Blick des Tieres, der zwischen Misstrauen und Dankbarkeit schwankte, als sie die von Speichel und Fruchtwasser feuchten Hündchen eins nach dem andern hochhoben. An jenem Tag, erinnerte er sich, hatte Armand ihnen befohlen, den Wurf zu ertränken. Er sah, wie er über das Gittertor des kleinen Gartens kletterte und ihm ein Eisendraht in die Wade stach: Das Blut war dick und schwarz, Albin sah fasziniert zu, wie es das Bein hinunterlief, und er hatte sich fest vorgenommen, diesen Schmiss für immer zu behalten. Was ihm von dem alten Mann noch blieb, war das Bild von Kartoffeln tief in einem Kasten unter der Treppe mit dem Geruch von Leder und Schuhwichse. Das Toilettenfenster, das sich auf das Dämmerlicht der Garage öffnete, und Albins Schwierigkeit zu pinkeln, wenn er den Blick nicht von dem dunklen Loch wenden konnte, durch das jeden Augenblick der schwarze Mann springen konnte. Er erinnerte sich, dass der Alte sich vor jeder Mahlzeit erfrischte, sich Gesicht und Kopf besprühte, die Arme bis zu den Ellbogen einseifte und sich feierlich die Haare nach hinten kämmte, bevor er sich schweigend an den Tisch setzte. Und schließlich war Albin noch das Schlurfgeräusch seiner Schuhe in Erinnerung, wenn er sein hinkendes Bein nachzog, der unregelmäßige Takt seiner Schritte. Über seine Vergangenheit als italienischer Immigrant wusste er nichts Bestimmtes, von seiner Reise über die Alpen, die stets wie ein Heldenepos über Armands Lebensgeschichte geschwebt hatte, kannten sie nur grobe Züge und das Schweigen, durch das ihr Vater sich ihrer Neugier entzog. Dieses Erbe des Exils verringerte sich in ihnen weiter.

Armand hatte ihn gezwungen, die Leiche eines Mannes zu

küssen, der zu seinen Lebzeiten für Albin, Jonas oder Fanny nie das geringste Zeichen der Zuneigung gezeigt hatte. Albin hatte ihn streng und unzugänglich gegen sie alle erlebt. Monatelang besuchten sie ihn kein einziges Mal, dann beschloss Armand plötzlich, dass sich die Familie auf den Weg nach Pointe-Courte machte. Der Großvater empfing sie wie gewohnt im Wohnzimmer, das vom Geruch seiner Gitanes verpestet war. Die beiden Männer sprachen von nichts anderem als vom Fischen und der Lagune, und Armand verwandelte sich für Louise und die Kinder in einen Unbekannten. Sein Rücken krümmte sich merklich, er sprach mit schwacher, beinahe sanfter Stimme, wich dem Blick des Alten aus wie ein Kind mit schlechtem Gewissen, zog an seinen Fingern, steckte die Hände in die Taschen, um sie gleich darauf wieder wie zwei lästige Gegenstände linkisch auf die Knie zu legen. Die Kinder bekamen die Order, mindestens eine Stunde im Wohnzimmer auszuhalten, in ihre Sonntagskleider gezwängt. Bevor die Zeit ihrer obligatorischen Anwesenheit abgelaufen war, begannen ihre Beine in dem Haus in Pointe-Courte zu kribbeln vor Lust, aufzustehen und das Viertel ringsum, ein Territorium voller Geheimnisse, zu erkunden. Es war für sie unvorstellbar, dass ihr Vater hier Kind gewesen war. Albin würde später verstehen, dass es Armand bei diesen Besuchen darauf ankam, den Anschein von Wohlstand zu erwecken, während sie sich mit seinem kärglichen Fischersalär mühsam über Wasser hielten. Albin wuchs schnell, und der einzige Anzug wurde eng. Louise hatte die Nähte geweitet, doch war es dem Ahnen nicht entgangen, dass die Kinder immer dasselbe anhatten.

– Muss dir wohl Geld geben, damit du deine Rangen anständig anziehen kannst? Seine Hose reicht ihm bald nur noch bis zu den Knien.

Er hatte Französisch gesprochen, in sarkastischem Ton, um sicher zu sein, von allen verstanden zu werden und seinen Sohn in Verlegenheit zu bringen. Armand wurde rot und stammelte unhörbare Entschuldigungen, die Louise und die Kinder erstarren ließen. Auf dem Rückweg hatte Albin gesehen, wie er seiner Mutter wutentbrannt einen zerknitterten Schein hinstreckte:

– Dass das nicht noch einmal vorkommt. Willst du mich vor dem Alten als Hungerleider bloßstellen?

Sie hatte mit zugekniffenen Lippen genickt und das Geld in den Strumpf geschoben. Von seiner Großmutter kannte Albin nichts als das Foto einer hageren Frau mit schwarzbrauner Schürze, von zwei Söhnen umgeben, denen sie eine Hand auf die Schultern gelegt hatte, ihre Töchter vor sich. Sie war wenige Monate, nachdem ihre Söhne und ihr Mann nach Frankreich aufgebrochen waren, einer Hirnhautentzündung erlegen und hatte Sète nie kennengelernt. Armand war auf diesem Bild ein schmächtiger Junge in kurzen Hosen, mit dunklen Haaren und Augen, und nichts ließ an diesen riesenhaften, gewalttätigen Mann denken, der einmal aus ihm werden sollte. Albin rauchte seine Zigarette zu Ende und dachte an diesem Morgen vor dem Essen, wie sehr doch ihre Familie den Stempel des Patriarchats trug und wie sehr diese Männer ihren Einfluss bis auf ihre Nachkommen ausgeweitet hatten. Es war ihm bewusst, einer von ihnen, wohl der würdigste Erbe dieses unergründbaren Geschlechts zu sein, dieser Rauheit, da Jonas diese Bürde zugunsten einer anderen verweigert hatte.

Obwohl Armand und sein Vater nie die leiseste Zuneigung füreinander bekundet hatten, traf ihn der Tod des alten Mannes schwer, und sie sahen ihn über die nächtlichen Kais gehen – Albin hatte gesehen, wie die Bullaugen sich entzündeten, die Gischt um die Luken schäumte – und dann im Meer verschwanden. Zu Hause ließ er sich immer seltener blicken, ohne dass einer von ihnen wusste, wo er war, oder ihm Fragen stellte. Albin nahm es ihm jedoch nicht übel, da Armand ihn gelegentlich am Wochenende mitnahm. Für kurze Momente hatte er ein schlechtes Gewissen, wenn er Louises Verzweiflung sah und an das Ablehnungsgefühl dachte, unter dem Jonas und Fanny bestimmt leiden mussten, doch das Privileg, Armand aufs Meer zu begleiten, erfüllte ihn mit Stolz. Die Befindlichkeiten seines Bruders und seiner Schwester erschienen ihm dann unerheblich. Albin kannte aber auch die Verwirrung, wenn er auf Distanz gehalten wurde, wenn er am Morgen feststellen musste, dass Armand ihn nicht geweckt hatte und verschwunden war, doch er tröstete sich mit dem Gedanken, dass sie beide etwas miteinander teilten, was allen anderen vorenthalten war: die Einsamkeit des Meeres.

Der Weg hinunter zum Hafen erinnerte ihn an jenem Morgen daran, wie sie in der Dunkelheit zusammen durch die Straßen von Sète gegangen waren, auf die die Laternen da und dort ihre Kegel warfen. Um zwei Uhr morgens trafen sie beim Fischkutter ein, und ihre Silhouetten machten sich im Laternenschein, unter dem Plätschern des blaugrünen Wassers auf der Brücke an die Arbeit.

Um drei hatte das Schiff dreizehn Knoten erreicht. Albin sah dem Schweigen seines Vaters und der anderen Männer im Schein der Laternen, der die Spiegelungen des Ruders künstlich aussehen ließ, zu. In der Nähe zeichneten sich weitere Kutter ab. Die schnelle Fahrt, mit der sie in die Fischerzone hinausfuhren, wirkte anregend, und als sie, die Gesichter im

Gasölgeruch, hinter Rauch verdeckt, das erste Netz auswarfen, kippte der Kutter nach hinten und stampfte gefährlich. Albin jubelte. Wenn das Morgenrot die Weite entflammte, zogen die gespannten Seile silberne Linien über die Wasseroberfläche, und er brauchte nur eines der Taue zu umschließen, um die Macht des Windes und den Widerstand des Wassers zu spüren, das sie mit ihren Netzen zum Schäumen brachten. Wenn dann endlich der Moment gekommen war, den Fang hochzuziehen, half Albin den Männern, die Blöcke zu bedienen. Er mischte sich unter ihre gespannten Muskeln, knurrte im Konzert ihrer kehligen Stimmen, berauschte sich an Schreien und Flüchen und betrachtete fasziniert die aufs Deck ratternden, algenumschlungenen Ketten. Mysteriengleich ragten die Bojen heraus aus einer Welt, von der er nichts wusste, und sein Vater und die anderen Männer hakten die Netze an, um sie über die Seiten des Schiffes zu hieven. Sie packten sie und warfen sie aufs Deck. Endlich, und das war der schönste Augenblick für Albin, ließ das Netz Fische und Algen über ihre Beine purzeln. Kraken, Seeteufel, Aale und Quallen kullerten über das Deck, und ihren braun und rot glänzenden Farben, ihrem metallenen und mahagonifarbenen Schimmer entstieg der Geruch vom Bauch des Meeres. In dieser wohlriechenden Feuchte sortierten sie den Fang, verscheuchten die Möwenschwärme, die den Abfällen auflauerten, die im Morgengrauen weiß aufblitzten, wenn sie ins Meer zurückgeworfen wurden. Auf dem Rückweg tranken sie schweren Wein aus der Flasche, und als er an der Reihe war, nahm auch Albin einen Schluck unter den angeberischen Blicken der Männer. Gegen Abend liefen sie in den Hafen von Sète ein, um ins Brodeln der Fischauktion einzutauchen. Abends kehrten Albin und Armand nach Hause zurück, vom selben Schweigen eskortiert wie am frühen Morgen, aber erfüllt von dem Gefühl, bei dieser Konfrontation mit dem Meer vereint gewesen zu sein.

Mit dreizehn begegnete Albin dem wachsenden Hass von Jonas und dem lauen Unverständnis von Louise mit einer Arroganz, die Armands Erwartungen voll erfüllte. Er sah in Jonas' Rührseligkeit, seiner bedingungslosen Anhänglichkeit an seine Mutter und der Spontaneität seiner Gefühle den Ansatz einer Verweiblichung. Fanny hingegen schien während der zwei Jahre, die auf den Tod des Patriarchen folgten und den neuen Vater hervorbrachten, nicht vorhanden zu sein. Albin behielt ganz einfach keine einzige Erinnerung an seine Schwester. Nie sah er sie mit ihnen zusammen. Wie alt musste sie denn damals gewesen sein? Siebzehn, achtzehn?

*

Camille und Jules, seine Zwillingssöhne, waren siebzehn, so alt wie diese Jugendlichen, denen Albin begegnete, nachdem er den Wagen in der Nähe des Hafens geparkt hatte, die ihre schlanken Oberkörper und ihre kahlhäutige Arroganz am Kanalufer ausführten. Er dachte an Jonas und daran, wie fremd sie einander geworden waren, wie nah sich im Gegensatz dazu seine eigenen Kinder waren. Albin hatte Wert darauf gelegt, dass jeder der Zwillinge eine eigene Persönlichkeit entwickeln konnte, und Emilie und er hatten schon sehr früh entschieden, sie unterschiedlich zu kleiden und auf zwei verschiedene Schulen zu schicken, damit sie nicht wie aus dem selben Guss gerieten, wie diese Zwillinge, deren Eltern überhaupt keine Besonderheit nennen konnten. Sie waren mit seinen Launen aufgewachsen, und seine Jungen kehrten sich nun ebenfalls von ihm ab. Er wusste nicht, ob Camille und Jules schon zu weit entfernt waren, um die verlorene Zeit nachzuholen, einen Rest von Vertrautheit zu retten. Albin wusste nicht einmal, wie diese Vertrautheit aussehen sollte, wie sie herzustellen wäre, und wenn er wie Armand früher versuchte, einen Augenblick mit ihnen zu teilen, gingen seine Söhne ihm ängstlich aus dem Weg.

Im Jahr zuvor war es Albin gelungen, sie zum Schifferstechen mitzunehmen, das am Sankt-Ludwig-Tag in Sète stattfand. Als sie am Canal Royal waren, drückte jeder ihrer Blicke, jede ihrer Gesten Unterwerfung und Langeweile aus: Sie beugten sich ihrer Pflicht, versuchten ihrem Vater zu gefallen in der Hoffnung, dass er sie danach in Frieden ließ. Als Camille nach dem Fest zögernd aus dem Wagen stieg, hatte Albin zu verstehen versucht:

– Das war nicht ganz so, wie ich wollte, meinst du nicht auch?

Er bemerkte die Ungeduld, die Nervosität seines Sohnes.

– Ich weiß nicht, Papa, ich weiß nicht, was du wolltest.

Machte er seinem Sohn Angst? Ungeschickt hatte er ihm eine Zigarette angeboten, die der Jugendliche ausschlug. Albin erlaubte ihnen normalerweise nicht, in seiner Anwesenheit zu rauchen.

– Dass wir ein wenig zusammen sind, nehme ich an.

– Doch, dann hattest du doch, was du wolltest.

Camille schaute seinen Vater nicht an, seine Augen glitten über das Armaturenbrett, seine Finger klopften nervös auf den Türgriff: Albin wollte ihm eine Hand auf die Schulter legen, doch sobald er den Arm hob, zuckte Camille zusammen und schützte sein Gesicht. Albin legte die Hand aufs Lenkrad zurück:

– Ich wollte dich nicht schlagen, sagte er mit tonloser Stimme. Geh. Geh jetzt nach Hause.

Camille hatte es eilig, aus dem Wagen zu kommen, und ließ seinen Vater allein.

Es war natürlich vorgekommen, dass er seine Söhne gezüchtigt hatte. Aus Erziehungsgründen. Einmal hatte er Jules bei irgendeinem Anlass, an den er sich nicht mehr erinnerte, in der Küche geohrfeigt, und sein Schlag hatte ihn an die Kante der Arbeitsplatte geschleudert. Während er auf das Schiff zumarschierte, bei dem er die Seemänner treffen sollte, sah Albin sein blutendes Gesicht vor sich, dann das angewiderte von Camille, als er im Wagen mit ihm sprach. Jules trug eine Narbe auf der Stirn davon, dessen Anblick für Albin schmerzlich war. Voller Gewissensbisse und Scham ging er über das Hafengelände.

Die Markthallen dröhnten vom Knirschen des Eises auf den Fischständen und vom Stimmengewirr. Sie ging ihren Einkäufen nach, man hob die Hand zum Gruß, erkundigte sich nach ihrem Befinden, nach dem der Kinder. Louise war hier eine vertraute Erscheinung, sie hatte für mehrere Produzenten gearbeitet und galt als eine echte Setoiserin, als Matrosenfrau. Wohlwollende, gönnerhafte Blicke trafen sie, und die Stapel von Obst und Gemüse, die verlockenden Tielles, das strahlende Funkeln der Rotbarben und Lachsscheiben beruhigten sie. Sie war noch unschlüssig, was sie am Abend kochen sollte; es musste etwas sein, was den Kindern schmeckte. Die Träume, die sie im Wohnzimmer bedrückt hatten, waren verflogen, aber Louise schleppte noch immer die sinnlichen Dünste dieses Nachmittags am Strand, vor zweiunddreißig Jahren, mit sich herum.

Sie wusste nicht, wie sehr sie sich von der Frau unterschied, die sie an jenem Tag gewesen war. Kurz nach der Geburt von Jonas' sind sie einmal zum Hafen hinuntergegangen waren, und Armand hatte sie auf die See mitgenommen. Das Meer war eine unendliche Weite, sein Glitzern mit den Augen kaum auszuhalten. Fanny und Albin tauchten ins ruhige Wasser, ihre sommerlich gebräunten Körper warfen weiße Spritzer auf, die sich wie ein schwerer Regen auf Louises Haut legten. Armand hielt die Pinne, vor ihr zeichnete sich im Gegenlicht sein Rücken ab, und sie sah die Zufriedenheit auf seinem Gesicht, ein Vorarbeiter, der sich über die sorgfältige Ausführung einer Aufgabe freut. Da hatte sie ihre Kinder und ihren Mann als eine Erfüllung angesehen. Sie hatte die Zuversicht und die Opferbereitschaft besessen, wie sie jungen Frauen ihrer Zeit eigen war, dachte sie. Zu Beginn ihrer Beziehung, erinnerte sich Louise, hatte sie diese Hoffnung, die in ihrer Brust nistete, manchmal rasend, beinahe schmerzhaft empfunden.

Sie entschied sich für gefüllte Miesmuscheln und eine Macaronade. Sie wählte das Suppengrün und ein paar Knoblauchknollen.

– Meine Kinder kommen heute Abend, meinte sie sich rechtfertigen zu müssen, als sie das Wurstbrät und das Stück Ochsenschulter verlangte.

Louise hatte es mit einem gewissen Stolz gesagt, und der Fleischer zeigte sich verständnisvoll:

– Es ist wichtig, seine Kinder um sich zu haben.

Machte er sich wirklich Gedanken über ihre Einsamkeit? Sie betrachtete durch den Glasstand hindurch die Fleisch- und Wurststücke, die sich rosarot aneinanderreihten.

– Legen Sie noch einen Markknochen dazu. Nein, ich kann mich nicht beklagen. Sie sind präsent. Mehr als nötig wäre. Und außerdem müssen sie schließlich ihr eigenes Leben leben, das sage ich ihnen ständig.

Der Mann gab ihr recht, ihrer Vertraulichkeiten bereits leid geworden, und Louise spürte einen Stich im Herzen: Woher kam diese Überzeugung, die sie in Wahrheit hatte, dass die Kinder sie besuchten, als gälte es, eine lästige Pflicht zu erfüllen? Fanny besonders, obwohl sie noch am fleißigsten war. Was hatte sie getan, um dieser Louise, die sie alle vergöttert hatten, so unähnlich zu werden? Hatten ihre Kinder vergessen – hatten sie es überhaupt einmal gewusst –, dass sie eine Frau gewesen war, bevor sie ihre Mutter war?

Dieser Tag am Strand hatte ihr Schuldgefühle bereitet, doch während die breiten Hände des Metzgers das Fleisch schnitten, begriff sie, dass sie Armands Veränderung schon lange vor diesem Tag wahrgenommen hatte, gleich nach der Geburt von Jonas. Von da an hatte er sich von ihnen zurückgezogen, nie auf endgültige Weise, aber für Augenblicke, Phasen; sie verloren ihn, und die Jahre, die auf den Tod seines Vaters folgten und die Unausweichlichkeit seiner Veränderung ankündigten, sollten sich auf der Lebensstrecke, die sie gemeinsam zurückgelegt hatten, als die härteste Phase ihres Lebens erweisen.

Es war ein trockener Sommer. Kein Tropfen Wasser, um der aufgesprungenen Erde und den verdunstenden Seen ein wenig Linderung zu verschaffen. Die Strände waren von den Körpern der Touristen übersät, die Sète während ihres Ansturms bunt färbten. In der Ferne schillerten die Flamingos im warmen, von der *malaigue* grün gewordenen Wasser. In Pointe-Courte, wo die Schiffsrümpfe im gehärteten Schlamm steckten, hatte Louise in der Stickigkeit des Hauses dem Todeskampf ihres Schwiegervaters beigewohnt. Antonio, Armands Bruder, und seine Frau Anna waren von Neapel nach Sète gezogen. Louise hatte eine sofortige Zuneigung zu dieser dicken, fröhlichen Frau gefasst, die mit einem gespreizten Akzent Französisch sprach. In jenem Sommer tauchten sie gemeinsam die Waschlappen in ein Becken mit kaltem Wasser und wuschen den feuchten Körper des Alten in dem Zimmer, das noch keine von ihnen zuvor betreten hatte. Ein Foto neben dem Bett erinnerte an die strenge, untersetzte Frau, die die Mutter ihrer Ehemänner gewesen war. Ihre Schwestern, bei Tanten untergebracht, hatten nicht die Möglichkeit des Exils, und Louise sollte sie erst auf der Beerdigung des Familienoberhaupts gegen Ende des Sommers kennenlernen.

In der naphthalingeschwängerten Atmosphäre waren Anna

und sie mit der Nacktheit dieses Mannes konfrontiert, demgegenüber keine von beiden je etwas anderes als Angst gefühlt hatte. Wenn seine Söhne ihn besuchten, warteten sie im Wohnzimmer, bis die Frauen ihren Vater zurechtgemacht und in seinem Bett eingerichtet hatten. Die Männer sprachen wenig, und sie gingen hinaus, um sie unter sich zu lassen. Der Alte war, wie Louise nun erfahren musste, ein Ungeheuer. Nie hatte er ihr oder Anna gegenüber die geringste Dankbarkeit bezeugt. Während sie ihn wuschen, überhäufte er sie mit Beschimpfungen. Unzählige Male verkackte er seine Laken. Es war kein Missgeschick, auch nicht Inkontinenz, sondern geschah aus Freude, um zu sehen, wie sich der Abscheu auf ihre Gesichter zeichnete, wenn sie das Zimmer betraten. Stundenlang schrubbten sie in der Badewanne Laken und Decken. Diese Leichentücher hingen dann auf den direkt zur Straße hinaus gespannten Wäscheständern den ganzen Tag in der Sonne, Horden von milchigen Medusen gleich.

Louise und Anna beschlossen, dem Alten Schutzeinlagen aufzuzwingen. Sie sagten ihren Männern nichts davon, keiner von ihnen legte Wert darauf zu erfahren, dass sie bis zu den Ellbogen in den Exkrementen ihres Vaters steckten. Das Waschen und Anziehen wurde zu einer Tortur. Der Patriarch packte sie fest an den Armen, kniff und ohrfeigte wild drauflos, riss ihnen büschelweise die Haare aus, und sobald sie eine etwas ungeschickte Geste taten, versuchte er sie mit seinem steifen Bein zu treten. Am Abend, als sie ihm zum ersten Mal eine Windel anlegten, tobte er wie ein Raubtier und schlug sie mit einer Kraft, dass Louise auf Schenkeln und Busen blaue Flecken davontrug. Sie fürchteten, die Nachbarn könnten das Geschrei hören, doch nach und nach erlahmte er, und sie schlugen die Laken wieder unter die Matratze, während er im Schlaf weiter vor sich hin jammerte.

Am nächsten Tag kam Louise früher als gewöhnlich, und sobald sie die Haustür durchschritten hatte, wusste sie, dass er es wieder getan hatte. Der Geruch überwältigte sie schon auf der Schwelle, und sie stürzte ins Zimmer in der Überzeugung, die Laken wie immer dreckig vorzufinden. Der Anblick übertraf ihre Befürchtungen: Ein durchfallartiger Kot tapezierte Wände und Vorhänge: Er musste es geschafft haben, sich aus dem Bett zu kämpfen und in jede Ecke des Zimmers zu gelangen, während es zwei brauchte, um ihn auf seinen Topf zu tragen, falls er geruhte, sie von seinem Bedürfnis zu unterrichten. Die Spuren der Hände ließen keinen Zweifel an der Absicht des Alten, der selbst von den Knien bis zur Brust verdreckt war. Sein Geschlecht und seine Schamhaare verschwanden unter einer dunklen Kruste. Die Windel lag zerfetzt auf dem Boden. Die Fetzen flogen auf und schwebten unters Bett, als Louise das Fenster öffnete. Sie hielt eine Hand an den Mund und stürzte aus dem Haus, um Atem zu holen. Als sie zurückkam, beobachtete der alte Mann sie aus dem Bett heraus. Er triumphierte.

Sie rief Anna an, die auf der Stelle kam. Den ganzen Morgen lang schrubbten sie die Wände des Zimmers, während der Alte sie mit Beleidigungen überhäufte.

– *Mangia! Mangia! Scopami il culo!*, schrie er Anna an, als sie ihm den Hintern abwischte.

Und dann zu Louise, die etwas weiter weg war:

– Und du, Dicke, dir gefällt das wohl, was, kannst dich wohl gar nicht sattsehen?

Er zeigte auf sein schlappes Geschlecht, das zwischen den zwei mageren Schenkeln hing. Da packte Anna, die bis dahin zu allen Beschimpfungen geschwiegen hatte, den Patriarchen am Kragen, zog ihn vom Kopfkissen und zu sich heran, nahm mit der anderen Hand den Nachttopf, der auf einem Stuhl neben dem Bett stand, und hielt ihn vor sein Gesicht:

– *Non sono la tua serva, vecchio. Appena caghi nelle tue lenzuola, giuro che ti faccio bere 'sto secchio fino all'ultima goccia.*

Der Alte starrte sie mit ungläubigem Blick an. Anna hielt stand, bis er die Augen wegdrehte, dann stellte sie den Topf auf den Stuhl zurück und ließ das Nachthemd los. Ihr Schwiegervater fiel schwer auf sein Bett zurück und streckte sich zitternd aus. Sie quälten sich mit der Reinigung des Zimmers ab, dann zündeten sie ein ganzes Päckchen Armenisches Papier an, das sie in einer Kommodenschublade fanden. Als sie endlich an die frische Luft kamen, war es nach Mittag, und das Haus roch wie ein hinduistischer Tempel.

Anna schob die Hand in die Schürzentasche und zog eine Packung Gitanes heraus.

– Schau, die habe ich aus dem Wohnzimmer geklaut.

Keine von ihnen rauchte, aber sie betrachteten das blaue Päckchen wie einen verbotenen Gegenstand. Sie rochen bis in die Haarwurzeln nach Javelwasser, auf Stirn und Schläfe klebten die Haare, unter den Achseln und auf dem Rücken hatten sich Ringe gebildet. Anne führte eine Zigarette an die Lippen und machte sie an. Bei den ersten Zügen husteten sie wie zwei Schwindsüchtige.

– Was hast du eigentlich vorhin zu dem Alten gesagt?, fragte Louise, erkühnt durch die Lässigkeit, die ihr die Kippe zwischen den Fingern verlieh.

– Ich habe gesagt, wir seien nicht seine Dienstmädchen, und wenn er sich noch einmal vollscheiße, trinke er den Nachttopf bis zum letzten Tropfen leer.

Louise drehte den Kopf zum Fenster des Schlafzimmers mit den halbgeschlossenen Läden.

– Oh, wirklich?

– Aber sicher, *la ultima goccia*!

Erst schwiegen sie, rauchten ihre Zigarette zu Ende, ignorierten das Kopfweh, dann gluckste Louise, und beide brachen in ein gemeinsames, ununterdrückbares Lachen aus. Sie lachten, dass sie beinahe umfielen, sanken einander in die Arme, trockneten die Tränen mit ihren Schürzen, klopften sich auf die Schenkel. Ihr Bauch schmerzte, sie krümmten sich, bogen sich bis zu den Knien auf dem Rand des Gehsteigs, ohne auf die schrägen Blicke der Passanten zu achten.

Als Anna ein paar Jahre später starb, fiel Louise auf dem Vorplatz der Kirche, wo die Beerdigungsfeier stattfand, dieser Augenblick wieder ein, dieses Bild von ihnen beiden, wie sie sich ausgelassen auf der Straße umarmten, und sie lief schleunigst hinter das Pfarrhaus, um sich zu verstecken, und lachte, wie sie nie wieder lachen würde.

Daran musste Louise in den Markthallen denken, und ein Lächeln kam über ihre Lippen. Ihr Schwiegervater hatte sich nicht mehr unterstanden, seine Bedürfnisse woanders als ins Steingut seines Nachttopfs zu verrichten, aber Louise und Anna bekamen eine Ahnung von dem Mann, an dessen Seite ihre Ehemänner aufgewachsen waren, auch wenn keiner von ihnen je ein Wort darüber verloren hatte. Louise hatte mehrere Anläufe unternommen, mit Armand zu reden, damit er versuchte, seinen Vater zur Vernunft zu bringen. Eines Abends, als sie erschöpft nach Hause kam, brach sie in Tränen aus und flehte ihn an:

– Ich kann nicht mehr, ich kann einfach nicht mehr, verstehst du? Sag ihm doch, er soll sich ein bisschen zusammenreißen, der Arzt sagt, das sei gut möglich.

– Aber was um Himmels willen soll ich ihm denn sagen, Louise?, antwortete er mit einer Heftigkeit, die sie noch nicht an ihm kannte. Bist du nicht einmal imstande, einen Arsch abzuwischen? Wozu taugst du denn eigentlich? Willst du vielleicht, dass ich das mache, ist es das? Glaub mir, der gehört nicht zu den Männern, die man um etwas bittet. Kümmere dich um ihn, als wäre er dein eigener Vater, das ist alles, was ich von dir verlange. Und lass das Diskutieren.

Manchmal fügte er noch hinzu: »Ich weiß doch, dass es schwierig ist«, oder: »Ich weiß, wie er ist, der alte Dreckskerl«, mit diesem Maß an Anteilnahme musste sie sich zufriedengeben.

Der Patriarch starb, als die Linke gerade siegreich aus den Kommunalwahlen hervorging, und Louise glaubte an eine Befreiung. Nichts anderes bedeutete dieser Tod für sie, bald aber begriff sie, wie tief dieser alte Mann, durch seine Abwesenheit und eine Vergangenheit, die ihr dunkel geblieben war, seinen Einfluss auf Armands Leben verankert hatte. Diesen Vater zu verlieren, den er bestimmt gehasst hatte, bedeutete, den Halt seines Lebens zu verlieren, das gewaltige Gewicht der Verbote, mit denen er groß geworden war. Durch den Türspalt sah sie, wie er ihren Sohn zwang, diesen Körper zu küssen, den sie nun bis in die intimsten Stellen kannte. Als Albin aus dem Zimmer kam, lief der Urin über seine Hose und plätscherte in seinen Schuh. Sie hatte ihn gescholten und dann grob und ungeduldig umgezogen, seine Samthose gegen zu große Shorts getauscht, die dem Alten gehört hatten und in denen Albin lächerlich aussah. In den darauf folgenden Jahren hatte sich das Kind seinem Vater jedoch angenähert und ihm sein Fernbleiben und seine Autoritätsexzesse, unter denen Jonas und Fanny zu leiden schienen, nie übel genommen.

*

Louise rechnete damit, dass ihre Tochter früher käme, und beschloss, mit ihr zu reden. Ihr lag daran, sich vor dem Essen mit ihr auszusprechen, unter Frauen. Auf dem Heimweg ließ sie sich von der Regelmäßigkeit ihrer Schritte einlullen, dem Schaukeln der Papiertüten gegen ihre Schenkel. Auf der Place Léon-Blum setzte sie sich und stellte die Einkäufe neben sich ab. Sie schaute den Tauben zu, die vor ihren Füßen herumstaksten. Von der Kirche Saint-Louise schlug es elf, und Louise machte sich Sorgen, Fanny könnte vor verschlossener Tür stehen, schaffte es aber trotzdem nicht, sich endlich in die Grande Rue Haute aufzumachen. Die Jahre machten sich bemerkbar, zogen Kreise um sie herum, die sie schon den ganzen Morgen betrachtete, ohne ihren Sinn zu erfassen. Albin hatte sich von ihr entfernt; er war ihren Erwartungen mit jugendlichem Hochmut begegnet. Fanny war zum Teenager geworden und setzte ihre ganze Energie ein, um das Haus zu meiden; Louise fragte sich, ob ihre Tochter sie damals als eine passive Zuschauerin ihrer Zerrüttung angesehen hatte. Vielleicht hatte sie Louise gar die Schuld an Armands Auflösung gegeben? Fanny schien in jenen Jahren eine Aversion gegen ihre Mutter gehegt zu haben, gegen die Louise ohnmächtig war. Es fiel ihr schwer, mit ihren Kindern zu sprechen: In ihrer Erziehung auf dem Bauernhof in den Cevennen war jeder Ausdruck von Gefühl ausgeklammert, und nach dem Vorbild ihrer Mutter hatte Louise stets versucht, ihre Liebe zu den Kindern durch tägliche Aufmerksamkeiten zu beweisen, durch die sie selbst zu existieren gelernt hatte.

Um die Leere zu füllen, die Armand hinterließ, wenn er zur See fuhr und sich abmühte, aus Albin einen Seemann, einen wie ihn, zu machen, scheute Louise keine Mühe. Wenn sie nicht in den Markthallen arbeitete, schneiderte sie für ein

Nähatelier in der Altstadt. Zu Hause bereitete sie zu bestimmten Zeiten die Mahlzeiten vor, wusch die Wäsche, schüttelte die Laken vor dem Fenster aus, polierte die Möbel und bohnerte die Fußböden. Wenn sie sich schließlich doch mit der Leere im Haus konfrontiert sah, klammerte sie sich an Jonas. Hatte sie, ohne es sich einzugestehen, das Anderssein ihres Sohnes geahnt? Seine Sensibilität rührte sie, die Zuneigung, die er ihr stets entgegenbrachte. Abgesehen davon war er leicht erregbar, und sie trug noch zu dieser Empfindlichkeit bei, indem sie allen seinen Erwartungen, jedem seiner Bedürfnisse zuvorkam. Nichts schien ihr wichtiger zu sein, als ihn zu umhegen. Jonas war ihr Junge, ihr Kleiner, ein knochiges Kind mit durchsichtiger Haut, mit schlaksigem Aussehen, schmaler, hohler Brust, der ohne ihren Schutz nicht zu überleben schien. Sie bildeten weiterhin ein einziges Wesen, das die Einsamkeit und eine gewisse Verspieltheit liebte. Jonas' Lehrer machten sich Sorgen wegen seiner mangelnden Konzentration, doch Louise gefiel es, dass er so besonders war, sie hörte ihren Ratschlägen nur mit halbem Ohr zu. Sie war ein wenig von oben herab, verachtete ihre Gewissheiten, überzeugt, ihn weit besser zu kennen. Sie liebte ihn gerade für das, was ihn von den anderen Kindern seines Alters unterschied. Jahre später, als Jonas weit von ihr wegzog, litt sie darunter, ihn nicht mehr zu verstehen und zu sehen, wie er ihre Annäherungsversuche unerbittlich von sich wies.

Auf der Place Léon-Blum musste sie an einen bestimmten Sommer denken, Jonas dürfte kaum mehr als neun gewesen sein. Sie schauten im Wohnzimmer fern; der Kopf ihres Sohnes lag auf ihren Knien, und sie verfolgten ohne großes Interesse die Fernsehnachrichten, in denen von der Aufhebung der homophoben Gesetze berichtet wurde. Eine Reportage zeigte mehrere Männer, die sich in aller Öffentlichkeit umarmten, küssten und das Recht einforderten, ihre Sexualität frei ausleben zu dürfen. Manche sprachen von einer Epidemie, die die Gesellschaft zerstöre. Louise wurde es ganz heiß, die Hand, die auf Jonas' Arm lag, kribbelte, ohne dass sie jedoch das Gefühl bestimmen konnte, das sie bedrückte, eine Art Angst, ein böses Vorzeichen: War es möglich, dass ihr Sohn auch so wurde, dass er dazu bestimmt war, an einer schändlichen Krankheit zu sterben?

– So etwas tust du nie, das ist hässlich, sagte sie.

Jonas wandte ihr ein ratloses Gesicht zu, und Louise beeilte sich, den Sender zu wechseln. Sie warf sich augenblicklich vor, ihn betrübt zu haben. Dann verscheuchte sie die Sorge wieder. Der Verdacht war nicht mehr gekommen. Zumindest hatte die Vorstellung nie wieder mit solcher Präzision Gestalt angenommen, auch nicht, als sie gesehen hatte, dass sich der jugendliche Jonas nicht für Mädchen interessierte, oder später, als er sich ganz von der Familie abgekehrt hatte. Doch in der beharrlichen Liebe zu ihrem Kind war es vorgekommen, dass sie plötzlich von einem unsinnigen Zorn gepackt wurde: Sie schaute zu, wie Jonas auf der Straße spielte, Dreirad fuhr, mit seinem Bruder herumrannte oder sich mit anderen Kindern amüsierte, als ihr plötzlich die Vorstellung, dass er etwas ohne sie erlebte, dass er eine Vertrautheit mit anderen teilte, unerträglich wurde. Es war alles da, sie hätte erfüllt und froh sein können, ihn glücklich zu sehen, doch sie war machtlos gegen diese körperliche Erbitterung, dieses Ziehen, diese Ungeduld in den Armen und Beinen, der sie schließlich nachgab. Louise war überzeugt, dass Jonas niemanden brauchte, da er ja sie hatte. Sie rief ihn unter einem Vorwand zu sich, setzte seinem Spiel ein Ende, und manchmal sagte sie, indem sie fieberhaft seine Hände in den ihren drückte, zu ihm:

– Wir sind ein ganz schön tolles Team, wir zwei, stimmt's?

Als er ihr seine Homosexualität eröffnete, war es für sie wie ein schmähliches Scheitern, sie wurde sich bewusst, dass sie ihren Sohn nicht wirklich kannte, dass sie die Jahre mit ihm damit vergeudet hatte, um Verständnis zu ringen, das Offensichtliche zu leugnen. Dann kamen die Schuldgefühle; Armand hatte sie dafür verantwortlich gemacht.

– Wärst du nicht eine solch blöde Mutter gewesen, säßen wir heute nicht mit einem Schwulen in der Familie da.

Aber als sie mit ihren Einkäufen neben sich auf dieser Bank in Sète saß, war Louise frei von dieser Last. Sie hatte sich entschlossen, alles an ihren Kindern zu akzeptieren, und dazu gehörte es zu verstehen, dass sie den Wünschen, die sie einst gewissenlos und egoistisch für sie geformt hatte, nicht entsprachen: Armands Tod, das musste Louise zugeben, hatte das Seine dazu getan. Er war gestorben und hatte sie in dieser Ambivalenz zurückgelassen. Louise stand auf und setzte ihren Weg fort.

Und außerdem, dachte sie, liebt sie Hicham. Er gehörte inzwischen genauso zur Familie wie ihre eigenen Kinder.

Samuel und er hatten rund zwanzig Austern und zwei Kilo Miesmuscheln aus dem See geholt. Schweigend gingen sie durch das Wasser, die Anwesenheit des andern und die Geräusche des Sees gewohnt. Jonas nahm zerstreut die goldenen Maserungen wahr, die Sprenkelung der Gräser, das Auffliegen eines Reihers. Das Tageslicht entzündete die Vegetation, Lichtsplitter wogten über das purpurne Wasser. Die Tramontana fuhr durch die hohen Gräser, und Jonas fröstelte, belebt vom Salz in der Luft. Das Schilf wiegte seine Kolben und silbernen Federn, die Blätter rauschten, und ihr Atem schwoll in der Luft an. Samuel und Jonas sprachen nicht, kosteten beide die Berauschung aus, die das Seeufer in ihnen auslöste.

Jonas dachte an seine Kindheit, an den Geruch des Asphalts auf den Straßen von Sète in der Sommersonne. An die ersten Gayprides, zu denen das Komitee der homosexuellen Antirepression aufgerufen hatte, und die immense Erleichterung, einen Namen zu haben für das, was er zu sein fühlte, die Gewissheit einer Zugehörigkeit zu einer Gemeinschaft, die, auch wenn sie unerreichbar war, doch existierte. An das wogende Licht, das auf der Autobahn in die Kabine eines Autos glitt, die wenigen Male, da sie in die Ferien fuhren. An den Benzingeruch einer Tankstelle, wo die Neonlampen die Dunkelheit zerreißen. An das Kribbeln in den Beinen auf einer Brachwiese. An ein offenes Fenster in der Nacht und das Brummen eines Flugzeugs, das nach und nach in der Ferne erstirbt. An das Auftauchen von Aids und diesen Titel, den er in einer Zeitung gelesen hatte: *Die Schwulenkrebs-Seuche,* und die Vorstellung, früher oder später von der Krankheit eingeholt zu werden. An das blaue Aufscheinen einer Vene auf Armands Stirn, wenn er in Zorn gerät. An den Geruch vom Saft der Feigenbäume und das Konzert der Zikaden. An die feuchte Haut von Louise, diesen Duft nach Schweiß und Körpercreme, wenn sie ihn auf den Arm nimmt. An das dumpfe Grollen eines Gewitters. An ein buntes Stück von der Berliner Mauer in einer Plastiktüte, das im Pausenhof von Hand zu Hand geht. An den Geruch der Stadt, die unter dem Trommeln eines sintflutartigen Regens jubelt. An einen Mittagsschlaf, aus dem ihn Albins und Fannys Spiele reißen, und Jonas spürt, dass sie leben und in seiner Nähe sind. An Abende auf den Dächern der Bushäuschen unter dem immensen Gewölbe des Himmels in der süßlichen Ausdünstung der Mofamotoren, die ein Stück weiter weg abkühlen. Und an das Lachen, dessen Echo unaufhörlich durch ihr Leben hallt. Diese Erinnerungen spannten ein bewegliches Kaleidoskop, in dem Jonas eine Ansicht von sich selbst sah, Momente und Empfindungen, aus denen er gemacht war.

*

Als Fanny Mathieu kennenlernte, hatte sie sich von der Familie bereits gelöst. Zwölf Jahre trennten sie von Jonas, und da sie einander nie besonders nah gewesen waren, wurde sie für ihn vollends zur Fremden, zu der er nicht vor dem Tod Leas, in der geteilten Trauer, zurückfinden würde. Albin hatte die Schroffheit der Seemänner angenommen. Er verhielt sich rücksichtslos seinem Bruder gegenüber und glaubte noch immer, dass ihr Vater nicht durchwegs diese abgestumpfte Person gewesen war, die er in Jonas' Erinnerung bleiben würde. Hin und wieder dachte Jonas aber auch an die Verbundenheit, die sie einst beim Anhören der Etappen der *Route du*

Rhum geteilt hatten. Es kam vor, dass Armand aus diesen Abgründen, die nur er allein kannte, auftauchte, um wieder der aufmerksame Vater zu werden. Die Familie war mittlerweile vertraut mit diesen Verwandlungen und hoffte darauf. Wenn Armand nach dem Fischen über die Türschwelle trat, versuchten Louise und die Kinder als Erstes seine Laune zu ergründen. Jonas sah, wie sich seine Mutter merklich veränderte. Er spürte ihre Ausgelassenheit, die ungewohnte Sinnlichkeit ihrer Gesten. Ihr Fleisch übernahm wieder sein Recht über das Haus und die Familie, und jene, die eben noch voll und ganz für ihr Nesthäkchen da gewesen war, mühte sich nun ab, Armand zu verführen. Jonas litt darunter, sie ihrem Vater ergeben zu sehen. Er drückte sich an ihn, suchte seine Aufmerksamkeit auf sich zu lenken, denn von Armand geliebt zu werden, schien die einzige Möglichkeit, Louise zurückzuerobern. Wenn Armand ihn endlich auf den Arm nahm, stellte er dieses besondere Verhältnis wieder her, das ihn mit seiner Mutter verband, da sie, überglücklich, dass er sich für seinen Sohn interessierte, durch alle möglichen Kleinigkeiten versuchte, sein Wohlwollen zu gewinnen.

Sie nahmen weiterhin Matrosen bei sich auf, und diese Männer traten an die Stelle des abwesenden Vaters. Jonas wusste nicht, ob sie alle, wie Pavel, am Hafen ausgesetzt worden waren. Viele von ihnen waren Ausländer, und er hatte keine Ahnung, wie lange diese Männer bei ihnen blieben. Hatte Armand Louise diese Aufenthalte aufgezwungen? Albin, Fanny und Jonas nahmen sie schweigend hin. Manchmal tauchten die Matrosen erst am Abend auf, um am Morgen wieder mit Armand zur See zu fahren. Andere blieben tage- oder wochenlang da, ohne dass Jonas verstand, wie sie ihre Zeit herumbrachten und ob sie während dieses Aufenthalts auf Kosten ihrer Eltern lebten. Sie kamen zu jeder Tages- oder Nachtzeit betrunken nach Hause, nach billigem Alkohol stinkend. Albin und Jonas wurden angehalten, leise zu sein, und spielten geräuschlos, wenn die Männer im Wohn- oder Schlafzimmer ihren Rausch ausschliefen. Entsetzt und fasziniert sahen sie die Ergebenheit ihrer Mutter für diese Männer, die Gläser Wasser, die sie geduldig an ihre Lippen führte, die feuchten Waschlappen, die sie ihnen auf die Stirn legte, die Becken mit Erbrochenem, die sie vom Fußende ihres Bettes aufhob. Die Fremdheit ihres Geruchs, der ungewohnte Klang ihrer Stimmen, ihre exotischen Sprachen, stets bedrohte das Eindringen der Matrosen die Harmonie, in der Louise und Jonas lebten, und bestimmt liebte er die Anwesenheit der Matrosen deshalb: Sie setzten ununterbrochen die Beständigkeit ihrer Liebe aufs Spiel und machten sie dadurch umso intensiver und kostbarer.

Jeder dieser Männer schien ihm diese mit Verzweiflung durchzogene Rauheit des Charakters zu haben, die Jonas Jahre zuvor bei Pavel gerührt hatte. Er suchte ihre Anwesenheit, bedauerte es, wenn sie gingen. Louise wunderte sich nie, wenn sie, manchmal ohne ein Wort des Dankes wieder verschwanden, und hielt es auch nicht für nötig, vor den Kindern ihre Abwesenheit zu rechtfertigen. Wenn sie am Morgen vor dem Gästezimmer vorbeikamen, fanden sie die Tür und die Fenster weit offen, das Bett ohne Laken. Dann suchte Jonas im Wäschekorb nach ihnen, drückte sein Gesicht in die Bettwäsche, um ihren Geruch wiederzufinden, die Verwirrung zu spüren, die die von ihrem nächtlichen Schweiß durchtränkte Baumwolle in ihm auslöste. Ein stillschweigendes Einverständnis, ein Geheimnis beinah, hatte stets über der Anwesenheit der Seeleute geschwebt. Sie kannten die Gründe für ihr Kommen nicht, und die Gewohnheit hielt sie davon ab, danach zu suchen. Die Seeleute sorgten dafür, dass sie selten in der Familie allein, miteinander konfrontiert waren. Sie setzten eine wohltuende Distanz zwischen sie, und, Jonas verstand das erst später, trugen dazu bei, sie vor Armand zu schützen. Während dieser Jahre der Entfremdung in der Familie driftete Fanny von ihnen weg, und Jonas träumte weiter von einem Fischkutter, den ein dunkles Meer kentern lässt und verschlingt. Diesmal jedoch waren Armand und Albin auf dem Deck und versuchten dem steigenden Wasser beizukommen. Sie kämpften, dann verschwanden sie, verschlungen von einer sich brechenden Welle.

In einem anderen Traum sah Jonas sie ganz plötzlich, als wären sie mit Blei beschwert, in eine unermessliche Tiefe sinken, wo sich dunkle Gebilde bewegten. Ihre Gesichter und ihre Hände reckten sich nach ihm, und Jonas, allwissend, war gleichzeitig das Meer und der Traum, der Gott, der ohne die geringste Geste der Gnade über dieses Unglück wachte.

Ein paar Monate später brachte Albin Emilie nach Hause und verkündete Louise und Armand, dass sie zusammenziehen würden. Mit fünfzehn von der Anwesenheit seines Bruders und der Autorität seines Vaters befreit, wandte Jonas sich von Louise ab, um eine Sexualität auszuleben, die er an den Stränden mit anonymen Touristen ausprobierte; brutale, herzlose Ficks hinter notdürftig geschlossenen Türen öffentlicher, nach Urin stinkender Toiletten und in schmierigen Bars, wo er sich von Seemännern im Alkohol- und Tabakrausch nehmen ließ, Liebhaber mit monotonem, betörendem Fleisch.

– Wir haben, was wir brauchen, wir können zurückkehren, sagte Samuel.

Jonas hob den Kopf und hatte wieder die Weite des Sees vor sich. Er meinte, das Meer wenige hundert Meter von ihnen entfernt tosen zu hören. *Die Wellen brachen sich und breiteten ihre Wasser flink über den Strand. Eine nach der anderen stauten sie sich auf und stürzten; die Gischt stob auf mit der vollen Wucht ihres Sturzes. Die Wellen waren von tiefem Blau getränkt, bis auf ein Muster diamantgesprenkelten Lichtes auf ihrem Rücken, durch das ein Rieseln ging, wie das Muskelspiel längs des Rückens großer Pferde, wenn sie sich bewegen. Die Wellen stürzten; sammelten sich und stürzten wieder, wie das dumpfe Stampfen eines großen Tieres.*

Sie verfolgte mit dem Blick die Linien am Rand der Autobahn, die Karosserien, Spiegel in der Mittagssonne, das Flirren der glühenden Luft über dem Asphalt, die eisigen Luftspiegelungen und das schemenhafte Wasser. Die Hitze drang durch das offene Fenster und umschlang ihren feuchten Nacken. Fanny nahm die Route nach Sète immer nur widerwillig, den Magen zugeschnürt vor Angst, die Stadt wiederzusehen. Sie fürchtete den Moment, wenn sich die Seen und das Blau des Meeres andeuteten, dem man bei klarem Wetter nicht ansehen konnte, wo es mit dem Himmel verschmolz. Sie fürchtete den imposanten Steindamm, hinter dem das Meer und der korrodierte Stahl der ehemaligen Öl-, Dünger- oder Schwefelraffinerien vom anderen Kanalufer sich verloren.

Bevor die Stadt Sète hieß, hatte sie den energischen Namen Cette gehabt, »Diese«. Der Fischfang zog die Männer aus dem Landesinnern an, aber auch Emigranten aus Spanien und Italien. Ihr Großvater hatte zu denen gehört, die ihre Heimat für das Versprechen dieser *einzigartigen Insel* und eines erfolgreichen Lebens verlassen hatten. Das Gemisch der Kulturen, Traditionen und Gemeinschaften hatte in der Stadt seinen Abdruck hinterlassen und gab einem das Gefühl, ganz woanders zu sein, wenn man durch die Straßen ging, es war aber auch der Grund für Fannys Unbehagen, die Gewissheit, hier immer fremd zu bleiben. Sie ging durch Sète wie durch Feindesland. Mit jedem Schritt entdeckte sie die Stadt wie zum ersten Mal, ohne dass sie ihr je zu eigen wurde. Sprach sie auf der Straße ein ehemaliger Freund ihres Vaters oder ein Bekannter der Familie an, zögerte Fanny, obwohl sie genau wusste, wer er war, und fragte sich, ob man sie nicht mit einer anderen verwechselte. Sie erinnerte sich an Straßen und Plätze, an Geschäfte am Kanalufer, sie erkannte den Lebensmittelladen oder den Basar, der mit seinen Früchten, Teppichen und Gewürzen dem Gehsteig sein buntes Aussehen gab. Fanny kannte die Schilder der Fischläden, der Bouillabaisse-Restaurants auf den Kais auswendig, aber keines dieser Details löste Nostalgie oder Rührung bei ihr aus. Seit ihrer Kindheit lag eine Bleiglocke auf ihrem Gedächtnis.

Armand hatte ihr erzählt, dass zu Beginn des vorigen Jahrhunderts der Küstenstraße entlang Berge von Salz lagerten, deren Glanz für die Augen unmöglich auszuhalten war. Fanny hatte sich aus diesen Salzgärten, die auf ihren Abtransport nach Nordeuropa oder Südamerika warteten, eine Stadt mit funkelnden Anhöhen errichtet, von denen sie jeden Winkel kannte und in denen sie sich mit geschlossenen Augen bewegte, um nicht geblendet zu werden. Nun kehrte sie in die Stadt zurück, die sie im Traum erbaut hatte, und Sète, das wirkliche, warf seinen unentrinnbaren Schatten über ihr Leben. Und wenn Fanny auf der Straße die Augen senkte, die Stadt ihrem Blick nicht entziehen konnte, dann weil Sète sie noch immer blendete, nicht mehr durch ihr Funkeln wie die Salinen von Villeroy damals, sondern durch die Dramen und Opfer, die sie ihr aufgezwungen hatte.

Dabei hatte sie Mathieu hier kennengelernt, und die Erinnerung an die Anfänge ihrer Beziehung streifte sie kurz, während sie sich Mühe gab, sich auf die Strecke zu konzentrieren, die sie zu Louise führte. Er hatte in Montpellier Medizin studiert. Sie beobachtete ihn, wenn sie morgens denselben Zug nahmen, und sie mochte seine legere Art, seinen Rücken, der von der Arbeit auf dem Dock breit geworden war, und wie er mit Daumen und Zeigefinger den Filter seiner Zigarette zusammenpresste und aufs Gleis warf, bevor der Zug einfuhr. Fanny wurde von ihm kaum beachtet. Sie verbarg ihren Körper unter unförmigen Kleidern, obwohl er ihr, wenn sie ihn nackt im Spiegel betrachtete, begehrenswert erschien. Sie hatte weiche, helle Haut, Brüste mit schmalen Warzen, die in ihren Handflächen Platz fanden. Unterhalb der Mulde ihres Bauches bezeichnete der Schamberg einen braunen Schaum, der an der Leiste abbrach. Auf den Fotos aus dieser Zeit sah Fanny ein volles, vielleicht etwas gewöhnliches Gesicht, schräg abfallende Lippen und einen verwunderten Blick.

Sie meinte nicht, dass sie ein unbezwingbares Verlangen nach Mathieu gespürt hatte. Sie fand ihn schön, spielte mit dem Gedanken eines Abenteuers. Er schlief mit ihr in diesem Zug. Unsanft griff er nach ihren Brüsten und zog unter ihrem Rock die Unterhose herunter, während sie reglos dalag. Sie fürchtete, man könne sie überraschen, und behielt die Tür des Abteils im Auge. Fanny ließ die Gesten, die Mathieu an ihrem Körper ausführte, apathisch über sich ergehen. Sein Glied war dunkel, die Krümmung seines Geschlechts und die Dicke seiner Eichel machten ihr erst Angst. Sie fürchtete, er könnte es nicht schaffen, in sie einzudringen, und in ihrer Angst blieb sie eng und trocken. Sie war auch etwas angewidert, leicht beschämt. Mathieu drängte am Eingang ihres Geschlechts, und als sie stöhnte, führte er eine Hand an die Lippen, spuckte drauf und befeuchtete den Schaft seines Schwanzes. Diese Geste stieß Fanny ab, doch sie ließ ihn eindringen, und was ihr in Erinnerung blieb, war das Ausbleiben der Lust, ihre glühenden Wangen und der starke Schmerz, als er sie deflorierte, Mathieus Zunge in ihrem Mund und der eigenartige Geschmack seines Atems, das Rattern der Schienen und das Rütteln der Gepäckträger, das Fenster über seiner Schulter, hinter dem sich Blau-, Grün- und Rostrottöne impressionistisch entrollten. Dann das Aufblitzen der Hochspannungsleitungen, die in der Luft zitterten, sich verdrehten und überschnitten.

*

Mathieu hatte einige Kilometer von Sète eine Ferienwohnung am Meer gemietet. Der Strand hatte etwas von der Wehmut verlassener Seebäder, und Fanny fand das düstere Weiß der verlassenen Häuser, die geschlossenen Fensterläden reizvoll. Ein Heizkörper wärmte den einzigen Raum, und sie verbrachten die Zeit damit, miteinander zu schlafen. Sie fing an, sich an seinen breiten Oberkörper zu gewöhnen, der bis zum Bauchnabel behaart war, an das Reiben auf ihrer Haut. Wenn Mathieu sie leckte, spürte sie eine Art von fleischlicher Erregtheit, die sie, ohne zu wissen, ob es das war, für Lust hielt. Sie umfasste seinen Kopf zwischen ihren Schenkeln und versuchte die Leere zu verstehen, die sich in ihr auftat.

Dabei schliefen sie stürmisch miteinander, getrieben von ihren Körpern, die frohlocken, eine Spannung lösen wollten, die sie danach wie tot in der Feuchte der Laken zurückließ. Den Orgasmus würde Fanny in dieser Wohnung nicht kennenlernen; das Vergnügen stellte sich erst später ein, mit der Vertrautheit von Mathieus Körper, blieb aber selten und verhalten. Ein Aufflackern ohne Sinn und Verstand, das sie einer undurchdringlichen Verzweiflung auslieferte. Am Tag des Familienessens sah sie durch das Weiß der Windschutzscheibe hindurch den schwarzen Himmel hinter dem Glasfenster der Wohnung. Sie hatten die Fenster geöffnet und ließen den Wind über sich herfallen. Die Vorhänge waren Gespenster in dem düsteren Licht. Sie wussten es noch nicht, aber ihre Körper würden für sie nie mehr diese Bedeutung haben. Ihre ganze Aufmerksamkeit war auf ihr Fleisch gerichtet, die Befriedigung seiner Launen, die Steigerung ihrer Empfindungen. Manchmal wurde Fanny diese Haut an der ihren unerträglich, der Geruch ihrer Körper, ihrer Geschlechter, der über dem zerwühlten Bett und dem blauen Teppich aufstieg. Das erste Mal, als Mathieu in ihrem Mund gekommen war, hatte sie sich danach ins Badezimmer gestürzt, um zu erbrechen. Es war ein enger, in die Mauer eingefügter Raum, blendend weiß im grellen Deckenlicht. Auf dem Rand der Duschwanne sitzend umklammerte sie die Toilettenschüssel, tauchte den Blick in das flüssige Auge, während der Samen zögernd von ihren Lippen ins Wasser sickerte. Fanny zuckte, ihr ganzer Körper wollte diesen Abdruck von Mathieu loswerden, diesen Saft in ihrem Hals. Sie zog die Spülung, stand auf, um ihrem bleichen Spiegelbild zu trotzen und dem Schaudern ein Ende zu machen, das ihre Haut kräuselte. Auf ihren Brüsten war der Abdruck von Mathieus Zähnen zu sehen. Ohne dass der Gedanke sich klar in ihrem Bewusstsein formte, hatte sie verstanden, als sie ihre Lippen abwischte, dass das Vergnügen sich ihr stets entziehen würde, und sie beschloss, diesen tiefen Ekel zu bezwingen, den ihr nicht Mathieus Körper, aber die Eroberung des ihren einflößte, die Vorstellung dieses Geschlechts, dieses Samens in ihr. Fanny kehrte ins Zimmer zurück, schmiegte sich an ihn:

– Es tut mir leid, ich weiß auch nicht, was mit mir los war.

– Ich zwinge dich zu nichts.

Er wusste nicht, wie zäh der Kampf sein würde, bis ihr

Verhältnis ihr vertraut, annehmbar geworden wäre. So lange sich Fanny erinnerte, ließen die erotisch gefärbten Träume auf ihrer Zunge einen Geschmack von Beschmutzung zurück.

Auf der Terrasse hatten sie den Strand vor sich, die Brise des Meeres und das Getöse der Wellen, den onyxfarbenen Himmel. Gleichgültig leckten sie das Salz aus Meerluft und Schweiß von ihrer Haut, rauchten Gras, nackt unter einer rauen Decke, die sie in Schultern und Seite pikte. Sie frösteltenaneinandergeschmiegt und stießen ihren Atem in die Luft, der sogleich von der Tramontana zerstreut wurde. Sie spürte Mathieus Kinn in ihrer Halsbeuge, seinen Schamberg an ihrem Kreuz, die Feuchte seines Geschlechts an ihren Hinterbacken. Seine Arme umschlangen sie, schoben die Decke von ihrem Oberkörper und zerdrückten ihren nackten Busen. Sie führte den Joint an die Lippen, Tabakkrümel wirbelten herum. Sie sprachen nicht, schaukelten manchmal zu einem Stück von Joplin, *Piece of my heart, Kozmic blues*, und Mathieu klopfte mit seinen langen Fingern den Rhythmus auf ihren Arm. Steif vor Kälte ließ Fanny ihren Blick über die dunkle Fassade eines Gebäudes schweifen, dann über den unwirtlichen Strand, auf den sich keiner vorwagte. Sie begann an Kinder zu denken, an ein Familienleben. Mathieu und sie würden ein starkes Paar bilden, ganz anders als Louise und Armand. Gemeinsam würden sie eine liebevolle Familie aufbauen, über ihre Nachkommen wachen, an ihrer Seite alt werden. Sie wäre eine zuvorkommende, aufmerksame Mutter. Ausgeschlossen, dachte sie, die Fehler ihrer Eltern zu wiederholen; Fanny sah ein exemplarisches Leben vor sich. Wie oft hatten sie diese Szene während dieser paar Tage am Meer durchgespielt? Sie entstand und entfaltete sich wieder vor ihr wie ein Origami. Fanny hatte mit Mathieu nie darüber gesprochen, aus Angst, er könne sich nicht erinnern oder sie mit einer anderen Wirklichkeit konfrontieren. Vielleicht waren es auch nur wenige Sekunden, die für ihn keine große Bedeutung hatten.

Sie kehrten ins Bett zurück, auf das der sich neigende Tag Schattenpfützen warf, und Fanny sah zu, wie der Regen über die Scheiben rann. Ihre Körper, schon wieder ineinander verschlungen, schon wieder eins geworden, und auf der Haut das schwächer werdende Licht. Rauchkringel an der Decke, die gemeinsam mit ihnen schwankten, tauchten ihre Erinnerungen in einen matten Dunst. Sie bekam einen Kloß im Hals hinter dem Steuer ihres Wagens. Sie waren glücklich gewesen, wurde ihr auf einmal bewusst, und seit Leas Tod konnte sie sich an keinen einzigen Moment der Übereinstimmung, des absoluten Einverständnisses erinnern, in dem sie sich einander anvertraut oder ein Vergnügen geteilt hätten. Hatte sie verstanden, wie spärlich ihr Glück sein würde? Hatte sie es für gewöhnlich gehalten, spätere, noch intensivere Freuden versprechend? Der Gedanke, dass diese Momente für immer vergangen waren, dass keine Möglichkeit bestand, sie erneut zu erleben, bestürzte sie. Ein Schmerz zuckte über ihre Seiten, und sie unterdrückte einen Seufzer der Ohnmacht, hätte am liebsten mit den Fäusten aufs Lenkrad getrommelt, aus Wut über das, was ihr im Abstand Dutzender Jahre als eine Unbekümmertheit vorkam, die sie nun bereute.

Wenn ihr Sohn Martin sie so kennen würde, wie müsste er sich dann wundern über die Frau, die sie geworden war? Und wie konnte Fanny diesen Gang der Dinge rechtfertigen? Leas Tod konnte nicht alles erklären. Warum spürte sie

Erleichterung beim Gedanken, dass Mathieu seine Lust im Bett anderer Frauen befriedigte? Ihre Vergangenheit schien brüchig, brach Schicht um Schicht ein, und jede Erinnerung brachte eine neue, noch dichtere oder noch dünnere zum Vorschein.

Er brachte die Männer der Besatzung zum Heim zurück. Es war bereits heiß, der Geruch der Matrosen vermischte sich mit seinem. Er ließ die Scheibe hinunter, streckte den Arm aus dem Fenster, um sich etwas abzukühlen. Sie unterhielten sich mit trägen Stimmen. Albin schnappte ein paar Worte auf, deren Sinn er nicht verstand. Die übrige Zeit sprachen die Matrosen Englisch mit ihm, und sie konnten sich einigermaßen verständigen, doch es fiel ihm schwer, sich auf sie einzulassen. Seine Gedanken kehrten unaufhörlich zu seinen Söhnen und einer schleichenden Traurigkeit zurück. Hatte er Camilles und Jules' Kindheit verpasst? Der Gedanke öffnete eine Bresche in der Zeit, Albin entfernte sich von den Matrosen und fand sich bei seinem Vater wieder, im Winter, als er achtzehn war.

Er hatte im Laufe der Jahre gelernt, Armands Erwartungen zu erfüllen: Er war ein Mann der See geworden. Die Arbeit als Fischer hatte seinen Körper und seinen Charakter geformt. Um seine von den Tauen rissig gewordenen Hände hatte sich eine graue Haut gebildet. Wenn er mit seinem Vater allein war, sprach Armand mit ihm über die Familie.

– Deine Mutter ist trotz allem eine verdammt gute Frau. Schau mal zu, dass du eine wie sie findest, eine, die das Meer ohne Murren akzeptiert. Das ist schon eine ganze Menge, weißt du, mein Sohn.

Diese Vertraulichkeiten schmeichelten Albin; sie waren unter Männern, sprachen von gleich zu gleich. Kam die Rede auf Jonas, kannte Armand kein Erbarmen für seinen Jüngsten.

– Er ist nicht wie du, ich habe ihn zu sehr deiner Mutter

überlassen. So sind die Frauen. Ich, ich rackere mich ab, um meine drei Rangen zu ernähren. Der Rest, das ist nicht die Sache eines Vaters. Deine Mutter hat sich in den Kopf gesetzt aus der Familie zu machen, was sie für richtig hält, und sie wird nicht lockerlassen. Da muss man Ordnung in die Sachen bringen, kapierst du?

Albin stimmte lebhaft zu; Armand erhob nie die Hand gegen ihn, und wenn er sich über Jonas, Louise oder Fanny aufregte, musste er ihm letztendlich immer Recht geben. Sein Vater drückte dankbar seine Schulter oder seinen Schenkel und fragte ihn manchmal besorgt:

– Aber du, du wirst doch nicht wie dein Nichtsnutz von einem Bruder?

Dann schüttelte Albin heftig den Kopf und beruhigte ihn:

– Niemals, Papa.

Armand erforschte sein Gesicht, und sein Blick schwankte zwischen Dankbarkeit und Niedergeschlagenheit. In der übrigen Zeit kamen sie ohne Worte, ohne Vertraulichkeiten aus, und was den andern wie ein privilegiertes Einverständnis vorkam, war für Albin gezeichnet von der Allgegenwärtigkeit des Meeres und den zermürbenden Tagen des Fischens. Der Alltag war quälend gewesen: Er war wie besoffen von dieser Gischt, den immergleichen Gesten, den Wellen, wohin das Auge reichte. Während sein Vater in ihm noch immer den geborenen Fischer sah, den würdigen Erben seiner Leidenschaft für das Meer, begann er von etwas anderem zu träumen. Albin war dreizehn gewesen, als er seine ersten Schritte auf einem Fischkutter getan hatte, und als er volljährig wurde, begann er Fanny um ihre Emanzipation, das Studium in Montpellier und die Möglichkeit einer Ausflucht zu beneiden. Er stieß sich an der stillschweigenden Zustimmung seiner Mutter zu Armands Plänen.

Die Jugendromanzen mit Matrosentöchtern beschränkten sich für Albin auf ein paar unbeholfene Umarmungen und Küsse, linkisch umfasste Brüste und Hände, die sich zwischen die Schenkel bis zur Baumwolle einer Unterhose vortasteten, wo sich ein wulstiges Geschlecht andeutete. Er zog die Frauen an und war sich bewusst, diesen verwirrenden Charme zu besitzen, der mit seinen jugendlichen Zügen kontrastierte.

Sein Vater, der ihn entweder für nicht gerade frühreif hielt oder ihm eine männliche Aufmerksamkeit erweisen wollte, lud ihn am Tag nach seiner erlangten Volljährigkeit zu einer Spritztour mit dem Auto ein. Albin stieg ein, ohne sich Gedanken zu machen, wohin es ging, da sie oft an den Seen entlangfuhren, einfach aus Lust, Sète hinter sich zu lassen und das Gefühl der Freiheit auszukosten. Sie fuhren ein Stück Richtung Montpellier, dann hielt Armand am Rand der Nationalstraße neben einem Kleintransporter, an den sich eine junge Frau lehnte. Sie betrachteten die Hure lange durch die Windschutzscheibe, und Albin blieb stumm, unsicher, ob er die Absicht seines Vaters durchschaut hatte. Er zögerte, von einem Unwohlsein ergriffen; ihm dämmerten die Gründe für ihre Anwesenheit auf der Nationalstraße an einem hellichten Nachmittag. Unbedeutende Details zogen seine Aufmerksamkeit auf sich: das glänzende Grau der Olivenbaumstämme, deren Zweige sich im Wind dem Asphalt entgegenbogen, das graugrüne Wuseln der Blätter, die faszinierende Säule aus Staub und Sand, die sich am Laster vorbeischlängelte. Die gefärbten Haare des Mädchens, die Schminke um ihre Augen und das Brummen der Autos, deren Reifen auf dem Asphalt knirschten und das Albin in den Fußsohlen spürte.

– Los, mein Sohn, sie erwartet dich, sagte Armand.

Dann, als er sein Zögern bemerkte:

– Ist schon bezahlt, brauchst nur noch auszusteigen. Sie gefällt dir doch, nicht, sie ist doch dein Geschmack?

Er nickte, ohne eine Antwort abzuwarten, beugte sich vor, um die Tür zu öffnen, und drückte ihm ein Präservativ in die Hand. Als Albin einen Fuß auf den Boden setzte, schlug ihm der Lärm der Straße entgegen.

– Ich warte hier, mein Sohn, ich rühr mich nicht vom Fleck.

Das Mädchen war zierlich, in eine Bluse gezwängt, und als sie auf ihn zukam, schwankte sie von einem Fuß auf den anderen. Sie sagte ein paar Worte zu ihm, dann nahm sie ihn an der Hand und zog ihn hinter den Laster. Eine Matratze lag wie gestrandet auf dem abgeblätterten Blechboden. Sie zündete eine Taschenlampe an, die an einem Metalldraht von der Decke baumelte. Das Licht warf einen modrigen Schein auf die Wände, das Lager und die Decken. Als sie aufgestiegen waren, schloss sie die Tür, und das Licht von draußen verschwand. Es drang nur noch stellenweise durch einen Schlitz in den schwarz überstrichenen Scheiben herein, spannte einen hellen Faden bis zu ihren nebeneinander gestrandeten Körpern. Das Fahrzeug roch nach Schweiß, Schrott, Pisse und Sex. Das Moschus-Parfüm des Mädchens verursachte Albin Übelkeit, aber sie war süß, und er konnte nicht verhindern, dass er einen Steifen bekam in seinen Jeans, obwohl er noch immer verblüfft war, dass sein Vater ihn hierhergebracht hatte.

Die Hure begann sein Hemd aufzuknöpfen, forderte ihn auf weiterzumachen und zog sich selbst aus. Das Licht von der Lampe fiel bald auf ihre durchscheinende Haut, bald auf Albins Oberkörper, ließ das Mädchen einen Moment in der Dunkelheit, machte es zur Gorgone, bevor sie es wieder zum Vorschein brachte. Er hob den Arm, um dem unermüdlichen Schaukeln ein Ende zu machen, und betrachtete ihre Nacktheit, als sie sich auf die Matratze mit den dunklen Ringen legte. Sie konnte nicht älter als sechzehn sein. Ihre Brüste formten zwei bleiche Hügel, durch deren Haut das Netz der Adern schimmerte. Ein Flaum verdunkelte die Achselhöhlen; sie legte einen Arm hinter den Kopf, bot ihm die Sicht auf diesen Schatten unter Schatten, die im Kontrast standen zum künstlichem Blond ihrer Haare. Ihr Schamberg war groß und dicht behaart, zwei Lippen öffneten sich über der zaghaften Wölbung der Klitoris. Die Leiste und die Kante ihres Hüftknochens waren von einem Bluterguss gerötet, die Innenschenkel von Einstichen überzogen. Albin hatte sich, während er sie betrachtete, von seiner Hose befreit und kniete sich nun vor sie, sein Schwanz ragte aus dem Schlitz der Unterhose, die Eichel war bereits feucht, und das Herz klopfte wild. Es wäre ganz einfach gewesen, sich auf sie zu legen und in sie einzudringen. Sie schien herausfinden zu wollen, wie er sie nehmen wollte, und lächelte vage, die Schenkel leicht geöffnet. Albin zögerte. Die Flecken auf der Matratze, das braune Laken in der Dunkelheit, die blauen Stellen auf ihrer Haut… Und auf dem Stoff, waren das die Säfte von anderen Männern? Wie viele hatten auf diese Laken oder auf diesen dargebotenen Körper des Mädchens ejakuliert?

Ein Mann hatte sie geschlagen. Einer wie Albin? Ähnelten sie einander in den Augen der Hure und fürchtete sie, er könnte sie ebenso misshandeln? Die Übelkeit, die das Parfüm ausgelöst hatte, verstärkte sich, und er dachte an Armand, der ein paar Meter weiter saß in der Erwartung, dass sein Sohn sich entjungferte. War er selbst ein Kunde der Kleinen gewesen? Konnte er der Mann sein, der sie mit Fäusten geschlagen hat im Augenblick, als er kam, um das Gefühl seiner Macht auszukosten? Und schließlich: Wie weit wollte Albin der Abklatsch seines Vaters sein? Seine Erektion ließ nach, und das Mädchen beeilte sich, den Schwanz in den Mund zu nehmen, in einen kleinen, mechanischen Mund. Er stieß sie gewaltsam zurück, dass sie auf die Matratze fiel. Albin keuchte, erstickte, wollte die Enge des Lasters und die Berührung des Mädchens so schnell wie möglich hinter sich bringen. Er zog seine Hose wieder hoch und streckte ihr die Bluse hin. Sie zögerte einen Augenblick, das zerknüllte Kleidungsstück auf ihrem Bauch. Er forderte sie mit einem Handzeichen auf, sich wieder anzuziehen, und sie gehorchte. Dann legte Albin sich neben sie. Sie sprachen nicht, lagen einer neben dem anderen, starrten auf die Taschenlampe an der Decke und ihren Lichtkreis. Mit einer Fußbewegung brachte er das Pendel wieder zum Schwingen. Während es hin- und herschaukelte, wurde ihm die Anwesenheit des Mädchens vertraut, und Albin strich eine Locke aus ihrem Gesicht. Ohne Schminke musste sie noch jünger aussehen. Sie schaute zu, ohne dieses Gesicht zu verstehen, das über sie gebeugt war. Er legte einen Finger auf die Lippen, damit sie schwieg. Er sah, dass sich das Mädchen vor ihm fürchtete, und ließ den Finger über die Wölbung ihrer Lippen gleiten, bis das letzte Glied in ihrem Mundwinkel, an der Kante ihrer Zähne angekommen war. Dann setzte er sich auf und öffnete die Tür. Blendendes Weiß schlug ihm entgegen, und der Wind verjagte die Gerüche, die seine Kleider absorbiert hatten. Albin warf einen Blick auf die Hure, schloss die Tür und ging auf Auto und Armand, diesen Blick zu, den er sich stolzgebläht vorstellte, dieser stupiden Arroganz und Erleichterung entgegen. In diesem Augenblick dachte der Vater, seinen Sohn durch diese besondere Bande des Geheimnisses, des Verständnisses unter Männern über die Natur ihres Geschlechts an sich gebunden zu haben. Armand hatte keine Ahnung von der Distanz, die ihn fortan von seinem Sohn trennen würde und die keiner von ihnen benennen konnte. Albin wusste, dass er nie mehr zur See fahren würde.

Die Erinnerung machte ihm die Anwesenheit der Matrosen unerträglich. Er hätte gerne zu Camille und Jules zurückgefunden und spürte diesen Groll auf seinen Vater, den er so oft zum Schweigen zu bringen versucht hatte. Er übertäubte ihn mit seinem eigenen Schuldgefühl, nur ein mittelmäßiger Vater gewesen zu sein, dem Beispiel entsprechend, das man ihm gegeben hatte. Jetzt war nichts mehr zu machen. Es schien ihm, dass ihre Geschichte, die Geschichte ihrer Familie, versunken in der Abfolge der Generation, in den dunkelsten Winkeln einer Genealogie, sich ohne Ende wiederholte, ohne dass es ihnen gelang, ein Ende zu setzen, die Maschine zum Stoppen zu bringen, das Getriebe zu blockieren, vom Kurs abzulenken. Albin dachte, dass ihre eigene Geschichte, so gewöhnlich und einmalig sie war, die Geschichte aller sein konnte.

ZWEITER TEIL

Decima

So gingen ihre Gedanken ihren Weg, am Tag des Essens, wie durch einen Tunnel, eine Bresche in der Zeit, und drängten sie, sich zu erinnern.

*

Die Glocken der Saint-Louis-Kirche verstreuten den Mittag über die Anhöhen von Sète. Ihre metallenen Kreise vibrierten in der heißen Luft, kletterten den Stein der Häuser hoch, verzettelten sich in der Feuchte des Hafens und am Strand, wo die Wellen sich kräuselten und fauchten, umhüllten die Schreie der Kinder. Überall in der Stadt horchten die zerstreuten Passanten auf das Verhallen der Glockenschläge.

Fanny schlug die Wagentür zu und betrachtete ihr Spiegelbild in der Scheibe. Sie versuchte ihre Haare in Ordnung zu bringen. *Schon Mittag*, dachte sie. *Ich hätte die Scheiben nicht öffnen sollen, ich sehe ja ganz verstört aus.* Der Morgen lag bereits hinter ihr. Fanny spürte, wie die Stunden zerrannen. Sie hatte sie wie im Traum durchlebt, aber sie konnte jede einzelne nachzeichnen. Lag es an dem nichtssagenden Tag, dass der Morgen, als sie durch das Zimmerfenster über dem Zürgelbaum die Dämmerung betrachtet hatte, schon so weit entfernt schien? Aus der gewohnten Bahn gebracht, kamen ihr die Stunden wie eine schale Ewigkeit vor. In die Nostalgie, die Fanny hinter dem Steuer überfallen hatte, mischte sich nun eine süße Bitterkeit, die Zeit zu vertrödelt zu haben. Fanny fragte sich, warum sie eigentlich so versessen darauf gewesen war, Louise zu helfen. Es kam ihr nun auf dem brennenden Asphalt des Parkplatzes plötzlich starrsinnig vor, wie sie sich ständig um alles kümmern wollte, ob sie kehrtmachen sollte. Louise kam allein zurecht. Würde sie außerdem nicht argwöhnen, ihre Tochter wolle über ihr Leben bestimmen? Das Essen war schließlich Louises Idee gewesen, nicht ihre. Fanny blieb reglos stehen, in der Ausdünstung des glühenden Teers schwankend, dem Zugriff der Sonne auf ihre bleichen Beine ausgesetzt. Der Weg, den sie seit Nîmes zurückgelegt hatte, war so lang gewesen, vollgestellt mit Hindernissen und angefüllt mit ihrer Vergangenheit …

Fanny drehte dem Wagen entschlossen den Rücken zu. Um ihre Ankunft etwas hinauszuzögern, hatte sie in der Nähe des Pont de Tivoli geparkt, obwohl ihr davor graute, durch die Stadt zu gehen. Albin und Jonas waren nicht weit von ihr. Die Geschwister waren schon jetzt, ohne dass sie es wussten, auf den Straßen von Sète vereint. Fanny versuchte sich ihre Brüder vorzustellen, was sie gerade taten, doch sie entzogen sich, und sie bekam nur Silhouetten zu fassen, in der Stadt umherirrende Seelen.

Die fahrbare Brücke hob sich, um ein Schiff durchzulassen, und ihre Spiegelung zog sich über das Wasser des Kanals, wo Öllachen in der Sonne schillerten und in einer trägen Strömung sämtliche Farben vorführten. Der süßliche Geruch vermischte sich mit den Abgasen, die Autokolonnen beweihräucherten die Luft. Fanny wandte den Blick zum Hafen und den daraus hochragenden Kränen. *Diese Stadt wird sich nie ändern*, dachte sie. Angst beschlich sie. Sie wurde sich bewusst, dass sie für immer der Erinnerung an Lea ausgesetzt wäre, aber auch, dass Sète sie überleben und nichts, nicht einmal die offene Wunde der Trauer, die Raserei des Sommers stören würde. Das Schiff glitt vorbei, die Brücke senkte sich und legte ihren rostigen Metallarm über den Kanal. Fanny überquerte ihn; die Absätze ihrer Schuhe rutschten auf den

Unebenheiten des Bodens aus. Sie schrieb ihre Müdigkeit der Uhrzeit zu, da sie seit dem Morgen nichts mehr gegessen hatte, obwohl sie nicht sicher war, hungrig zu sein. Die Hitze trug noch zu ihrer Ermattung bei. Sie ging den brütenden Quai Louis-Pasteur entlang, und ein Schweißtropfen belästigte ihre Oberlippe. Sie zog ein Papiertaschentuch hervor und tupfte ihr Gesicht ab. Trotz aller Anstrengung schaffte sie es nicht, den Schritt zu beschleunigen, und wie schon in Montpellier ging sie mit diesem Gefühl über den Gehsteig, gegen wattierte Luft ankämpfen zu müssen, gegen die Lähmung in ihr.

Den Touristen gelang es nicht, mit der Masse der Einheimischen zu verschmelzen: Die Nachlässigkeit ihrer sommerlichen Aufmachung, die übertriebene Bräune ihrer Haut, die unvermeidlichen, über den Asphalt klappernden Sandalen überführten sie. Fanny war diesen Menschenstrom gewohnt, und er beruhigte sie ein wenig, denn sie kannte Sète auch im Winter, wenn sich die Stadt auf sich selbst zurückzog und die Kälte sie mit ihrer Schwermut einhüllte. Von ihrer eigenen Unbekümmertheit getäuscht, gingen die Touristen mit der arroganten Sicherheit, Sète ihre Leichtfertigkeit aufzwingen zu können.

Das Tageslicht malte breite gelbe Bänder auf die Häuserfassaden. Die Luft roch nach Jod, Gebratenem und Ruß, und diese Geruchskondensation legte sich auf Fannys Halszäpfchen. Im Gehen wurde ihr übel. Sie sah Lea auf dem Gesicht eines Kindes vor einem Souvenirladen an der Hand eines Mannes oder einer Frau, dann auf dem eines anderen Kindes, das über die Auslage von Muscheln ins Entzücken geriet, am lichtumrandeten Tisch eines Restaurants, an der Tür eines dösenden Geschäfts. Fanny erschrak nicht bei diesen

Visionen. Sie hatte aufgehört, diesen Erscheinungen Leas zu folgen, etwa dem Paar und seiner Tochter mit der geröteten Haut hinterherzugehen. Sie wäre heute einundzwanzig. Es war absurd, ihr noch immer das Gesicht eines Kindes zu geben, die Züge von Fotos, die sie sich anschaute, um zu verhindern, dass die Erinnerung verblasste oder zur Banalität verkam. Aber Lea wird immer zehn Jahre alt sein, dachte Fanny, und in der Wirklichkeit der Straße tat sich ein Riss auf, wie das manchmal geschah, ein Riss, der eine Ewigkeit durchscheinen ließ, in der das Bild ihrer Tochter unverwüstlich weiterschwebte. Bei dieser Verschiebung, sichtbar für sie allein, bekam Fanny eine Ahnung davon, wie es aussehen könnte, wenn man den Tod eines Kindes annehmen, eine unheilbare Trauer hinter sich zu lassen vermochte. Sie legte die mönchische Kälte, das alles durchdringende Schwarz ab, das über ihr geschwebt hatte und das sie nun einen Schritt hinter sich ließ. Lag nicht auch eine unaussprechbare Schönheit in Leas Tod? Sie würde für immer die Unschuld der Kindheit bewahren, würde durch sie, Mathieu und Martin weiterleben, geschützt von der Verschmutzung durch das Leben und die Zeit. Fannys Liebe blühte auf, legte sich um ihr Leid, schmiegte sich um die Erinnerung an das Kind. Die Leute, deren Schultern sie berührte, deren Haut sie streifte, deren Körper sie roch, konnten nicht wissen, wer Lea gewesen war. Diese Erinnerungen gehörten ihr allein. Sie und eine Handvoll andere waren die Garanten dieser entflohenen, verwüsteten Wahrheit. In diesen Momenten der Bezauberung schien Lea etwas weiter weg, und die Jahre dehnten sich aus, ließen Fanny die elf Jahre, die seit dem Tag ihres Todes verstrichen waren, ermessen.

Ihr Bild löste sich auf in ihren Phantasien, in den von der Zeit hervorgebrachten Chimären, den irrigen Überzeugungen und Empfindungen. *Meine Tochter ist nach all dieser Zeit kein Kind mehr*, überlegte Fanny. *Seit ihrem Tod ist sie ein Mythos, eine Welt für sich, und kann nur noch durch mich verschwinden.* Sie dachte an den Sohn der Emerson, der durch seinen Tod den Vater zur Welt bringt und zum Mann macht. Sie war Leas Tochter.

– Lea bringt mich zur Welt, murmelte sie.

Sie wankte vor Erleichterung, der beschleunigte Puls hämmerte auf die Oberfläche ihrer Backenknochen, benetzte ihre Augenwinkel. Dann wurde sie wieder von der Bleiglocke eingeholt, die sie ein Stück weiter weg auf der Straße gelassen hatte und die ihr nun mit der ganzen Beharrlichkeit der Verzweiflung auf die Schultern fiel. Leas Tod hatte das Kind in ein Schattenreich befördert. Nichts bewies, dass es gelebt hatte, außer einer Marmorplatte, die in einem Monat Juni in der Sonne brannte und die Fanny sich zu sehen weigerte, deren genauen Ort sie nicht mehr kannte. Die Plastikhülle eines Fotoalbums über einem vagen Lächeln. Lea war ein lebendiges Kind gewesen, ständig in Bewegung, es war unmöglich, sie ruhig posieren zu lassen. Viele der Fotos, die sie von ihr behalten haben, waren verwackelt, als ob Lea immer nur Eindrücke, unbestimmte Konturen hinterlassen wollte, als sollte sie nie mehr sein als eine Skizze. Dabei hatte sie das Bild einer vollkommenen Hoffnung in das Leben abgegeben; einer Hoffnung, von der ein Stapel Wäsche in einem Winkel des Dachbodens übrig geblieben war, wo der Duft des Kindes dem von feuchter Pappe gewichen war. Lea war vernichtet. Der Riss verdüsterte sich wieder und führte Fanny an den allzu bekannten Abgrund der Vergangenheit. Sie senkte die Augen auf den Asphalt und ging niedergedrückt weiter, da sie die Möglichkeit eines Verzichts nur für einen kurzen Augenblick aufscheinen gesehen hatte.

Über den Pont Virla erreichte sie die Altstadt. Die Tribünen am Rand des Kanals kündigten den Beginn der Fischerstechen-Saison an, und Fanny wandte den Blick ab von den Schatten über dem Kanal. Sie bog in die Rue Gabriel-Péri. Die Straßen wurden enger. Die Sonne warf Flecken auf die hohen Fassaden, verdünnte das Grau, Rosa und Gelb des Steins. Von den Wäscheständern vor den Fenstern strömte der Geruch von Weichspüler, und es tropfte von den Kleidern, die sich vom einförmigen Himmel abhoben. Über manche Häuser zogen sich große Kreidefresken zur Ehre des Hafens oder der Kämpfer. Die Stadt, monolithisch, blieb Fannys Unruhe fremd.

Louise traf Fanny in der Rue Haute. Sie fand sie elegant, aber etwas aufgetakelt; sofort meldete sich der Ärger, und das vertraut gewordene Stechen in den Händen war wieder da.

– Komm, hilf mir die Tüten tragen, meine Finger tun schrecklich weh.

Fanny ging auf sie zu, und als sie bei ihr war, streckte Louise ihr die Einkäufe entgegen und küsste sie. Ihre Tochter hatte diese abscheuliche Manie, zum Küssen nur knapp die Wange zu streifen, geräuschlos, als würde ihr schon allein die Berührung wehtun. Louise musterte sie kurz.

– Du siehst aber ziemlich zerzaust aus, finde ich.

Sie standen mitten auf der Straße, ordneten die Tüten in ihren Händen, und Louise fragte sich, warum sie ihre Tochter ständig verletzen müsse. Sie liebte sie doch, wie jedes ihrer Kinder, und Fanny war die Ergebenste der drei. Aber ihre Anwesenheit reizte sie. Vielleicht hatte das damit zu tun, dass sie so viel Wert auf ihr Äußeres legte? Oder mit ihrer hartnäckigen Weigerung, mit der sie sich Louises Bemühungen widersetzte, sie von der Erinnerung an Lea abzulenken? Sie weigerte sich, darüber zu sprechen, genauso wie über Martin oder ihre Beziehung mit Mathieu. Ihre Tochter war nur noch eine gestelzte, spießige Ehefrau, ganz der Oberflächlichkeit ihres Lebens verschrieben. Doch die Aussicht auf das Essen stimmte Louise versöhnlich, und sie spürte wie gewöhnlich Schuldgefühle aufkeimen. Fanny versuchte mit einer trägen Geste ihre Haare in Ordnung zu bringen:

– Ich geh dann noch kurz ins Badezimmer, bevor die Jungen kommen. Du hättest mir Bescheid sagen sollen wegen deiner Hände. Dann wäre ich früher gekommen.

– Ist nicht wichtig, du siehst ja, wie ich selber aussehe.

Fanny antwortete nicht. Sie gingen auf das Haus zu, bedachten beide den dünnen Faden, der sie miteinander verband. Auf der Treppenstufe aus Glanzbeton trocknete ein Alpenveilchen vor sich hin. Fanny erkannte den Fayencetopf, den sie ihrer Mutter ein paar Wochen zuvor geschenkt hatte. Während Louise in ihrer Handtasche nach dem Schlüssel kramte, nahm sie eine Prise Torf und ließ ihn zwischen Daumen und Zeigefinger zerrinnen. Dann, als würde sie aus einer Träumerei erwachen, wischte sie sich die Hand an der Hose ab.

– Du hast dich ja überhaupt nicht darum gekümmert, die Erde ist ganz ausgetrocknet.

Es wurde ihr sofort bewusst, wie unverhältnismäßig der Groll war, den die Nachlässigkeit ihrer Mutter in ihr ausgelöst hatte. Louise beachtete den Topf nur mit einem kurzen Blick, zuckte die Schultern und beeilte sich, den Schlüssel ins Schloss zu stecken. Sie verstand nicht, wie Fanny sich wegen einer Pflanze so aufregen konnte, und genau auf solchen Lappalien würde sie den ganzen Nachmittag herumreiten. *Meint sie denn, ich würde sie absichtlich vertrocknen lassen?*, fragte sich Louise, als sie die Tür aufstieß. Sie machte sich schon genug Sorgen mit dem Essen heute Abend, da war es nicht nötig, dass ihre Tochter sie schon jetzt auf die Palme brachte. Gegen ihren Willen fing sie an, sich zu rechtfertigen:

– Aber ich hab's doch gegossen, das Alpenveilchen. Es hat in der Küche gestanden. Es ist einfach so eingegangen. Ich habe eben keinen grünen Daumen, das weißt du doch.

Die Tür ging auf und Louise sah zu, dass sie ins Haus kam. Fanny blieb auf der Vortreppe stehen, betrachtete das blasse Rosa der Blütenblätter. Sie fürchtete sich davor, mit ihrer Mutter zusammen zu sein. Auf der Schwelle zu ihrem Elternhaus wurde Fanny bewusst, dass ihr Ressentiment von den Erinnerungen herrührte, die sie schon den ganzen Morgen überfielen. Dieser Groll, der da vor der Haustür ausbrach, musste schon lange in ihr geschwelt haben, da sie gar nicht überrascht war. Es war eine niederdrückende Empfindung, mehr als ein Gefühl, etwas, das sie schon immer in sich gespürt hatte, ohne es benennen oder ihren Ursprung erkennen zu können. Die meiste Zeit begnügte sie sich mit dem Gedanken, dass ihre Bindung zu Louise eben eine Mutter-Tochter-Liebe war und somit zwangsläufig mit Abneigung verbunden. Das Alpenveilchen war nur ein Vorwand.

Durch die offene Tür strömte ein Geruch auf die Straße, der sich in der apathischen Brise verflüchtigte und Fanny diese alten Schubladen in Erinnerung rief, deren Muffigkeit zu den Kindheitsdüften gehörte. Sie sah, wie sie sich mit Jonas in die Garage schlich, die in Pointe-Courte ans Haus des Großvaters grenzte, und sich in einem zinken Licht am Benzingeruch berauschte. Das Haus in der Stadt schien im Laufe der Jahre geschrumpft zu sein. Sie wunderte sich stets, es kleiner vorzufinden, als ob sie ihre Kindersicht nach jedem ihrer Besuche wieder gegen die realen Dimensionen des Hauses austauschte. Sie brauchte eine Weile, bis sie sich an diesen Ort der Einsamkeit gewöhnte. Sie hörte, wie Louise die Einkaufstüten auf den Küchentisch stellte.

– Ich habe die Fenster offen gelassen, um zu lüften, kannst du sie bitte schließen?

Fanny war sich nicht mehr sicher, ob sie sich wirklich die Anwesenheit ihrer Mutter antun wollte. Sie war versucht, sich unter einem Vorwand wieder davonzustehlen. Vielleicht sollte sie leise die Tür schließen, auf die Straße hinausgehen und Louise alleine in ihrer Küche werkeln lassen? Was wollte sie eigentlich von ihr? Würde ihr der Anschein von Vertrautheit, mit dem sie sich bis zum Abend würde zufriedengeben können, ein gutes Gewissen verschaffen? Sie würde ihrer Mutter helfen, ohne darauf zu achten, was diese gemeinsam verbrachte Zeit ihnen beiden abverlangen würde, und sie hätte das Gefühl, ihre Pflicht erfüllt zu haben. Das Rascheln von Papier zwischen Louises Fingern hörte sich an wie das Geräusch von Flügeln.

Fanny ging zum Wohnzimmer. Durch die Fenster trat lauwarme Luft und führte den Geruch von geschmortem Fleisch, den entfernten Klang von Stimmen und Lachen mit sich. Ein ockerfarbenes Licht durchflutete den Raum, in dem der Geruch von Möbelwachs und schwarzer Seife hing. Diese Gerüche führten Fanny die Erstarrung vor Augen, in der das Haus ihrer Kindheit stets zu liegen schien, aber auch dieses sinnlose Abendessen, das sich ihre Mutter in den Kopf gesetzt hatte. Doch die Ruhe des Wohnzimmers besänftigte sie, und sie schloss die Fenster nur widerwillig. Um ihren Gang in die Küche hinauszuzögern, stellte sie langsam einen Stuhl nach dem anderen zu Boden. Obwohl der Raum noch genauso aussah wie in ihrer Erinnerung, löste er ein Unbehagen in ihr aus. Der Sessel, in dem Armand die Monate vor seinem

Tod verbracht hatte, trug noch immer, wie ein unauslöschliches Zeichen, den Abdruck seines Körpers. Der alte Fernseher war vor Langem ausgewechselt worden, auf dem neuen gilbte ein unvermeidliches Deckchen vor sich hin. Sie dachte an die Spielsachen, die sie nicht aus Leas Zimmer entfernen konnte, und sagte sich, dass Louises Anhänglichkeit an diese Dinge, die das Wohnzimmer vollstapelten, nichts mit der Notwendigkeit gemein hatte, die Erinnerung an ihre Tochter aufrechtzuerhalten. Sie hielt mit dem Blick der Bedeutungslosigkeit der Nippsachen im Wandregal stand. Sie stieß sich an einem Stich an der Wand, auf dem früher einmal eine Landschaft zu erkennen gewesen war. Alles war geschmacklos, steckte in alten Zeiten fest, in der Abwesenheit Armands, drohte einen in den Abgrund zu ziehen. Sie setzte sich in einen der schwarzbraunen Sessel, dem der Geruch von altem Stoff und dem Tabak entwich, den ihr Vater geraucht hatte. Wie jedes Mal, wenn sie im Haus war und sich mit dem konfrontierte, was von Armand übrig geblieben war, kehrte die Erinnerung an einen bestimmten Tag in ihr Bewusstsein zurück.

Im Jahr nach dem Marsch zum Hafen hinunter war sie vierzehn, und Armand begann die Langeweile des Winters und der fanglosen Tage im Alkohol zu ertränken. Er machte dem reizbaren und aufbrausenden Mann Platz, der ihnen vertraut werden sollte. An einem solchen Abend kam er betrunken nach Hause, nach Schweiß und Alkohol riechend. Die Familie saß am Tisch, und Fanny sah an seinen wankenden Schritten im Flur, dass es *einer dieser Abende* sein würde. Er ließ sich auf den Toilettensitz fallen und pinkelte geräuschvoll. Von ihrem Platz aus sah sie seine braunen Waden über den zerschrumpelten Hosenbeinen, die Ellbogen, die er über den Knien auf die Schenkel stützte, seine dicht behaarten Arme. Sie stellte sich vor, dass er das Gesicht in die Hände vergraben hatte und vor sich hin döste. Louise warf kurze Blicke in Richtung Toilette, deren Unruhe Fanny nicht entging. Als Armand endlich in der Küche auftauchte, setzte er sich neben den Stuhl und warf den Wasserkrug hinunter, der vor Louises Füßen zersprang. Fanny und Albin hielten den Blick ängstlich auf den Teller geheftet. Ihre Mutter bückte sich, um die Scherben aufzulesen. Sie versuchte ihn zu täuschen, so zu tun, als hätte sie seine Betrunkenheit und ihr nasses Kleid nicht bemerkt, dessen Stoff an den Schwielen ihrer Knie und am Vorsprung ihres Bauches festklebte, das Gummiband ihres Strumpfes sichtbar machte und sie grotesk aussehen ließ. Louise tat keine Geste, um sich abzutrocknen, und das war der Beweis, dass sie sich bereits daran gewöhnt hatte, eine Rolle zu spielen, Armands Gewalttätigkeit zu vertuschen und so zu tun, als wäre nichts, um die Kinder zu beschützen. Er platzierte die Hände zu beiden Seiten des Tellers, wackelte mit dem Kopf und warf ihnen einen wütenden Blick zu. Jonas, den das Zerbrechen des Kruges erschreckt hatte, fing an zu weinen, ohne dass Louise ihn beruhigen konnte.

– Mein Gott, bring diesen Bengel zum Schweigen. Muss der wirklich die ganze Zeit so brüllen?

Louise, totenbleich geworden, hatte begriffen, dass sie es nicht schaffen würde, den Dingen Einhalt zu gebieten, und versuchte vergeblich, Armand zu beruhigen.

– Er hat nur Hunger. Wir haben auf dich gewartet mit dem Essen.

Sie rückte ihren Stuhl zum Kind, griff nach der Schale mit dem Gemüsebrei und führte einen Löffel an Jonas' Mund.

– Was willst du damit sagen? Meinst du etwa, ich komme

zu spät nach Hause? Ich soll kein Recht haben, mich ein kleines bisschen zu vergnügen, nachdem ich mich den lieben langen Tag für euch abgerackert habe?

Armand artikulierte mit Mühe.

– Nichts, ich will gar nichts sagen. Wir freuen uns, dass du jetzt da bist. Los Kinder, es wird kalt.

Fanny und Albin begannen zu essen, während sie ihren Vater misstrauisch belauerten.

– Natürlich wolltest du etwas sagen, fuhr Armand nach einem Schweigen fort, als er über Louises Worte nachgedacht hatte. O ja, du wolltest sehr wohl etwas sagen, sonst hättest du den Mund gehalten. Teufel nochmal, Louise, sonst hättest du deine große Fresse nicht so weit aufgerissen.

Sie schloss die Augen, und Fanny sah, wie sich ihre Kiefer anspannten, wie ihre Wangen einfielen, als sie schluckte. Sie verstand, dass es eher ein Aufschrei der Verblüffung war als ein Schluchzer, den ihre Mutter unterdrückte. Dann öffnete Louise ihre Augen und wandte sich wieder Jonas zu. Sie zitterte sichtlich, und der kleine Plastiklöffel stieß an die Zähnchen, als sie den Brei an seine Lippen führte. Als er fertig war, wischte Louise sein Kinn ab und stand auf, um zum Spülbecken zu gehen.

– Und noch etwas, sagte Armand und zeigte mit dem Finger auf sie, ich möchte gerne wissen, was dieser Saustall in der Toilette zu bedeuten hat.

Fanny und Albin hatten ihren Teller noch nicht aufgegessen, aber Louise begann nervös, den Tisch abzuräumen.

– Wovon sprichst du? Kinder, geht jetzt ins Bett, es ist schon spät.

Sie standen mit einem Ruck auf, aber Armand machte ihnen ein Zeichen, sich wieder hinzusetzen.

– Keiner rührt sich aus dieser Küche, bevor ich nicht weiß,

wer das Klo versaut hat. Meinst du denn, Louise, ein Mann hat Lust, rotes Periodenblut vorzufinden, wenn er nach Hause kommt und pissen will? Muss ich etwa eure Soße aufputzen? Man könnte glauben, ich lebe in einem Saustall. Ich hätte eine Sau geheiratet. Meint ihr, da möchte man nicht kotzen, bevor man sich an den Tisch setzt? Glaubt ihr etwa, ich werde putzen, für euch das Klo scheuern? Welche von euch beiden hat ihre Tage?

Er setzte eine aufs Äußerste angeekelte Miene auf und warf nacheinander Louise und Fanny funkelnde Blicke zu. Fanny verstand nicht, was Armand ihnen vorwarf, doch sie hatte gelernt, ihrem Vater nie zu antworten, wenn er betrunken war.

– Ich bin's, antwortete Louise. Ich bin's, ich, ich, ich!, schrie sie hinaus.

Jonas fing ebenfalls an zu weinen, sein Gesicht lief rot an und er drohte zu ersticken. Louise nahm ihn auf den Arm und wiegte ihn, damit er sich beruhigte.

– Bist du nun zufrieden? Schau, was du angerichtet hast. Glaubst du, du siehst deinem Vater nun ähnlich genug? Hast du mich genug gedemütigt vor den Kindern?

Sofort schien Armands Wut in sich zusammenfallen. Er sackte auf seinem Stuhl ein, nahm seine Gabel, legte sie wieder ab, zögerte, schaute die Kinder mit einem plötzlich erschöpften und verblüfften Ausdruck an, stand auf und ging aus der Küche. Louise presste Jonas fieberhaft an sich.

– Geht schlafen, sagte sie, es ist vorbei. Es ist vorbei.

Am nächsten Morgen, erinnerte sich Fanny, fand sie beim Aufwachen eine Packung Damenbinden und auf ihrem Nachthemd, auf der Höhe des Pos, zwei kleine braune Flecken.

Fanny dachte daran, dass sie und ihre Brüder eines Tages das, was ihre Eltern ein Leben lang zusammengetragen hatten, mit ihren Händen aussortieren, wegwerfen und vernichten würden. Sie würden das Haus verkaufen, dieses hässliche graue Häuschen, für das sie sich so oft geschämt hatte, und sie sah sich zwischen Albin und Jonas die Grande Rue Haute hinuntergehen, erleichtert, die Erinnerung an Armand wenigstens zum Teil losgeworden zu sein. Dann sah sie sich, noch älter, zurückkehren in Begleitung ihrer Enkelkinder mit unscharfen Gesichtern – das könnten nur Martins Kinder sein, dachte sie –, unfähig weiterzugeben, was dieser inzwischen von anderen bewohnte Ort für sie bedeutet hatte. Und dann fiel Fanny ein Tag mit starkem Wind ein, als die Algen schwerfällig dem Strand zurollten und in die durchsichtigen Wellenkörper nebelhafte Gebilde zeichneten. Wie oft hatten ihre Schritte, in jedem Alter, sich in den Sand eingedrückt, um wieder von der Gischt verschluckt zu werden? Ihre Eltern hatten gar nichts aufgebaut, nicht einmal eine Familie, und Fanny und Mathieu sind ebenfalls gescheitert. Martin ist ihnen fremd geworden und würde sie eines Tages zurückweisen. Sie würde zweifeln, ob sie wirklich dazu beigetragen hatte, dass er zu diesem Mann geworden wäre, der zu werden er sich anschickte. Das Haus, dachte Fanny, das ist es, was von den Menschen bleibt, Wände, die Ewigkeit ausstrahlen. Sie durchwanderte den Raum mit dem Blick, auf der Suche nach einem Detail, das für sich allein zusammenfassen würde, wer Louise war, was ihr so bescheidenes und belangloses Leben gewesen war, nach einem Gegenstand, der ihre Erinnerung auf sich konzentrieren würde, nach ihrem Abdruck, den sie in der Zeit hinterließ. Fanny fühlte sich müde, unsicher, ob sie das Alleinsein mit ihrer Mutter bis zum Abend aushalten würde. Das Licht nahm das Wohnzimmer in Beschlag, legte sich auf jedes Möbel, betonte die Ecken, verschärfte die Kanten. Louise erschien im Türrahmen, und ihre Gestalt hob sich vom Schatten des Eingangs ab, in Unheil gehüllt.

– Stimmt was nicht?

Fanny strich sich mit der Hand übers Gesicht, lächelte ihrer Mutter zu und erhob sich unter großer Anstrengung.

– Es ist alles in Ordnung, ich ruhte mich nur etwas aus.

Louise nickte, erforschte aber weiterhin misstrauisch das Gesicht ihrer Tochter. Sie zerknüllte einen Lappen zwischen ihren knotigen Fingern, blieb einen Moment reglos stehen, dann verschwand sie wieder in der Küche, wohin Fanny ihr folgte und nun ihrerseits auf der Schwelle stehen blieb. Louise machte sich über dem Spülbecken zu schaffen und kratzte mit dem Messer an der Schale der Miesmuscheln. Jede ihrer Bewegungen musste unglaublich schmerzhaft sein. Die Einkäufe lagen ausgebreitet auf dem Wachstischtuch. Das Fenster war offen, die Läden waren halb zugezogen. Fanny konnte nur die Krümmung ihres Rückens sehen, wenn sich ihre Mutter über das Spülbecken beugte. Das Grau ihrer Haare schien gelb und durchscheinend. Das Tageslicht bildete einen Kreisbogen über der Wölbung ihres Hinterns, der unter dem Stoff ihres Kleides zu erahnen war. Sie kam ihr geschrumpft, vorsintflutlich vor.

– Was soll ich tun?

Ihre Kehle war wie zugeschnürt, und sie fügte rasch hinzu:

– Das ist viel zu viel, damit könntest du ja eine ganze Armee verpflegen.

Louise presste die Lippen aufeinander. Natürlich hatte sie mehr als nötig berechnet, aber konnte Fanny denn nicht begreifen, dass es ihr wichtig war, sich ihren Kindern gegenüber großzügig zu zeigen?

– Zerstoße Knoblauch und Petersilie, sagte sie in kategorischem Ton, und ihre Tochter setzte sich an den Tisch.

Von der Straße war Kindergeschrei zu hören, ein Ball prallte an eine Wand, ein Hund bellte. Die Zimmer oben, dachte Fanny, sind schon lange ausgestorben.

– Ich war gestern auf dem Friedhof, sagte Louise.

Eine Knoblauchzehe entglitt Fannys Fingern, und die weiße Haut schwebte aus ihrer Handfläche über den Tisch. Es war die inständige Bitte von Louise gewesen, Lea in Sète zu begraben, im Familiengrab, statt in Nîmes, und Mathieu und Fanny hatten nachgegeben. In zehn Jahren ist Fanny kein einziges Mal ans Grab ihrer Tochter gegangen. *Es übersteigt meine Kräfte*, dachte sie. Und wie gewöhnlich antwortete sie nicht auf Louises Anspielung.

– Im Wohnzimmer, log Fanny, um eine allzu intakte Erinnerung zu verjagen, habe ich mich gefragt, ob du dich wohl noch an die Abende erinnerst, die wir zusammen verbracht haben. Ich meine, als Familie.

Louises Hände verschwanden unter dem Muschelberg.

– Aber sicher, antwortete sie schließlich, während sie Fannys Absicht zu durchschauen suchte.

Fanny traf oft mitten ins Mark mit ihren Erinnerungen, die Armand in Szene setzten.

– Ich saß auf dem Boden, zwischen seinen Beinen, und legte meine Hände auf seine Pantoffeln. Du hast dich aufs Sofa gesetzt mit einem der Jungen auf dem Schoß. Es ist eigenartig, dass er diese zärtlichen Momente unter einen Hut bringen konnte mit …

Fanny zögerte, wollte ihrer Mutter nicht wehtun. Louise legte eine Handvoll Muscheln in eine Schüssel; dachte, dass sie seit Armands Tod unermüdlich versuchte, das Ansehen ihres Vaters wiederherzustellen.

– Er konnte ganz aufmerksam sein. Du weißt doch, dass er in jenen Jahren irgendwie *krank* war …

Fanny schälte eine Knoblauchzehe zu Ende und ließ sie über ihre Hand rollen. Sie schluckte einen bitteren Geschmack in ihrer Kehle hinunter.

– Das ist kein Vorwurf, sagte sie, ich wollte nur wissen, ob du dich noch daran erinnerst.

Sie schwiegen und schlossen sich beide in Groll und Argwohn ein, gaben sich beschäftigt. Louise spürte die Spannung, die sich in der Küche ausbreitete, und die Distanz, die sie von Neuem von ihrer Tochter entfernte. Fanny betrachtete von der Seite den Rücken ihrer Mutter, ohne vom Häuten der Zehen zu lassen, die sie auf dem Tisch aufreihte. Ihre Finger würden tagelang den Knoblauchgeruch behalten, als wäre es ein Abdruck ihrer Konfrontation. Jede von ihnen hatte eine andere Erinnerung an die Vergangenheit, und diese Unvereinbarkeit verwirrte sie, trennte sie in der Stille des Raumes schmerzhaft voneinander.

Bei Fannys Geburt, überlegte Louise, hatten sie in einer baufälligen Wohnung unter dem Dach eines alten Hauses in Sète gewohnt. Man musste sich hinunterbeugen, um zur Wiege in der Zimmerecke zu gehen. Daran hatte ihre Tochter natürlich keine Erinnerung. Louise hatte selbst Mühe, sich diese Jahre ins Gedächtnis zurückzurufen, in denen sie oft mit Armand geschlafen hatte. Fanny konnte nicht wissen, dass sie so gezeugt worden war, da ihr die Vorstellung unmöglich schien, dass sich ihre Mutter hatte nehmen lassen, manchmal direkt auf dem Boden, und dass sie Armands Geschlecht und seine Liebe genossen hatte. Louise spürte noch immer die Spannung dieses Körpers in ihren Händen, die flaumige Rundung seines Hinterns. Die viel längeren Jahre, in denen sie den Zerfall von Armands Fleisch miterlebt hatte, hatten diese Erinnerung nie auslöschen können. Wenn sie an die stille Zufriedenheit dachte, in die Fanny hineingeboren wurde, sah Louise stets ein Licht mit Tapetentönen vor sich. Ein ungetrübtes Glück, in fahles Gelb getaucht, in das die Geräusche der Welt nur gedämpft einsickerten, mit dem Algerienkrieg als Hintergrundsgemurmel. Sie musste, mit einem vagen Schrecken, daran denken, dass sie die wenigen Male, da das Oktober-Massaker angeprangert wurde, völlig gleichgültig vor dem Radiogerät gesessen hatte. Das alles lag so weit zurück, und ihr Leben war so voller Versprechen gewesen … Es war leicht gewesen, nichts zu sehen, nur für Armand und ihre Tochter zu leben und den Eid, ein Leben aufzubauen. Eine Wolke dämpfte die Helligkeit draußen und tauchte die Küche für ein paar Augenblicke ins Halbdunkel.

Fanny zerstieß den Knoblauch und die Petersilie im Mörser aus grauem Stein: Ihre Gelenke wurden weiß, wenn sie auf den Stößel drückte. Der in den Raum eingedrungene Schatten glitt über Louises Gesicht und ließ es erbarmungslos altern, und Fanny bekam Mitleid. Dieses Gesicht verriet nichts, war wie ein stilles Wasser, dessen Tiefen und Strömungen man nur ahnen konnte. Den Blick auf dem saftigen Fleisch des Knoblauches verloren, dachte sie, dass ihre Mutter nie von ihr als Kind sprach. Die Fotos hatten Louises Worte ersetzt. *Und ich, dachte Fanny, habe ich mit Martin gesprochen? Habe ich mit Lea gesprochen, als noch Gelegenheit dazu war?* Die Illusion, Zeit zu haben, hatte so viele gemeinsame Momente verhindert, dass es ihr auf einmal dringend schien, Louise die Erinnerungen zu entreißen, die sie selbst nicht an ihre eigene Tochter hatte weitergeben können.

– Erzähl mir, sagte sie und knallte den Mörser auf den Tisch. Sag mir, wie ich gewesen bin, erzähl mir von meiner Geburt.

Ihre Mutter wiegte langsam den Kopf hin und her, stützte die Hände auf die Hüften, streckte sich und massierte träge ihren Nacken.

– Ich war zwanzig.

Louise trocknete sich die Hand an der Schürze ab und setzte sich ihrer Tochter gegenüber. Der Schmerz in den Fingern hatte stetig zugenommen, seit Fanny da war. Sie wusste, dass sie am Abend die Kinder bitten müsste, sich selbst zu bedienen, da sie dazu nicht mehr in der Lage wäre. Sie würde nicht essen, aus Angst, sich zu bekleckern, ihnen senil und hilfsbedürftig zu erscheinen. Louise rollte die Füllung zu kleinen Kugeln, die sie ungeschickt auf dem Holzbrett aufreihte. Die Haut ihres Arms war trocken, von Furchen und Venen durchzogen. Die Arthritis krümmte ihre Finger wie Rebstöcke. Sie war gleichzeitig fragil und schwer von den vielen Geschichten.

– Dein Vater wollte eigentlich einen Sohn, sagte sie, aber dann war er doch nicht enttäuscht. Am Ende lieben die Eltern ihre Kinder doch immer, was sie auch werden.

Sie sah Armand auf der Schwelle eines Zimmers, in dem noch die Ausdünstungen der Geburt hingen, diesen kurzen Moment des Zögerns, der ihn auf dem Linoleum des Flurs zurückhielt. Vielleicht war Louise nicht ganz ehrlich gewesen, als sie von Armands Freude sprach, aber natürlich hatte er seine Tochter geliebt, genau wie seine anderen Kinder. Darauf kommt es heute an, und das wollte sie Fanny zu verstehen geben.

– Ich musste das Bett hüten. Ich hatte schreckliche Schmerzen, und du hattest bei der Geburt die Nabelschnur um den Hals gehabt. Du warst blau angelaufen, sahst erschreckend aus. Sie haben dich auf der Stelle mitgenommen! Zwei Tage lang waren wir im Ungewissen. Ich habe nur noch dieses Bild von dir in den Windeln, ein kleines Etwas, das wie tot aussah, und ganz verschmiert. Aber du hast Gott sei Dank überlebt.

Fanny fühlte sich fiebrig und schaute dem geschäftigen Tun ihrer Mutter zu.

– Und dann?

Louise zuckte die Schultern, wusste nichts von der Tragweite ihrer Worte, die vom Tisch aufstiegen und ihre Tochter ins Herz trafen.

– Und dann? Na, ich weiß nicht, das Leben ist weitergegangen, nehme ich an. Es ging dir besser, und dann kam Albin.

Fanny war versucht, plötzlich die Arme auszustrecken und ihre Mutter an den Handgelenken zu packen, damit sie ihre Fleischkugel fallen ließ. Aber sie rührte sich nicht. Sie war überzeugt, dass Louise sie nicht geliebt hatte, wie es sich in ihren Augen für eine Mutter gehörte. Es gab keinen Beweis dafür, aber es war ihr nicht entgangen, dass Armand ihr Verhältnis durch eine unterschwellige Angst unterhöhlt hatte. Dieses undefinierbare Gefühl, verstärkt durch die Empfindung eines Mangels, einer Ungerechtigkeit, zwang sie, die Nähe ihrer Mutter gleichzeitig zu suchen und zu fliehen.

– Ich muss verstehen, warum du mich nie so lieben konntest wie Jonas. Albin, der hatte seinen Vater, aber ich?

Louise erzitterte, versuchte etwas zu sagen – Fanny dachte, sie sei kurz davor, ein Geheimnis preiszugeben –, dann schloss sie den Mund mit einem Knacken der Kiefer. Schließlich stand sie hastig auf, nahm ein Messer vom Tisch und schnitt sich dabei in die Handfläche. Erst merkte sie nichts, der Schmerz der Arthrose überdeckte den des Einschnitts, und als Fanny einen Blutfaden über den Vorderarm ihrer Mutter laufen sah, schnürte sich ihr Herz zu. Sie stand ebenfalls auf und hielt Louise in der Mitte der Küche fest.

– Du hast dich verletzt.

Fanny rollte ein paar Blätter Haushaltspapier ab und trocknete die Blutspur. Die Hände ihrer Mutter, steif wie Fäuste, verwirrten sie vollends.

– Es ist nichts, sagte Louise.

Sie ging aus der Küche und fand im Dielenmöbel Gaze und Heftpflaster, mit denen Fanny sie verband.

– Ich habe dich geliebt, sagte Louise, als sie sich wieder gesetzt hatten. Auf meine Art. Ich hatte nicht die geringste Erfahrung, und es ging alles so schnell. Das ist ein Alter, in dem man nur für sich selbst leben sollte, nicht für ein Kind. Kannst du das heute verstehen?

Fanny zog ihre Arme zu sich heran, und ihre Hände rutschten über den Tisch. Sie schienen furchtbar schlapp.

Louise drehte sich um, zögerte einen Augenblick und suchte dann im Schrank nach einem Kochtopf. Sie verbarg das Zittern ihrer Finger. Sie wusste, dass sie Fanny nicht dieselbe Aufmerksamkeit geschenkt hatte wie den Jungen. Vielleicht, gestand sie sich im Stillen, hatte sie sie tatsächlich weniger geliebt als die beiden. Aber was konnte sie denn dafür? Es war nun einmal so, ohne dass es ihr wirklich bewusst gewesen wäre. Fanny war so schnell groß, so schnell selbstständig geworden, während Louise vor allem daran dachte, Jonas zu beschützen. Es schien ihr legitim, dass er mehr Zuneigung beanspruchte. Ihrer Tochter immer noch den Rücken zugedreht, stellte sie den Topf aufs Gas und machte Feuer. Die Flammen verströmten einen süßlichen Geruch im Raum, und sie stützte sich an den Rand des Kochherds. Sie fühlte sich gebrochen, zerstört. Sie konnte die komplexe Beziehung zu Armand nicht in wenigen Worten wiedergeben, die Entscheidungen, zu denen sie sich durchringen musste, den Verzicht auf Albin, als er ihr von Armand entrissen wurde. Eine Scheidung kam nicht in Betracht. Louise hatte sich an ihre Vorstellungen eines Ehepaars gehalten, an die Zugeständnisse, die das gemeinsame Leben nun mal verlangte, und sie bereute es nicht. Sie goss einen Schuss Öl in die Pfanne, das sich auf dem Edelstahlboden erhitzte. Louise erinnerte sich an Fanny. Sie hatte wunderschöne Erinnerungen an ihre Tochter als Kind behalten. Das kleine blaue Kleid, das sie einmal beim Schulanfang trug, in dem sie sich über den Pausenhof entfernte und dann in der quirligen Masse der anderen Kinder verschwand. Das Essigwasser, mit dem sie nach dem Bad ihre langen schwarzen Haare spülte. Dieser Winter, in dem Fanny die Überreste eines Vogels gefunden hatte, als sie, in die Mäntel eingemummt, über den Strand gingen. Sie spürten ihre Finger nicht mehr, als sie im harten Sand buddelten, und Fanny hatte plötzlich innegehalten, ihr rundes Gesicht zur Mutter gewandt, um sie zu fragen, ob sie auch einmal sterben würde.

Louise setzte sich wieder und sagte nichts. Sie wickelten die Füllung in dünne Speckscheiben, machten sie mit Zahnstochern fest, dann legte Louise die Rollen in den Topf, wo sie zu brutzeln anfingen. Es war heiß, draußen war die Sonne wieder zum Vorschein gekommen, und ihre Stirnen glänzten. Sie schälte die Karotten. Regelmäßig fielen die Lamellen unter dem Schnitt des Messers auf den Tisch.

– Lass mich das mal machen, sagte Fanny.

Sie wusste angesichts der aufgelösten Miene ihrer Mutter, dass es leicht wäre, die Oberhand zu gewinnen. Sie wollte ihre Mutter nicht demütigen, aber sie sollte begreifen, dass diese in der Vergangenheit, sei es aus Gleichgültigkeit oder Leichtfertigkeit, begangenen Akte einen Einfluss auf ihr Leben hatten. Es reichte nicht, dass Louise ihre Fehler eingestand, sie musste dafür büßen, und diese Lust materialisierte sich in der Küche, wo das Licht die Fensterläden leckte und den Geruch von Lösungsmittel aus dem alten Holz trieb, der zusammen mit dem Kochduft verpuffte. Der Tisch war in Mittagshelle getaucht, die sich auf Louises Gesicht legte und das Mitleid verjagte, das Fanny wenige Augenblicke zuvor gespürt hatte.

– Heute Morgen, sagte sie, dachte ich an diesen Tag, als wir zum Strand hinuntergingen. Ich sollte auf Jonas aufpassen, aber ich bin weggegangen, und er hatte sich auf einen Steindamm vorgewagt. Da waren dieser Mann, ein Ausländer, und sein Sohn.

Da sie selbst eben noch daran gedacht hatte, als sie im Wohnzimmer döste, sah Louise alles genau vor sich. Sie hatte gedacht, dass ihre Kinder keine Erinnerung an die Begegnung mit dem Londoner hatten. Wieder spürte sie die Hand auf ihrem Schenkel, und Fanny merkte ihre Verwirrung. Es wäre ein Leichtes gewesen, das Geheimnis zu lüften, das seit so vielen Jahren über diesem Augenblick schwebte. Ein Wort hätte genügt, dieses Wort, das in Fannys Mund zu einer glühenden Masse geworden war, die darauf brannte, mit der Hitze der Küche zu verschmelzen und Louises Fassade einzureißen. Denn hinter dem Eifer ihrer Mutter, ihrer Dickköpfigkeit, sie zum Essen zusammenzubringen, sah Fanny die Frau durchscheinen, die sie bloßstellen, herausschälen wollte aus ihrer Hülle, die die Zeit um sie gebildet hatte, aus dem geschundenen Fleisch, aus der Schutzschicht des Alters. Sie erschien ihr verachtenswert, egoistisch, und Fanny hatte Lust, ihr wehzutun, sie in die Knie zu zwingen, zu demütigen. Louise, in der Sicherheit, als Einzige zu wissen, was sich an jenem Tag zugetragen hatte, hielt dem Blick ihrer Tochter stand. Der Zorn und das Zittern auf ihrem Schenkel machten sie stark, und sie brannte darauf, von der Versuchung zu sprechen, der sie nachgegeben hätte, wenn Jonas nicht Fannys Obhut entglitten wäre. Ja, dachte Louise, sie würde ihr von dieser langen, weißen, weichen Hand erzählen, die sie bis zu ihrem Geschlecht hätte vordringen lassen. Diese Zärtlichkeit, der sie sich entzogen hatte, hätte etwas in ihr Leben gebracht, das sie nicht kannte. Vielleicht hätte es sie von dieser mütterlichen Last befreit und aus ihr, für einen Augenblick, eine Frau gemacht, die Jahre später den Anschuldigungen ihrer Tochter beherzt entgegengetreten wäre? Die Lust schürte Louises Stolz. Ein Mann war auf sie zugekommen und hatte ihren Körper berührt. Sie war begehrenswert, in einem Alter, in dem Fanny bereits reizlos und verblasst war. Louise ließ sich nicht vom äußeren Schein täuschen. Schon lange hatte sie diese Entfremdung bemerkt, die Mathieu und Fanny so beharrlich zu verdecken versuchten. Für sie bestand kein Zweifel, dass ihr Schwiegersohn ein Verhältnis hatte, und ihre Tochter entsprach im Übrigen ganz diesen Ehefrauen, die sie sich als betrogen vorstellte, für die sie stets nur diese sanfte Geringschätzung übrighatte, in der sie bei den anderen verachtete, was sie oft für sich selbst gefürchtet hatte.

Louise zögerte, verzichtete dann. Sie durfte Armands Gedächtnis nicht noch mehr beschmutzen, musste ihn beschützen, die Risse in ihrem Verhältnis vor den Kindern verdeckt halten und in den Augen ihrer Tochter als leichtfertige Frau erscheinen. Fanny wusste nichts von der Frau, die ihre Mutter gewesen war, von ihren Träumen und Sehnsüchten, von den Leidenschaften und dem freien Leben, den großen Engagements, die sie sich vorgenommen hatte. Von den tausend Leben, auf die Louise für Armand und die Kinder verzichtet hat, die sie nun, in Person ihrer Tochter vor ihr am Küchentisch, verurteilen, würde Fanny nie etwas wissen.

– Du bist bis zum Damm gerannt, um nach Jonas zu suchen, und als du ihn gefunden hast, hast du mich ins Gesicht geschlagen. Ich bin hingefallen. Auf deinem Knöchel war Blut. Du hattest dich an den Felsen verletzt.

Fanny schwieg. Sie wollte ihre Mutter gerade überführen, da konzentrierte sich ihre Erinnerung auf ein winziges Detail, das den ganzen Strand zu enthalten schien: auf diese von Sand umrandete Blutperle, wie ein Juwel, das zur Auflösung bestimmt war, von ihr allein bemerkt, durch die sie Louise als einen Marmorkoloss wahrgenommen hatte. Fanny wandte den Blick ab. Das Zischen aus dem Topf und die Ausdünstung des Gases komprimierten das Schweigen. Diese Erinnerung an Louise brachte sie zu Lea zurück, zu ihrem Kummer, den keine Träne Blut je hätte lindern können. Louise sprach vor sich hin:

– Du kannst mir meine Ungerechtigkeit vorwerfen, Fanny. So ist es nun mal, die Erwachsenen haben Worte und Gesten, die die Kinder jahrelang verfolgen, und sie wissen nichts davon.

Vor ihr erstand der Bauernhof in den Cevennen, das Kupferbecken, das einmal pro Woche abends gefüllt wurde und vor dem ihre Mutter Brüder und Schwestern gleichermaßen auszog ohne Rücksicht auf den Flaum, der bereits die bleichen Lippen ihres Geschlechts verdunkelte, trotz des Anschwellens ihrer Achseln und Brüste. Trotz der von Gier durchzogenen Blicke ihrer Brüder, wenn sie sich in das erkaltete, vom Familiendreck geschwärzte Wasser gleiten lassen musste. Leas Bild schloss Fanny in diese bis dahin vergessene Erinnerung ein, und so verstand sie nichts.

– Ich brauche die Verantwortung für Jonas und deine Unachtsamkeit nicht zu übernehmen.

Sie zögerte, Louise zu quälen, schwankte zwischen ihren Überzeugungen und der Liebe, die sie trotz allem für ihre Mutter empfand. Die bittere Vorstellung, dass Lea sie auch einmal zur Verantwortung hätte ziehen können für irgendein Versäumnis, brachte ihre Bestimmtheit ins Wanken.

– Ich habe dich vielleicht nicht richtig geliebt, sagte Louise, aber ich habe dich so gut geliebt, wie ich es konnte. Was erwartest du jetzt von mir? Reicht es nicht, dass ich es zugebe und deine Vorwürfe akzeptiere?

Sie stand auf, um die Diskussion zu beenden, schob die Karottenschalen in ihre offene Hand und kehrte dem Tisch den Rücken.

– Du hast recht. Du hast mich nicht richtig geliebt, und du hast mir keine andere Wahl gelassen, als meine Tochter übermäßig und ausschließlich zu lieben.

Louise lehnte sich erschöpft ans Spülbecken. Ihre zerfurchten Hände, deren Javelgeruch sie zu riechen meinte, die dick gewordene Haut, ihre Seemannsfrauenhände, die ein Leben lang in Fischeingeweide, Reinigungs- und Desinfektionsmittel getaucht waren, sahen aus, als wollten sie das Metall packen, um sich daran festzuhalten.

– Aber nicht genug offenbar, um sie am Sterben zu hindern, sagte Louise. Was glaubst du denn? Dass deine Tochter, wenn ich eine bessere Mutter gewesen wäre, nicht gestorben wäre? Das ist lächerlich. Was an jenem Tag am Strand geschehen ist, daran hat niemand Schuld. Wenn du über Lea reden willst, reden wir über Lea.

Fanny begriff, dass sie nicht mehr aus ihrer Mutter herauskriegen würde, dass sie sie mit ihrer Feigheit konfrontieren müsste, mit dem Mann, der Armand gewesen war und den zu verteidigen sie sich abmühte, wie sie ihre eigenen Kinder nie zu schützen versucht hatte.

– Es reicht, du hörst überhaupt nicht zu, du bist hinter deinen Überzeugungen verschanzt. Du bist so … kalt und selbstsicher … Du musst Scheuklappen haben, um das Unheil nicht zu sehen, das ihr uns angetan habt, um nicht zu verstehen, dass ihr uns zerstört habt.

Das Blut pochte in ihren Schläfen, und da sie Louises unbeirrte Anwesenheit nicht mehr länger ertragen konnte, stand sie auf und verließ die Küche.

Sie betrat ihr Zimmer, als tauche sie in Melasse ein, und ging auf das Bett zu, das früher einmal ihres gewesen war. Ihr Körper fiel schwer wie ein Stück totes Holz auf die Matratze. Fanny war erschöpft, ihre letzten Kräfte hatten sie verlassen, als sie über die Schwelle der Küche ging und sich mit der Hand am Geländer die Treppe hochzog. Armand hatte vor seinem Tod das Zimmer neu gestrichen und nichts von den Tapeten mit den vertrauten Motiven übrig gelassen, hatte sie durch die bedrohlichen Schatten auf dem aschfahlen Gips ersetzt. An der Wand stapelten sich die Kartons. Dem Kleiderschrank entwich der Geruch von Naphthalinkugeln. In einem Winkel der Decke formte ein Spinnennetz eine seidene Apsis. Die Vorhänge leuchteten bläulich im Tageslicht, das aus dem Hof hinter dem Haus hereinfiel. Das Licht war anders als in der Küche, stumpf und matt. Fanny wagte sich nicht zu rühren. Die Empfindung ihres Alters, das Gewicht des Hauses und der Zeit, die Anwesenheit von Louise im Erdgeschoss drückten sie auf die Matratze mit dem rauen Laken. Sie fuhr mit der Hand übers Gesicht, schlug sich auf die Wangen. Ihre Gesten kamen ihr unnatürlich leise, gedämpft vor. War sie gemein gewesen? Warum wollte sie Louise unbedingt mit ihren Schwächen konfrontieren? Natürlich hatte Lea unter ihrer Verantwortung gestanden an jenem Tag, und die einzige Schuldige war sie, Fanny. Versuchte sie sich für Armands Gewalttätigkeit zu rächen? War es jetzt noch möglich, Gerechtigkeit herzustellen? Fanny drehte sich zur Seite, verbarg ihr Gesicht in der Kissenrolle, doch der Zellulosegeruch hatte nichts Anheimelndes. *Wie kann meine Mutter nur diese erdrückende Abwesenheit Armands ertragen,* fragte sie sich. *Wo nimmt Louise die Kraft her, allein weiterzumachen?* Sobald die Frage gestellt war, deutete sich die Antwort an. Sie war darauf vorbereitet, so wie Martins Rückzug und Mathieus Überdruss an der unvollendeten Trauer um Lea ihre Trennung ankündigten. Die stickige Hitze des Nachmittags ließ Fanny in ein schläfriges Träumen versinken. Bilder kamen angeschwemmt, warfen sich in das undurchdringliche Meer ihrer Träume, und sie versuchte nicht, die Parzellen ihres eigenen Lebens von den realen oder eingebildeten Louises zu trennen. Wie Atome waren die Träume einzelne Teile und bildeten zugleich ein Ganzes, eine Illusion. Fanny sah genauso das Zusammenspiel wie jedes Fragment klar vor sich. Da waren die Freunde, die Abende, an den sie sich laut unterhielten bis spät in die Nacht, die Berauschtheit und die linken Ideale, die Erinnerung an ihre Jugend. *Du birgst den Duft gewitterschwüler Nacht.* Nächte und Morgen in Sète, die zaghafte Annäherung der beiden Geschlechter. Da waren Muskateller schlürfende Frauen unter einer Gartenlaube, und Männer, deren Hemdschlitze sehnige Oberkörper entblößten. Esszimmertüren auf den Garten hinaus, der fade Geruch der Hortensien und das Surren der automatischen Bewässerung. Überquellende Aschenbecher. Sie durchquerte den Raum, hielt ihre Hand auf Mathieus Schultern, der Rauch seiner Zigarette hüllte sie ein. Sie spürte ihn, genauso wie die Feuchtigkeit ihrer Haut unter dem ärmellosen Kleid. Sie fühlte sich begehrenswert. Da war ein auf dem Sofa hingestreckter Körper – aber war das Fanny, Louise oder Lea? – und die eigenartige Empfindung eines Ortes. Die erhitzten Stimmen der Erwachsenen, Lachen um einen Kaffee herum, eine endlose Partie Tarot. Dann gab es Arme, die sie hochhoben, ohne dass sie ganz aufwachte dabei, die schwarze, duftgeschwängerte Nacht, wenn die Erde ausatmet. Die nun tiefen, satten Stimmen. Die Hinterbank eines Autos. Sie, in eine Decke gehüllt. Eine Fahrt durch tiefe Dunkelheit, durchzogen von gleißendem Gelb, dunklem Blätterwerk und das Bett, in das Armand oder Mathieu sie legte, und vielleicht viel früher Louises Vater. Dieses Gefühl der Macht, das Gefühl, nichts könne ihr zustoßen, einer elektrischen Spannung gleich, die sie antrieb, als sie Kind war. Die Welt erscheint uns nur im Moment des Schlafes oder in den ersten Morgenstunden in voller Klarheit, und immer nur, wenn das Bewusstsein vom Körper entlastet ist. Von diesen Empfindungen war nichts mehr geblieben. Sie spürte nicht mehr das Bedürfnis von Präsenz um sie herum. *Sie können nicht von Lea sprechen, und so tun sie, als hätte sie nicht existiert.* Die Freunde haben sich entfernt, sie fand sie spießig, auf dem Abstieg, liberaler als Sozialisten, ohne zu merken, dass sie denselben Weg eingeschlagen hatte. Eigentlich hätte es das gemeinsame Gedächtnis aller gebraucht, um ein stimmiges Bild zu erzeugen. Sie arrangierten sich: Das alles lag jetzt schließlich so weit zurück. *Erinnerst du dich? Nein, ich erinnere mich nicht, bist du sicher, dass ich das war?* Was blieb, waren Empfindungen: ein warmer Frühlingstag, als die Bäume das Licht zerstückelten und man barfuß über kurzes Gras ging. Harzgeruch in der Luft. Die in den Bauch eines Fisches getauchten Hände und die kalten Innereien zwischen den Fingern. Ein verschneiter Wintermorgen, an dem man vorsichtig den Kanal entlanggeht, um nicht auf dem vereisten Pflaster auszurutschen. Weiße Inselchen schlagen an die Schiffsrümpfe. Sommerlicher Schweißgeruch auf einem Feld im Landesinnern, blutende Arme, und in der weißen Sonne trocknen die schweren, aufgerollten Strohballen. Die Einfahrt der Fischkutter in den Hafen, die geschundenen Gesichter der Männer, ein Wasserstrahl auf dem Deck, Kisten voller malvenfarbener Kraken. Ein Jahrmarkt, das Kreisen der Neonlichter, der dunkle Körper der Schausteller, die in die Nacht eintauchen. Schließlich die Erinnerung an einen Schrei, der von den Mauern einer Geschäftsstraße widerhallt: *Alles muss raus! Alles muss raus!* Fanny war eingeschlafen, eingelullt von den Nachklängen dieser Kindheiten, dieser ineinander verschlungenen Erinnerungen.

*

Ihre Familie ist dieser Fluss mit den unabsehbaren Biegungen, wo die Wahrheit nur dort aufscheint, wo das Gedächtnis aller zusammenfließt, um sich, so vereint, ins Meer zu werfen.

*

Von der Küche aus hatte Louise Fannys Schritte im oberen Stock gehört. Sie ist in ihr Kinderzimmer gegangen. Da nichts sie vom Abendessen abbringen durfte, schluckte Louise eine doppelte Dosis Entzündungshemmer und bereitete das Gericht fertig zu. Sie gab das Tomatenkonzentrat und das Mark in den Topf, ein Glas Rotwein, das Suppengrün, und legte die Fleischrollen hinein. Sie wartete, bis es kochte, um das Ganze zuzudecken, trat dann zwei Schritte zurück und ließ sich schwerfällig auf den Stuhl fallen. Ein Blick durch den

Spalt der Fensterläden bestätigte ihr, dass der Himmel noch immer blau war. Nein, sie konnte Fannys Schuldgefühle nicht auf sich nehmen, man konnte sie nicht für Leas Tod verantwortlich machen. Mit ihrer ganzen Frechheit als Kind und ihrem Desinteresse später als junges Mädchen hatte Fanny die Familie unermüdlich verurteilt, sich von ihr abzuheben versucht; genauso wie mit ihrem Wunsch, in Nîmes zu leben und dem Leben von Sète, das ihr entwürdigend schien, den Rücken zu kehren. Fannys Anwesenheit im Haus drängte einen ständigen Vergleich auf, stellte das zurückgezogene Leben Louises, die existentielle Verkümmerung, zu der das Meer verdammte, dem gegenüber, was sie als Emanzipation angesehen hatte. Fanny hatte sich von der Setoiser Enklave befreit. Sie führte in ihrem schmucken Vororthäuschen ein Leben im Wohlstand. Aber sie war genauso daran gescheitert, die Kinder und Mathieus Liebe zu bewahren. Nur der Schein war ihr geblieben, den ihre Mutter nicht besaß, ein Einfamilienhaus mit makelloser Fassade und ein modernes, vorbildliches Auftreten. Im Jahr, als Albin volljährig wurde, hatte Fanny ihr ihre erste Schwangerschaft verkündet, und sie haben sich in dieser Küche, in der sie nun Jahre später aneinandergeraten sollten, umarmt. Fannys Körper, an den ihren geschmiegt, seine fruchtbaren Schwellungen an Bauch und Brüsten, mutete sie eigenartig an, und Louise strich unbeholfen mit ihren Händen über ihr Kreuz, die Kanten ihrer Schulterblätter, die im Nacken gekräuselten Haare, die sie damals kurz trug. Und plötzlich ist in Louise ein Gefühl erwacht: das Bedürfnis, die Vertrautheit, die sie für einen Augenblick einander annäherte, festzuhalten, die Vertrautheit zweier Frauen, durch die Erfahrung der Mutterschaft vereint, die sie wie ein Echo in ihrem eigenen Fleisch spürte. Louise musste ihrer Tochter eine Botschaft vermitteln, sie musste

Worte finden für das Wesentliche der Existenz und an Fanny weitergeben, sie vor der Desillusionierung, den Kompromissen warnen, mit denen sie konfrontiert werden würde und die sie, durch die Fülle ihres Körpers erkühnt, nicht kennen konnte. Hatte Louise nie versucht, ihrer Tochter zu sagen, wie wichtig es war, dass sie die Hoffnung bewahrte? Diese Hoffnung, die man am Morgen intakt vorfindet, wenn die Sonne in das noch frische Zimmer rieselt. Diese Hoffnung, die sich nach der Liebe einstellt, wenn man erfüllt und am Leben ist und die Ekstase den Körper jubilieren lässt und der Geist sich verflüchtigt. Diese Hoffnung, die am Beginn jeder Existenz steht, wenn das Bewusstsein und die Welt noch eins sind und der Sinn in Reichweite scheint. Louise hatte gestammelt:

– Ich möchte, dass du so lange wie möglich verschont bleibst.

Ihre Tochter hatte sich unmerklich versteift, aber durch die Nähe ihrer verschlungenen Körper hatte Louise gespürt, dass sie gescheitert war. Es war zu spät, um Gehör zu finden. Fanny hatte Rührung gespürt für diese plötzlich gealterte Frau voller Bedauern. Sie hatte kräftiger zugedrückt und sich vorgenommen, dieser Tochter, die sie vielleicht eines Tages ebenso umarmen würde, nie das Geständnis ihrer Niederlage machen zu müssen.

– Na aber, Mama, übertreib mal nicht. Mach dir keine Sorgen, hatte Fanny lachend erwidert, sich bewusst, sie lächerlich zu machen.

Louise erinnerte sich, dass das Licht anders gewesen war: Es war ein grauer Tag mit einem schweren Himmel, und sie hatten wie versteinert in der Küche gestanden, gefürchtet, die Worte nicht zu finden, um ihre Körper wieder voneinander zu trennen. Ihre Gesten hatten jede Natürlichkeit verloren. Ihre Hände hielten einen Arm, eine Schulter, sie wollten sich voneinander lösen, aus ihrer gegenseitigen Umklammerung befreien. Louise stand auf. In der Diele lauschte sie die Treppe hinauf. Durch eine Luke kullerte das Licht über die Stufen, brach sich an den Ecken und glitt über die Wand. Es war so still im Haus, dass Louise zu zweifeln anfing, ob ihre Tochter da war, ob sie sich gestritten hatten. Sie zögerte einen Augenblick, dann ging sie hinauf, sah, dass Fanny schlief, und setzte sich neben sie. Sie weckte sie nicht sofort, ließ den Blick über die Wände gleiten, dann auf Fannys besänftigtes Gesicht. Schließlich legte sie ihr eine Hand auf die Stirn. Fanny öffnete die Augen, sah ihre Mutter an:

– Ich habe geträumt, sagte sie.

– Du sahst ganz friedlich aus.

– Ich war gleichzeitig du, ich und Lea.

Louise nickte, strich, da Fanny sich ihrer Geste nicht entzog, weiter über ihre Stirn. Sie blieben einen Augenblick, ohne sich zu rühren, dann forderte Fanny ihre Mutter auf, sich neben sie zu legen. Louise ließ sich auf die Seite gleiten. Lag ihrer Tochter gegenüber. Sie hatten beide ein Gefühl der Nähe in der Reglosigkeit des Hauses, der Blässe des Zimmers.

– Hast du Schmerzen?, fragte Fanny und streichelte mit dem Finger eine Hand ihrer Mutter.

Der Traum hatte einen Weg in ihr freigemacht. Während sie Louises Gesicht betrachtete, suchte sie in den regelmäßigen Zügen, den Runzeln der Stirn, den Falten der Wangen nach dem Grund für ihren Groll. Ein undeutlicher Gedanke, eine vage Gewissheit ließ sie im Glauben, dass etwas geschehen war, an das sie sich nicht mehr erinnern konnte. Fanny durchforschte ihr Gedächtnis nach einem Bild, das sich ständig entzog, flüchtete, sobald sie sich näherte. Erniedrigung, Müdigkeit und Abscheu lagen darin. Was war geschehen, das Louise allein kannte und zu dem Fanny die Spur nicht mehr fand? Die Vergangenheit war ein Labyrinth mit dunklen Umwegen, finsteren Biegungen. Da war, dachte sie, ein blauer Himmel an diesem Tag, so blau, dass er weiß schien, kaum auszuhalten war; eine knallende Sonne, die über die Stadt hinwegflammte, dann ein Lärm, der Lärm von Männern, der aufstieg und sich in der Patina des Himmels auflöste. Dies aber führte Fanny zu gar nichts, nichts bestätigte die Echtheit dieser Erinnerung, die der Schlaf ihr aufgedrängt hatte. Es war die Desillusion, ihr Ressentiment gegenüber Louise, die sie wiederaufflackern ließen. Ihre Mutter lag ganz harmlos vor ihr, wie ein erschöpftes Tier, ganz der Nähe hingegeben, die ihre Körper, die Hülle des Schweigens ihnen erlaubte. Was hatte Louise getan, welch verwerflichen Akt begangen, um die hartnäckige Anklage ihrer Tochter zu verdienen? War es die Verbissenheit, mit der sie Armand verteidigte, seine Ausbrüche und Gewalttätigkeiten deckte? Das Gedächtnis, dieser Verräter, ließ hypnotische Splitter an die Oberfläche des Wassers dringen, und Fanny spürte die Möglichkeit, sich darin zu verlieren. Hatte sie dieses Weiß des Himmels nicht tausende Male auf ihrer Haut gespürt, den Lärm von Sète, die drückende Sonne? Erlag Fanny nicht einer Illusion, ließ sich von diesen Ellipsen täuschen, die jedes Leben prägen und die das Gedächtnis zu ergänzen und zu einer Einheit zu fügen suchten? Als sie Louise ihr Versagen vorgeworfen hatte, wollte Fanny ihr das Geständnis abringen, dass sie verantwortlich war für das, was das Kind, das sie gewesen war, gezeichnet hatte. Ein unheimliches Gefühl schlang sich um ihre Brust, beengte ihren Atem. Deutlich sah Fanny die Fältchen auf Louises Ohr, den

Kelch ihrer Pupillen, die Äderchen auf dem Perlmutt des Auges, die Furchen in der Haut ihres Halses.

– Einmal, sagte ihre Mutter, war ich im Schlafzimmer, und du hast dich aufs Bett gesetzt. Du hast mich angeschaut und laut und deutlich gesagt, dass du mich nicht liebst, mit der ganzen Überzeugung, zu der du fähig warst. Du hast da gesessen, die Fäuste auf der Decke, und hast auf meine Antwort gewartet. Du wolltest mir wehtun, hast gehofft, dass ich dich anflehe, mich ein bisschen zu lieben. Ich habe dir geantwortet, dass nichts dich zwingt, mich zu lieben, aber dass ich dich lieben werde, was immer geschehe. Dass du für immer meine kleine Tochter bleiben werdest. Voller Wut, dass du es nicht geschafft hast, mich zu treffen, bist du aus dem Zimmer gerannt.

– Ich erinnere mich, diese Szene mit Lea erlebt zu haben, als sie nur noch auf Mathieu schwörte.

Das Gefühl, das Fanny zuvor hatte, schien sich aufzulösen und hinterließ in ihrem Bewusstsein nur noch eine Welle der Traurigkeit.

– Und wenn ich dir heute sagen würde, dass ich dich nicht liebe? Dass ich dich nie geliebt habe? Dass ich es nie geschafft habe?

Louise legte die Hand auf Fannys Wange. Ihre Haut roch nach Knoblauch, Lorbeer und Kölnischwasser. Über ihre Arme liefen purpurrote Venen, schlängelten sich um die zarten Knochen.

– Ich würde dir dasselbe antworten wie damals, nehme ich an. Du bleibst meine kleine Tochter, was immer geschieht.

Sie lächelten, und ihre Vergangenheit hatte plötzlich keine Bedeutung mehr: Da waren nur noch sie, wie in einem Anderswo schwebend, wo nichts zählte außer dieser flüchtigen Gemeinsamkeit. Die Dinge waren jeder Schwere enthoben, und Louise wollte Reue zeigen, dass sie Fannys Erwartungen nicht erfüllen konnte. Und Fanny dachte, dass es an der Zeit wäre, ihren Widerstand aufzugeben. Die Zweifel über ihre Mutter waren wie ein Neuanfang: Sollte sie sich immer weiter von dieser dunklen, giftigen Vergangenheit verfolgen lassen, vom Schatten ihres Vaters? Sie musste alles akzeptieren, vergeben, selbst das, was sie von Louise nicht wusste. Auch Armand vergeben, und schließlich Leas Tod. Sie fühlte sich in der Lage, zum allerersten Mal, sich von ihrer Tochter zu lösen, von der aufbewahrten Kleidung, fähig, die Fotoalben zuzuschlagen. Es war sogar – sie fühlte es nun – eine Notwendigkeit. Loslassen, auf Lea verzichten, dank Louise, weil sie etwas in Fanny befreit hatte. Sie nahm das Gesicht ihrer Mutter zwischen ihre Hände, spürte die Elastizität ihrer Haut an den Handflächen, den unsichtbaren Flaum, jede Unebenheit dieser Haut, die Schädelknochen. Fanny fuhr mit den Lippen über Louises Stirn, die Backenknochen, die Wangen. Innig küsste sie die geschlossenen Augen, den Nasenrücken, das Kinn und die Lippen ihrer Mutter. Sie küsste sie wie eine Geliebte, kostete das Salz ihres Schweißes an den Schläfen, den Geschmack des Speichels zwischen den Lippen, die Louise, verblüfft, geschlossen hielt. Im Erdgeschoss klingelte das Telefon. Sie warteten, bis ein paar Klingeltöne ihre Zweisamkeit aufgelöst hatte, dann sagte Louise keuchend:

– Ich muss rangehen.

Sie hatte das Gefühl, sich aus dem Bett loszureißen, wieder in die Wirklichkeit des Hauses und das bevorstehende Abendessen einzutauchen. Als sie sich von ihrer Tochter gelöst hatte, musste sie sich erst an die Wand stützen, um wieder zu Atem zu kommen. Ihr Kopf brummte, ihr frenetischer Puls nahm ihr für Momente die Sicht. Louise fühlte sich durch diesen Mund auf ihr befreit. Dieser verrückte, gierige Mund hatte nach einer Verbitterung in ihr geschnappt, ein Gewicht von ihr genommen. Fanny hörte die Schritte ihrer Mutter auf der Treppe, dann ihre Stimme, ohne den Sinn ihrer Worte zu verstehen. Sie beide, sie wusste es, hatten eben ihren letzten vertrauten Moment erlebt, und bald würde sie ebenfalls aufstehen, das Zimmer verlassen, in dem nichts außer Leere zurückbleiben würde, das blasse Licht auf dem Bettüberwurf, der Abdruck ihrer Körper. Louise würde wieder daran denken, wenn sie das Laken glatt streichen und jedes Mal, wenn sie später das Zimmer betreten würde. Ihre Worte würden quälend für sie sein und lange nachhallen. *Was immer hier vor sich gegangen ist,* dachte Fanny, *wir müssen uns damit abfinden.* Sie hörte, wie Louise wieder auflegte, und setzte sich auf, ließ den Blick durchs Zimmer wandern und ging hinaus. Louise stand reglos am Fuß der Treppe, eine Hand auf der Brust.

– Das war dein Bruder, sagte sie, Albin. Er kommt nicht heute Abend.

*

Die Vergangenheit hat eine Dynamik, ein Eigenleben. Erinnerungen bringen Erinnerungen hervor, und aus diesen inzestuösen Vereinigungen entstehen Fabeln.

*

Die Sonne brannte gleichgültig auf die Häute, den Stein, die funkelnde Oberfläche des Kanals, verdichtete die Luft und lud sie auf. Nichts war fassbar, alles erschien wie durch dickes rohes Glas hindurch. Lebendes und Unbelebtes verschmolzen zu einem undeutlichen Ton in Ton, wenn man seine Aufmerksamkeit nicht auf etwas Bestimmtes fokussierte. Jonas' Schritte waren schwerfällig, denn der Gedanke an das Essen verfolgte ihn wieder, und er hatte das Gefühl, ein unsägliches Gewicht durch die Stadt zu schleppen. Die Baumwolle seines schweißnassen Hemdes schien stellenweise grau und klebte auf der Haut. Sein Nacken war gerötet. Die Sonne fiel schwer darauf, wie auf die Fassaden. Manchmal brachte sie die Haut seines Halses zum Zittern. Er war nicht sicher, ob er Lust hatte, mit Nadia essen zu gehen. So wie ein böser Traum am Morgen mit Angst nachwirken konnte, blieb in Jonas ein Nachgeschmack von seinen Erinnerungen zurück.

Sie hatten sich auf der Place Aristide-Briand verabredet, und Jonas setzte sich auf eine Bank, beobachtete die ankommenden Touristenströme, ohne Nadia zu sehen. Das Licht fiel in Fetzen durch die Baumäste, auf das Dach des Musikpavillons, schlängelte sich über die Säulen. Etwas weiter weg hangelten sich Kinder auf einem mit Kunstrasen umgebenen Spielplatz lustlos an grün und gelb bemalten Eisengerippen hoch. Ein Karussell quietschte durch den Geruch von Churros aus einer nahen Bude. Vor den Zierkirschen und Palmen am Rand des Platzes versuchte ein Zeuge Jehovas die Aufmerksamkeit mit einem Transparent auf sich zu ziehen:

Die Zukunft scheint euch:

a) strahlend
b) unwichtig
c) katastrophal

Jonas hatte Nadia einmal zu Beginn des Winters genau hier kennengelernt. Der Platz, der nun in Sommerhelle getaucht war, war ihm vertraut und doch so anders als jene damals vom Meerwind gepeitschte Fläche. Hin und wieder, erinnerte sich Jonas, hoben sich die Ahornblätter vom Boden, wirbelten herum und fegten über den Platz. Die Passanten hielten die Schals vor ihre Gesichter und verschwanden hinter dicken Mänteln. Nadia ging unter ihnen, in einem ihrer unvermeidlichen Boubous. Ihre Haare waren kurz und gekräuselt. Die Haut ihrer Hände war trocken; ihr Körper lang und muskulös. Nadia war nicht ihr richtiger Name. Sie hatte Jonas um eine Zigarette gebeten – an diesem Sommertag auf dem Platz, Jahre später konnte er sich nicht mehr erinnern, warum er hier gewesen war –, und sie hatten zusammen geraucht, während ihre nebligen Atemstöße in der Böe zerstoben. Die Vorstellung war absurd, dass dieser mit seinem Boubou ausstaffierte Mann und die Frau, die nun über den Platz auf ihn zukam, das tiefe Schwarz und die Fülle ihres Fleisches zur Schau tragend, ein und dieselbe Person waren. Einzig die bunt wehenden Stoffe kamen Jonas vertraut vor, erlaubten es ihm, die beiden miteinander in Verbindung zu bringen, den langen Weg seiner Umwandlung in Erinnerung zu rufen, auf dem er sie begleitet hatte. Jonas stand auf, und Nadia küsste ihn herzlich.

– Ich freu mich, dich zu sehen. Komm, setzen wir uns, egal wo, hier zum Beispiel.

Durch die Hormonbehandlung war ihre Stimme sanfter geworden. An der Stelle ihres Halses, wo sich mal der Adamsapfel befunden hatte, war ein Hämatom. Nur noch ein Flecken auf dunkler Haut. Sie hielt Jonas am Arm bis zur Caféterrasse, wo sie sich setzten, sprudelte los, ohne darauf zu achten, dass er ihren Worten nur mit Mühe folgen konnte. Die Gäste blickten sich nach ihnen um, angezogen von der Zweideutigkeit, die von Nadia ausging. Ein Kellner nahm die Bestellung auf und stellte zwei Gläser Weißwein auf den Tisch. Jonas spürte unter den Fingern den fremden Kontakt des Beschlags auf der Rundung des Glases.

– Genau das, sagte Nadia, kann ich nicht ausstehen, diese Folklore, diese neapolitanischen Häuser, diese alten Seebären, die am Kai herumhängen …

Jonas lächelte, an ihre Klagen gewöhnt. Er wusste, dass Nadia es nie schaffen würde, Sète zu verlassen. Wie bei so vielen anderen bestand ihre Beziehung zur Stadt aus einer Mischung von Frustration und Zärtlichkeit.

Die Sonne, die im Zenith stand, legte sich auf die aufgeblühten Sonnenschirme, und Jonas stellte sich das Meer als spiegelnde Weite vor, als eine Eisfläche, aus der knirschend die spitzen Kanten der Felsen ragten. Das Meer ein schmuckloser Bunker, sämtlichen Winden ausgesetzt. War das, dachte Jonas, die Kulisse, vor der Leas Leben zu Ende gegangen war? Diese Vorstellung war mit der Zeit zu einer Überzeugung geworden. Er konnte nicht ohne Empörung an diesen Anblick von Sète denken. Aber warum war er bloß unentwegt dabei, die losen Teile einer Vergangenheit zusammenzuführen, die er gerne losgeworden wäre?

– Hörst du mir überhaupt zu?, fragte Nadia plötzlich.

– Verzeih mir, es ist das Essen heute Abend. Ich kann mich auf nichts anderes konzentrieren.

– Ich habe heute Morgen deine Mutter gesehen. Diese Frau bricht einem das Herz. Sie sieht todunglücklich aus. Wie geht es ihr?

– Gut, ich glaube, es geht ihr gut. Sie überrascht uns. Sie erholt sich schneller von Armands Tod, als wir gedacht hatten.

– Man unterschätzt die Fähigkeit der Leute immer, den Tod ihrer Angehörigen zu überleben.

Jonas zuckte die Schultern.

– Ich habe es schon lange aufgegeben, ihre Beziehung zu verstehen. Der Tod meines Vaters war vielleicht das Beste, was ihr passieren konnte. Was uns passieren konnte.

Er dachte oft, es hätte nicht mehr so weitergehen können. Aber Jonas bedachte sogleich das Gewicht dieser Abwesenheit. Nadia zog ein Päckchen Zigaretten aus der Tasche, machte eine an und zog die Brauen hoch.

– Ich glaube, wir sind, ohne es zu merken, im Alter der Einsargungen angekommen.

Der Filter ihrer Zigarette verschwand hinter ihren dicken Lippen. *Aber es gibt Hicham*, dachte Jonas, und er klammerte sich an den Gedanken, dass sie gemeinsam etwas aufgebaut hätten, ein Paar bildeten, das Streit, Trennungen, Abschiede und all die Toten ringsum überdauern würde. Den Tod von Fabrice. Verdankte er Louise und Armand diese Beharrlichkeit, eine Beziehung aufbauen zu wollen, seine Treue zu Hicham? Nicht mal, als sie sich völlig auseinandergelebt hatten, haben sich seine Eltern getrennt, haben lieber das Scheitern ihrer Leben akzeptiert, als das ihrer Ehe zuzugeben. Jonas kannte die Einsamkeit, mit der Nadia sich abplagte.

– Ich bewege mich unter der Oberfläche eines zugefrorenen Sees, hatte sie ihm an einem betrunkenen Abend anvertraut. Ich sehe durch sie hindurch, aber nur undeutlich. Ich kann Schatten ausmachen, Umrisse, die mir vertraut sind, aber von denen ich immer auf Distanz gehalten werde. Und manchmal ist da diese Spalte im Eis: Ich schaffe es, aufzutauchen, zu atmen. Es kann eine Empfindung sein, oder du kannst es sein, Jonas. Irgendetwas oder jemand, der mich ins Leben zurückführt, macht, dass ich mich am Leben fühle, *im* Leben, aber das alles ist so … flüchtig.

Sie hatte ihre Kräfte auf den Kais verschlissen, auf den Parkplätzen am Kanalufer und am Bahnhof, in Nächten voller Asphalt- und Ölgerüchen, hatte anonymen, verschämten Familienvätern, die ihn auf einer Motorhaube nahmen, Gefühle ausgeliehen, Liebe für wenig Geld. Dann war da dieser Junkie, in den sie sich vernarrt hatte, ohne etwas vom Purpurrot auf seinen Armen und Schenkeln zu ahnen, den er eines Tages mit Schaum um die Lippen tot in seiner Badewanne vorgefunden hatte. Das Bild dieses mit dem Emaille verschmolzenen Körpers überlagerte sich bei Jonas mit einer der letzten Erinnerungen an Fabrice, und gleichzeitig sah er sich neben Louise als Kind. Er hatte große Angst, ein Unglück könnte über sie hereinbrechen, da das Glück, das ihm ihre Gegenwart bedeutete, und die Unbedingtheit ihrer Liebe nicht andauern konnten: Es musste durch einen Schicksalsschlag ausgeglichen werden. War Louise einmal krank, hörte Jonas auf zu leben, überzeugt, dass die Krankheit – auch wenn es nur ein kurzes Unwohlsein war – sie dahinraffen würde. Wenn aus einem Zimmer oder aus dem Bad ein ungewohntes Geräusch drang, stürzte er die Treppe hinunter zu ihr, bereits erschüttert bei der Vorstellung, sie tot anzutreffen. Sie hatte einen Gegenstand fallen gelassen, den Brausekopf in der Badewanne, oder eine Tür etwas heftig zugeschlagen, und mokierte sich liebevoll über ihren Sohn. Doch die Kränkung, die seine übertriebene Besorgnis zur Folge hatte, schien Jonas dem Drama, dem Louise, ohne es zu wissen, vielleicht gerade entkommen war, tausendmal vorzuziehen, und er strömte über vor Liebe für den nackten Körper seiner Mutter mit seinen Rundungen.

Es kam auch vor, dass er seinen eigenen Tod fürchtete oder ihn sich vorstellte, aber aus einem ganz anderen Grund. Jonas ist Louises Abneigung gegen diese Sexualität, die er in sich erwachen fühlte und die mehr und mehr zu ihm gehörte, nicht entgangen. Trotz seiner Anstrengungen, sie in sein Innerstes zu verbannen, zu verbergen, sie hinter Illusion und Verstellung zu kaschieren, spürte Jonas manchmal, dass seine Mutter etwas von dieser Schwärze mitbekam, als hätte sie in der Dunkelheit einen Gegenstand abgetastet, um sein Wesen, seine Form zu erfassen, und ihn widerlich gefunden. Und für einen kurzen Augenblick merkte Jonas gar, wie sie zusammenzuckte, sich abwandte von dem, worauf ihr Instinkt, ihr mütterlicher Spürsinn sie unbeirrbar stieß, zurückgehalten nur von dem Zweifel, der Angst vor dem, was sie entdecken könnte. Dieses Gefühl kannte Jonas von frühester Kindheit an, er war in einer ständigen Verstellung groß geworden, in der stets totgeschwiegenen Gewissheit eines Verrats gegenüber Louise, im Bewusstsein einer angeborenen Bösartigkeit, gegen die er machtlos war und die ihn zu einem unwürdigen, hinterhältigen Menschen machte. Wenn Jonas gefragt wurde, was er einmal werden wollte, antwortete er wie alle Jungen seines Alters, niemand hatte eine Ahnung davon, dass es für ihn unmöglich war, sich über eine Gegenwart hinaus zu projizieren, die den Moment einer fatalen Strafe stets auf später zu verschieben schien, den Moment des rächenden, erlösenden Todes, der ihn mit voller Wucht treffen und den in ihn eingepflanzten Fehler auslöschen würde. Mit zunehmendem Alter nahmen diese Überzeugungen ab, doch wunderte sich Jonas immer wieder von Neuem, dass er ein Alter erreichte, an die er als Kind nur unter den dunkelsten Vorahnungen denken konnte. Im Gegensatz zu Fabrice war er durch die Maschen geschlüpft, und wie bei jenen, die ihre Angehörigen überleben, war seine Überraschung, dass er noch immer am Leben war, von einem bitteren Schuldgefühl durchzogen, ohne Grund verschont worden zu sein. Sich für Momente, in einem gierigen, vitalen Atemzug, gefreut zu haben, da zu sein, allem und jedem zum Trotz.

– … wie das Ende der Liebe, sagte Nadia, ohne dass Jonas wusste, wovon sie sprach. Eine Veränderung, die man nicht bemerkt, und man hört vorzeitig zu leben auf. Man löst sich von den Dingen. Man gehört zu denen, die übrig bleiben.

Sie hatte ihre Existenz der Eroberung eines Körpers verschrieben, der ihr nicht gehörte, und sagte, dass es nun, am Ende des Lebens, zu spät sei, jemand anderen zu lieben. Nadia log, sie sah in der Liebe noch immer die einzige Möglichkeit eines Glücks auf dieser Welt, aber Jonas schwieg. Die Teller wurden aufgetragen. Sie begannen zu essen. Nadia schien niedergeschlagen. Sie machte eine neue Zigarette an, biss in den Filter, und Jonas dachte, dass sie diesen afrikanischen Stolz behalten hatte, diese Entschlossenheit, nie eine Schwäche durchscheinen zu lassen. Er beneidete sie, wollte seine Hand auf dem Tisch ausstrecken und in einer zärtlichen Geste ihr Handgelenk ergreifen, doch sie entzog sich und drehte ihr Gesicht dem Platz zu. Sie klopfte mit dem Zeigefinger ihre Zigarette ab, und die Asche fiel auf den Asphalt.

– Stimmt was nicht?, fragte Jonas.

– Wie meinst du das? Es ist alles in Ordnung.

Sie blickte ihn herausfordernd, verärgert an. Er verzichtete darauf, nach Worten zu suchen, um sie zu beruhigen, und lehnte sich an die Rückenlehne seines Stuhls. Bilder aus der Vergangenheit legten sich zusammenhanglos übereinander und schienen ein einziges zu bilden: Fanny an einem Strand, die Haut verbrannt und von Wasser triefend. Das schwarze Lycra ihres Badeanzugs schneidet sich in ihr jugendliches Fleisch. Im selben Sommer streicht Armand den Rumpf eines Schiffes, aus seinen Achseln tropft der Schweiß seine Seiten hinunter, und die Sonne glüht. Die orangerote Malfarbe spiegelt sich und führt ein anderes Bild herbei, in dem Wasser von tiefem Blau vorkommt. Jonas drängt Fabrice, ihm sein größtes Onanier-Geheimnis zu verraten, und Fabrice sagt: Ich denke an alles, nur nicht an dich, und diese Worte klingen aus seinem Mund wie eine Liebeserklärung. Der Geruch nach Resopal in einer leeren Küche, ein winterliches Licht. Die Krümmung von Hichams Geschlecht in seiner Hand, die Worte, die er ihm ins Ohr flüstert und deren Sinn sich mit der Zeit verliert. Der besondere Geruch von Körpern am Strand, von diesen Männern, die sich ins Wasser gleiten lassen, von ihrem schweren Atem. So viele andere, zufällig aufgetauchte Bilder, aus denen seine Existenz zusammengesetzt war. Jonas hätte seinem Leben gerne eine Einheit gegeben, diese Momente untereinander abgestimmt, eine Harmonie hergestellt, die folgerichtig zu seiner Anwesenheit an diesem Tisch mit Nadia an diesem Tag geführt hätte. Ihr Leben, dachte Jonas auf seiner Caféterrasse, spielte sich immer weiter in der Unkenntnis oder Gleichgültigkeit gegenüber der realen Welt ab. Dieses Bedauern, seinem Leben keine tiefere Bedeutung verleihen zu können, sich immer wieder am monotonen Drama des Alltags zu stoßen, meinte Jonas schon immer in sich getragen zu haben. War es im Übrigen nicht das, was Fabrice vor seinem Tod so zu schaffen machte? Dieses Vertrauen in die Zukunft, die naive Gewissheit, dass sie beide für ein Schicksal bestimmt wären? Dabei hatte er in diesem Sommer wirklich geglaubt, sich den familiären Zwängen entziehen zu können, und die Möglichkeit eines anderen Horizonts erahnt.

Leas Geburt hatte Fanny stark mitgenommen. Armand und Louise besuchten sie jedes Wochenende, und Jonas, der noch bei ihnen lebte, begleitete sie. Louise versuchte, seine Anwesenheit auszukosten im Wissen, dass er sie bald ebenso verlassen würde. Sie, die die Freizeit stets als vergeudete Zeit angesehen hatte, vergaß nun nie, die Badesachen einzupacken. Wenn sie aus Nîmes zurückkamen, hielten sie am Strand Grand-Travers. Über drei Kilometer zog der Sand ein enges, unberührtes Band, verschont von menschlichen Spuren. In Jonas' Erinnerung war der Himmel blass, nicht vom Meer zu unterscheiden. Ungeschickt zogen sie sich hinter einem Strandtuch die Badehose an. Der Anblick seiner Mutter im Badeanzug zwang Jonas, verlegen den Blick abzuwenden, aber Louise, entschlossen, die noch warmen Stunden des Spätnachmittags zu genießen, spürte nichts vom Unbehagen ihres Sohnes. Sie spannte den Sonnenschirm auf, zog die Matten mit dem Strohgeruch aus der Tasche, die in der Luft knackten, als sie sie im Sand ausbreitete. Jonas schämte sich für seinen mageren, blassen Körper, seine spindeldürren Glieder, seine schwächlichen Muskeln. Armand zog sich ungeniert aus, den Blick der anderen auf seinen kräftigen Schultern gewohnt, obwohl er älter wurde und langsam einen Bauch ansetzte. Seine Brusthaare ergrauten, waren mit den Jahren dichter geworden, aber er hatte noch immer eine kräftige Statur und pralle Muskeln. Seine Haut hatte die Sonne nicht mehr zu fürchten, während Jonas Louises Drängen nachgeben und ihr seinen Rücken für die Sonnencreme hinhalten musste. Sie rieb ihm kräftig über die Schulterblätter und rief aus:

– Du bist ja weiß wie die Wand!

Oder, plötzlich voller Mitleid, dass ihr Sohn so schmächtig war:

– Aber was für ein Knochengerüst, man könnte meinen, du kriegst nichts zu essen!

Armand hielt sich abseits. Er beobachtete sie wortlos, und sein Schweigen demütigte Jonas. Der Jugendliche wünschte, dass sein Vater so schnell wie möglich im Wasser verschwand.

– Ich komme nach, warte nicht auf mich.

Armand antwortete nicht, versuchte nicht gegen Louises Entschlossenheit zu protestieren, Jonas' Haut durch eine dicke Schicht Sonnencreme, die auf der Wasseroberfläche bald einen fettigen Film hinterlassen würde, noch weißer zu machen. Schon allein die Anwesenheit seines Vaters kam für Jonas einem Vorwurf gleich. Armand stand da, die Zehen im Sand vergraben, die Hände in die Hüften gestützt. Wenn Louise sich endlich hinlegte, war Jonas gezwungen, an der Seite seines Vaters ans Meer zu gehen, und er hasste diesen Moment, wo sie nichts zu sagen wussten, eine falsche Vertrautheit vorspielten. Jonas ging schneller, um ihn zu überholen, und lief ins Wasser, bis sein Körper von einer Welle verschluckt wurde.

Armand forderte seinen Sohn heraus: zum Beispiel, um eine entfernte Boje zu erreichen, deren rotes Plastik immer wieder zwischen den Wellen hervorschwappte. Mit triefendem Gesicht schwamm er los. Riss die Arme aus den Fluten, und sein Rücken, von blassen Adern durchzogen, glitt unters Wasser. Jonas versuchte ihm zu folgen, geriet aber bald außer Atem und warf ängstliche Blicke über die Schultern, in Richtung des Kiesstrandes und des ausgestreckten Körpers von Louise, der nur noch ein blasser Flecken im Sand war. Die Hand an der Stirn schaute sie ihnen zu, machte hin und wieder ein Zeichen. Jedes Mal warf sie ihnen vor, zu weit hinausgeschwommen zu sein, aber mit Nachsicht. Dieses Spiel war für sie der Ausdruck von Armands Hingabe und Jonas' jugendlichem Mut. Armand erreichte die Boje, verschwand nun selbst zwischen den Wellen, um bald wieder aufzutauchen. Jonas wäre am liebsten zu Louise zurückgekehrt und hätte seinen Vater dem Meer überlassen, aber ganz im Bann der Geschwindigkeit, mit der sich Armand wieder in die

Wellen warf, schwamm er auf der Stelle, von einem seiner Asthmaanfälle gepackt, und spuckte geschlucktes Wasser aus. Hinter ihnen stiegen Schreie vom Strand auf. Das Meer funkelte, brannte auf seine Netzhaut, und er kniff die Augen zu, gefesselt von den Hechtsprüngen Armands, der wieder untertauchte. Wenn er zusah, wie sich sein Vater entfernte, spürte er eine ekstatische Erwartung, er spürte sie in seinem Fleisch, und sie zwang ihn, seinen kurzen Atem und den Ansturm der Wellen auszuhalten. Armand konnte jeden Moment verschwinden, von der Strömung mitgerissen werden. Niemand, außer ihm, Jonas, würde etwas sehen. Die Natur ringsum barg die Möglichkeit vom Tod seines Vaters und faszinierte ihn. Aber Armand kam wieder hoch, die Arme hart von der Anstrengung, und warf sich, höhnisch, mit ein paar Zügen auf den Kiesstrand. Als Jonas endlich zu ihnen stieß, glänzte Armands Körper neben Louise im Sand.

– Hast du dich gut amüsiert?, fragte seine Mutter.

Er legte sich hin, ohne zu antworten, und betrachtete den ruhenden Vater von der Seite. Armands Brust hob sich im Rhythmus seiner Atemzüge. Er ahnte nichts von den Gewissensbissen seines Sohnes, von der Verwirrung, die die Vorstellung ausgelöst hatte, er könnte ertrinken, was die Erfüllung seiner Kinderträume bedeutet hätte.

Eine andere Zerstreuung, mit der Armand zu seinem Sohn zurückzufinden suchte, war es, ihre Kräfte in einem Zweikampf zu messen. Es war leicht, die Oberhand über den Jugendlichen zu gewinnen, und was nichts als ein Zeitvertreib sein sollte, artete bald zu einem Duell aus, in dem keiner der beiden die Tragweite seiner Gesten mehr zu kontrollieren wusste. Jonas blieb von diesen Momenten der nackte Körper seines Vaters in Erinnerung und die kaum unterdrückte Gewalt seiner Hände, die seine Handgelenke umklammerten, um ihn ins Wasser zu stoßen oder in den Sand zu werfen. Auf seiner Haut blieb der Abdruck der Finger zurück. Für Armand war es wichtig, eine Dominanz über seinen Sohn zu markieren, und Jonas machte es sich zur Aufgabe, Widerstand zu leisten, ließ seiner Wut freien Lauf, schlug mit geballten Fäusten gegen die Überlegenheit dieses Vaters über ihm ein. Bestimmt merkte Armand, dass in seiner Erwiderung mehr war als ein flüchtiger Kampf, er beschwerte sich jedoch nie über Jonas' Gewalt. Einmal warf ihn Armand bei einem solchen Gefecht zu Boden und setzte sich mit seinem ganzen Gewicht auf ihn. Jonas spürte den brennenden Sand, die Erniedrigung, die auf ihn herabfiel, und während er sich bog und wand, um sich aus dem Schraubstock zu befreien, schlug er mit der Faust in Armands Gesicht. Er sah deutlich, wie seine Fingerglieder an der Kante des Kinns aufschlugen, der Kopf seines Vaters zur Seite glitt. Jonas blieb liegen, keuchend, den Atem angehalten vor Angst, bestraft zu werden, und fühlte dieselbe Angst, wie als Kind, wenn der Vater seinen Zorn auf ihn gerichtet hatte. Armand betrachtete ihn lange, verblüfft. Seine Unterlippe war gespalten, Blut lief über seine Zähne. Der Schatten seines Körpers zog sich über den Sand. Er wischte nur mit dem Handrücken den Speichel von den Lippen, schniefte geräuschvoll und wandte sich von seinem Sohn ab.

Eine Straße trennte den Strand von den verwilderten Dünen. Zikadengesang mischte sich mit dem Getöse der Wellen und dem Tumult der Urlauber, dem Geruch der Olivenbäume und Thymiansträucher. Jonas zog den Blick anderer Männer auf sich. Das Meer, das die Körper abwechselnd verhüllte und wieder freigab, ermutigte zum Verführungsspiel, das den anderen Badenden entging. Ein getauschter Blick genügte, ein gewechseltes Wort, ein von der Welle vertuschtes Streifen. Die Nähe von Armand und Louise entfachte in Jonas das Bewusstsein des Verbotenen. Eine andere Welt tat sich vor ihm auf, verborgen unter der, in der er bis dahin gelebt hatte. Eine Welt der Lüste, die er als funkelnd, lautlos, von brutalen Körpern und salzbedeckten Häuten bevölkert im Gedächtnis behalten würde.

– Ich geh ein bisschen spazieren.

Louise hob die Nase nicht aus ihrer Zeitschrift. Jonas' Hals schnürte sich zu. Ein Mann wartete, an den Holzzaun gelehnt, der zur Hälfte in der Düne versank. Jonas war nur wenige Meter von ihm entfernt. Er bemerkte die Bräune seiner Haut, die Feuchte seiner roten Badehose, die Andeutung seines darunter gebogenen Geschlechts. Mit einem Kopfnicken deutete er die Bereitschaft an, ihm zu folgen. Er wusste den Namen des Mannes, sein Alter nicht, aber er hatte unter dem Wasser seinen breiten, behaarten Schenkel gestreift. Armand döste. Louise ahnte nichts von dem Schwindel, der ihren Sohn erfasste. Der Strand, der Ort der Kindheit schlechthin, stellte Jonas' Glut bloß. Hinter dem Mann her gelangte er zur Straße. Die Sonne glänzte auf der Schlange der Wohnwagen und Autos, brachte die Luft zum Glühen und befreite den Gummigeruch der Reifen. Auf der anderen Seite der Straße stachen sie in die Düne hinein, ließen den Rummel des Strandes hinter sich. Die Erregung zwang Jonas zum Schlucken, zog seinen Magen zusammen, strahlte in seine Hoden und seinen Rücken aus. Die Sonne schlug ihm auf Stirn und Schultern, trieb den lieblichen Geruch aus den Blaudisteln, den Sandstrohblumen und dem Strandhafer. Der Rücken des Mannes war breit. Er musste um die zehn Jahre älter sein als Jonas. Manchmal drehte er sich nach ihm um, seine blassen

Augen versicherten sich, dass er noch da war, und lief weiter, noch tiefer in die Dünen hinein. Die Hitze betäubte Jonas. Der Meerwind erreichte sie nicht mehr, alles war erstarrt im Bernstein der Sandtäler, dem Konzert Tausender in den Kiefern sich reibender Deckflügel. Den brennenden Biss bei jedem seiner Schritte, und seinen Atem spürte er nicht mehr. Nur noch den Geruch des Mannes, der im Gehen ein Netz spannte. Der Saft der Nadelbäume lief in goldenen Tropfen über die Rindenschuppen der Stämme und fing das Licht auf. Der Boden war mit roten Nadeln übersät, die ihn in die Fußsohlen und in den Knöchel stachen. Über ihm rippten Äste den opalenen Himmel, ließen einen Feuerregen auf sie herabfallen.

Der Weg, dem sie folgten, war nicht der einzige. Ringsum schoben sich andere in die Vegetation. Unzählige Schritte schienen sie beharrlich geformt zu haben: Jonas sah, dass noch andere Männer sie wie zufällig, mit demselben Schweigen entlanggingen. Wenn er an ihnen vorbeikam, musterten sie ihn, manche blieben stehen in der Erwartung eines Zeichens. Sie tauchten hinter einem Baum, einer Düne auf, und hielten ungeniert ihr Geschlecht in der Hand. Denn alle, verstand er, waren in der Aussicht auf eine Umarmung hier, und ihre Anwesenheit ließ keine Zweifel: Diese Natur war zu ihrer Lust bestimmt. An manchen Stellen hatten ihre Liebesspiele pflanzliche Nischen gebildet. Nackte Äste trugen anstelle von Blättern rosarote Fetzen von Toilettenpapier, mit dem Geschlechter und Hintern abgewischt worden waren. In Sand und Erde gestrandete Präservative schmolzen in der Sonne. Jonas wurde schlecht, ohne dass er den Grund für seine Übelkeit einordnen konnte. Er erigierte unter seiner roten Badehose und fand seinen Schwanz etwas disproportioniert zu seinem schwächlichen Körper. Er versuchte seinen

Ständer mit der Hand zu verdecken, der Mann beobachtete ihn amüsiert. Nichts hätte ihn zum Umkehren bewegen können, es trieb ihn weiter durch die sich streifenden Körper hindurch. Diese Männlichkeit ringsum verbreitete einen strengen Schweiß, den Geruch der Ausschweifung. Ihre Schatten beunruhigten Jonas und berauschten ihn zugleich.

Endlich blieb der Unbekannte stehen. Seine Haut war gegerbt und sanft. Er kaute gleichgültig seinen Kaugummi weiter, als wäre ihre Umarmung nichts als eine nebensächliche Zerstreuung. Sein Speichel schmeckte nach Menthol und kaltem Tabak.

– Du bist schön, sagte er. Ich mag deinen Körper.

Seine Hand strich über Jonas' flache Brust, der zitternd im Sand lag. Sein Schwanz spannte den Stoff seiner Badehose, und der Mann ließ den Zeigefinger unter den Gummizug, dann über die helle Feuchte der Schamgegend gleiten. Jonas betrachtete die Schwellung des Bizepses, den Schatten, den ein Bartansatz auf seinem Hals bildete, den Vorsprung des Adamsapfels. Er spürte auf der Hüfte die sanfte Berührung des Haarpelzes, der sich vom Nabel über den Bauch zog, dann die Erektion an seinem Schenkel. Der Mann rückte ein Stück nach oben und hielt eine Brust an Jonas' Lippen, einen von braunen Härchen umgebenen Warzenhof. Er biss in die Warze und spürte, wie sie unter seiner Zunge hart wurde. Seine Nase lehnte an den Brustmuskeln des Mannes. Er roch die warme Haut, schloss die Augen und ließ sich von dem männlichen Geruch, der so ganz anders war als sein eigener, durchdringen. Eine Hand, die er nicht mehr sah, streifte seine Badehose hinunter und griff nach seinem Geschlecht. Jonas saugte drauflos, an den entspannten Körper geschmiegt. Nichts wies darauf hin, dass der Mann von Jonas gerührt war. Er war ganz mit seinem Vergnügen beschäftigt, machte sich mit der Hand an seinem Schwanz zu schaffen und legte seinen in Jonas' Hand. Der Unbekannte beugte sich hinunter und nahm ihn in den Mund. Die Zunge rieb seine Eichel. Der Mund schien noch heißer als die Eisenkappe, die ihre daliegenden Körper umschloss. Jonas hob den Blick zu dem unmerklichen Zittern der Kiefernäste und der Milchigkeit des Himmels dahinter. Er erahnte die Anwesenheit anderer Männer nicht weit von ihnen, ihre Blicke, aber nichts zählte, außer die schleimige Zärtlichkeit auf dem Schaft seines Geschlechts: das tyrannische Schlagen seines Pulses, der ein Kribbeln durch seine Glieder jagte. Er kam im Mund des Mannes, der reglos verharrte, die Lippen um seine Eichel geschlossen. Als er aufstand, lächelte er, küsste Jonas auf die Seite. Auf dem Schenkel des Unbekannten und auf der Kante seines Handgelenks perlte das Sperma, das ihn anwiderte und zugleich faszinierte. Er wurde von einer großen Zuneigung zu dem Mann gepackt, der nun zwanglos ins Gebüsch pisste und seine Badehose zurechtrückte. Die Voyeure hatten sich in den Dünen aufgelöst.

– Kommst du wieder?, fragte Jonas, dessen Wunsch, ihn wiederzusehen, übermächtig war.

Der Mann lachte über seine Schulter hinweg und verschwand ebenfalls. Jonas betrachtete das opalene Rinnsal. Er berührte es mit dem Finger und stellte fest, dass es bereits kalt und klar war. Er führte die Finger an die Lippen, auf der Zunge noch immer den Geschmack von Salz, dann rieb er den Schenkel mehrmals mit einer Handvoll Sand, bis seine Haut gerötet war. Er kehrte zum Strand zurück. Die Dünen waren eine andere Welt, begraben unter dem Kindergeschrei. Armand schlief, Louise las immer noch, nichts ahnend von der umwälzenden Veränderung, die in ihm vorgegangen war, dass ein Fremder vor ihr stand, der wenige Augenblicke zuvor noch ihr Sohn gewesen war. An jenem Tag war Jonas weit hinausgeschwommen, bis er den Lärm vom Strand nicht mehr hörte. Er ließ sich auf dem Rücken treiben. Die Tiefe unter ihm hatte nichts Bedrohliches mehr. Die kalten Strömungen schaukelten ihn. Er dachte, dass die Brandung ihn mittragen könnte, wie ein Stück Treibholz. Sein Körper war kaum vom Wasser zu trennen. Sein Geist verlor sich in der Unendlichkeit.

Ich war der Gleiche und doch ein anderer. Ich war nun einer von ihnen. Ich war stolz und entsetzt.

Jonas ging wieder zum Strand. Er gewöhnte sich an die Unsauberkeit der Dünen. Bald war auch ihm die Identität seiner Liebhaber egal, er lachte nun ebenfalls anstelle einer Antwort, wenn ein Junge, den er entjungfert hatte, ihn wiedersehen wollte. Was er brauchte, war ein Körper, der seinen sühnte. Die Lust reinigte ihn von dem Abscheu, den er hatte, wenn er sich die Szene vorab vorstellte, und vom Dreck der Körper der Männer. Es kam vor, dass sie ihn abstießen, aber er verweigerte sich ihnen nie. Ihre Paarung war ein rein egoistischer Akt. Dann verging der Sommer, und der Strand von Grand-Travers und die Körper der Männer gerieten in Vergessenheit. Was blieb, war die Erinnerung an ein einziges Fleisch, zusammengesetzt aus Dutzenden von Körpern, der Nachgeschmack einer langen und schmerzlichen Lust mit dem Geschmack von Salz. Sète überlagerte sich mit anderen Verirrungen.

Das Haus, von Fanny und Albin verlassen, lag stumm im Septembergrau. Die Abwesenheit der Kinder und die Ablösung von Jonas ließen Louise in der Stumpfheit trüber, einsamer Tage zurück, aber es war, gegen jede Erwartung,

Armand, dem es am meisten zusetzte. Einige Monate genügten, um den väterlichen Glanz zu trüben, auf den einst Splitter eines funkelnden Himmels herabzufallen schienen. Sein Rücken wölbte sich unter der Last seiner dreiundfünfzig Jahre. Er wurde missmutig und vorhersehbar. Die Aufenthalte der Seemänner wurden seltener. Schließlich kamen sie gar nicht mehr, und der Bettüberwurf im Gästezimmer blieb glatt, die Fensterläden blieben geschlossen. Ihre Anwesenheit war während der Jahre selbstverständlich geworden. Die Matrosen hatten eine eigene Identität gebildet, als hätte es nur einen Mann gegeben, ein sechstes Familienmitglied, das nun plötzlich gegangen war. Diese Leere schwebte durch das Haus, legte sich um die Gesten, die Louise wiederholte, um die Stunden herumzubringen, die sie früher den Kindern oder den Männern gewidmet hatte. Armand ging weiterhin lustlos zum Hafen. Albins Weggang schien ihm die Freude am Meer genommen zu haben.

Louise las in jenem Jahr *Mrs Dalloway*, und das Buch blieb aufgeschlagen über einem Satz, den sie mit Bleistift unterstrichen hatte und doch vergessen würde: *Es ist eine Einsamkeit im Menschen; selbst zwischen Mann und Frau ist eine Kluft; und das muss man respektieren.*

Im April des vorigen Jahres hatte die kommunistische Partei im ersten Wahlgang der Präsidentschaftswahlen eine Schlappe erlitten. Der Front National schaffte den Durchbruch. Etwas war zerrissen, eine Spaltung, die Armand mit einem erbitterten Schweigen kommentierte. Im Laufe seiner Emanzipation – in Wahrheit durch die im Bett der Männer erfahrene Sinnlichkeit – hörte Jonas auf, sich vor seinem Vater zu fürchten. Die Niedergeschlagenheit des Borkenmannes löste das Mitleid des Sohnes aus und gleichzeitig das Bedürfnis, ihn lächerlich zu machen, sich zu rächen. Abends am Tisch maß er sich mit ihm in endlosen Diskussionen, die jedes Mal mit lautem Geschrei, dem Davonlaufen von einem der beiden und der Verzweiflung von Louise endeten.

Die Lust machte ihn stolz, Jonas wurde beinahe schön. Das Gefühl, für jemand anderen als für seine Mutter zu leben, verlieh ihm einen Hochmut, vor dem selbst Armand klein beigeben musste. Die Allmacht des Vaters, durch Albin und Fannys Weggang bereits untergraben, bröckelte immer mehr. Sein Reich verringerte sich mit der Befreiung seiner Kinder, und als Jonas im Jahr seiner Volljährigkeit nach Toulouse zog, schien ihm sein Vater, aus dieser veränderten Perspektive, nicht mehr der Angst würdig, die er ihm früher eingeflößt hatte. Er schaute mit Verachtung zurück. Wenn Armand bei einem der seltenen Besuche, die Jonas seinen Eltern während seines Exils abstattete, aus der Vergangenheit auftauchte und wieder die Rolle eines Vaters einnahm, fand er ihn nichtssagend. Wenn er ihn manchmal heimlich betrachtete, staunte Jonas, dass dieser Mann mit der hohen Stirn, den schütteren Haaren, derselbe war, der die ganze Zeit als Oberhaupt über die Familie geherrscht hatte, der einst der gewissenhafte und erbarmungslose Architekt ihrer Existenzen gewesen war. Gleichzeitig begann Jonas einen regelmäßig wiederkehrenden Traum zu haben, aus dem er jedes Mal mit einem Gefühl der Aversion, der Beschmutzung und der schuldhaften Lust erwachte. Er war erwachsen, befand sich aber in seinem Kinderzimmer, in dem kleinen Bett aus hellblau bemaltem Holz. Armand lag an ihn geschmiegt unter den Laken und Decken. Er drückte, streichelte ihn, tat ihm weh. Jonas fühlte die raue Haut seiner Handflächen auf seinen Schenkeln, seinem Bauch, der sein Geschlecht zerquetschte. Er versuchte sich aus der Umklammerung zu befreien, doch Armands Gewicht, die Kraft seiner Arme untersagten ihm jede Bewegung, und er musste die Zärtlichkeiten, unter denen sich seine Muskeln spannten, keuchend und angewidert über sich ergehen lassen. Dann drückte sich Armands Geschlecht in seinen Hintern. Ein Schwanz, den er als dick und unerbittlich wahrnahm, zerriss und verbrannte seine Eingeweide.

Toulouse, sagte Jonas zu Nadia, war der einzige, logische Ausweg. Trotz Louises Drängen, sein Studium in Montpellier zu machen, bestand er darauf wegzugehen. Er hielt es nicht mehr aus, nichts als dieses flache Meer, diese Tintenschwärze vor sich zu haben. Von den Tagen vor seinem Auszug ist Jonas das Bild seiner Schwägerin Emilie in Erinnerung geblieben, die kurz vor der Geburt der Zwillinge stand. Eine Hand unter dem Oval ihres Bauches, kam sie durch die Wohnzimmertür auf die Terrasse heraus. Sie stand in der Sonne. Sie kniff die Augen zu, um Albin und Jonas zu sehen. Was tat er an jenem Tag bei seinem Bruder? Was fanden sie sich zu sagen, als sie gemeinsam an dem Gartentisch saßen? Jonas konnte sich nicht mehr erinnern, aber er wusste, dass keinerlei Feindseligkeit zwischen ihnen bestand. Bestimmt waren diese Blutsbande, die oft gering geschätzt wurden, stärker als ihr Groll. Es gab also in ihrer gemeinsam verbrachten Zeit diese Begegnungen, wo sie nichts als zwei Brüder waren, im Glanz einer unerwartet wiedergefundenen Vertrautheit.

– Als Kinder, sagte Nadia, brauchten wir nicht zu reden, um uns zu verstehen, unser Schweigen machte uns nichts aus.

Dieses Schweigen war zur Kluft zwischen ihnen geworden, da sie überhaupt nichts zu teilen, sich nichts zu sagen hatten, und jeder litt auf seine Art darunter.

Vor seinen Augen erschien der Bahnsteig, auf dem sich der Zug funkelnd dahinzog, und Louises Gestalt etwas abseits, vor ihren Füßen stapelten sich die Koffer. Sie drückte die Hände an sich, damit sie nicht über diesen Sohn herfielen, auf der Unterlippe war der Abdruck zweier Schneidezähne. Jonas, obwohl nur einen Meter entfernt von ihr, war bereits nicht mehr da, gehörte ihr nicht mehr. Sein abwesender Blick war auf etwas gerichtet, was er allein sehen konnte, etwas, in dem Louise nicht vorkam. Auch seinen Vater würde er hinter sich zurücklassen, Fanny und Albin, die ihm fremd geworden waren. Mit ihnen begrub Jonas all jene, die jeder von ihnen bis dahin dargestellt hatte. Das Leben begann in dem Augenblick, als die Motoren des Zuges in den leinengrauen Tag von Sète hereindröhnten. Als er den Fuß auf die Eisenstufe stellte, schüttelte Jonas seine Familie und die Stadt ab, die belastenden Bilder der Vergangenheit. Die düstere Umrandung eines Sandkastens in einem Schulhof. Die Helligkeit der Toiletten, wo die Waschbecken den Geruch von schalem Wasser, jugendlichem Schweiß und durchnässtem Papier verströmten. Dieses Bild von ihm, wie er sich auf einem Fenstersims die Straße hinausschwang. Armands Rücken, der sich über den Makadam Richtung Hafen entfernte. Der zittrige Schatten der Straßenlaternen, der sich über die Mauern zog. Der Geruch der Nacht – hatte er ihn durch das offene Fenster wahrgenommen? – wehte eine weitere Erinnerung heran: das Türschloss des Schlafzimmers, vor dem Albin und Jonas sich abwechselnd hinunterbeugen, um die Nacktheit von Louise zu erhaschen. Sie schiebt ihre Beine in eine fleischfarbene Spitzenunterhose. Für kurze Augenblicke erahnen sie nacheinander das glänzende Geheimnis in Form eines strubbeligen Mooses unterhalb ihres Bauches. Dies alles und noch viel mehr würde auf dem Bahnsteig zurückbleiben und die zum Verschwinden bestimmte Gestalt von Louise in Schach halten.

– Kommst du bald wieder?, fragte sie und packte ihren Sohn am Arm.

– Mach die Dinge nicht schwieriger, als sie sind.

In seinem Ton lag der Vorwurf zu übertreiben, seinen Auszug zu dramatisieren. Er trat die Versprechen, die er Louise als Kind gegeben hatte, mit Füßen. Beide taten, als hätten sie keine Erinnerung daran. Diese ewigen Gelöbnisse waren kitschig und ohne Bedeutung, bekamen aber im Augenblick, als Jonas sich von ihnen abwandte, Gewicht. Er hatte plötzlich Lust, sie zu verletzen, ihr sagen zu können: »So schau dich doch an, wie alt und erbärmlich du bist, die reinste Folklore in deiner Blümchenbluse.« Er entzog seinen Arm Louises Händen, um die Koffer zu packen, aber noch im Zug, wenn er ihr durch das Fenster ein Zeichen machen würde, sollte er den Druck ihrer Finger auf seiner Haut spüren.

– Ich muss los.

Der Kuss schmatzte auf Louises Wange. Jonas wandte sich ab, ohne ihr Zeit zu einem Gefühlsausbruch zu lassen, das Kinn glänzend von den Tränen seiner Mutter, die er, sobald er ihr den Rücken zudrehte, mit einer angewiderten Geste abwischte. Der Thau-See glitt an den Schienen vorbei, während Sète sich unter einem gebauchten Himmel in einem schwachen grauen Schulanfangslicht entfernte. Das Wasser spannte einen metallenen Spiegel, auf dem sich die Wolken kräuselten, durchschnitten von dem fiebrigen Gewoge der Hochspannungsleitungen. Die Häuschen am Ufer des Sees sahen aus wie Knospen.

In Toulouse lernte Jonas auf den Bänken der Universität Fabrice kennen, der dunkel und abgemagert war. Er nahm Jonas mit nach Paris, um gegen den Golfkrieg zu protestieren, und engagierte sich begeistert in einem Splitterverein anarchistischer Homosexueller. Zwei Jahre zuvor hatte Fabrice seine Seropositivität entdeckt, im Alter von achtzehn, als Jonas erst sechzehn war. Er verheimlichte ihm nichts. Er sprach mit Stolz von den ersten Symptomen, präsentierte ihm die AZT-Dosen, die auf dem verkalkten Edelstahlspülbecken herumlagen, um kurz darauf in eine stumme Niedergeschlagenheit zu verfallen. Die Vorstellung seines eigenen Todes elektrisierte ihn. Nachdem sie miteinander geschlafen hatten, beschrieb er Jonas die Entwicklung der Krankheit, die Symptome, die sich einstellen würden, die Viren und Ansteckungen, die ihn erwarteten. Er begeisterte sich für Gürtelrose und Bronchitis, war entzückt, dass der Mensch, diese kaputte Kreatur, endlich auf seine Bedeutungslosigkeit zurückgeführt wurde, und dass eine simple Erkältung ihn niederstrecken konnte. Er nannte sich eher gottlos als atheistisch und kämpfte sich mit dem Prozedere des Kirchenaustritts ab. Er trug sein Aids wie das Versprechen auf eine Umwälzung der Welt. Er sah sich als Exempel sterben, als Held fallen, machte sich zum Märtyrer. Und dann wieder rief er Jonas mitten in der Nacht an, betrunken und bekifft, flehte ihn an zu kommen, wenn ein Fieberanfall ihn ins Delirium trieb, wenn eine heftige Kolik ihn im Bett krümmte, wenn er es nicht mehr rechtzeitig auf die Toilette schaffte und sich vollgemacht hatte. Als der Tod auf einmal nicht mehr abstrakt war, sondern sehr präsent, bereits am Werk. Jonas erinnerte sich, wie er ihn nackt und schwitzend unter einer rauen Wolldecke auf dem Zimmerboden vorgefunden hatte, wie er seine Hände hielt, als er kackte, wie er ihn abgewischt und mit einem Lappen gekühlt hatte. Unzählige Male hatte er ihn hingelegt und sich neben ihm ausgestreckt. Er war aus dem Schlaf hochgeschreckt mit dem Gefühl, dass Fabrices Körper sich in seinen Armen aufgelöst hatte und nur noch das leere Laken da war und diese Fiebrigkeit seines Fleisches. Es war ein Gefühl tiefen Schmerzes, tiefer Verzweiflung. Jonas hatte Fabrice geliebt, und wenn er an ihn zurückdachte, wie am Tag des Essens, schienen sich ihre gemeinsamen Jahre auf einen Lidschlag zu reduzieren, in dem das Wesen der Liebe, der Maßlosigkeit, der Leidenschaft enthalten war. Fabrices angekündigter Tod hatte all ihren Gesten diese Ungeduld gegeben, dieses brodelnde Ungestüm, das sie so sehr erregt hatte.

*

In der Trägheit des Sommers kamen die Dinge in Bewegung. Es gab eine Zeit für die Hochzeit. Eine Zeit für die Geburt der Kinder. Eine Zeit für die Abschiede. Jede von ihnen scheint beharrlich, den Wandel des Lebens aufzeigen zu wollen.

*

Solange er in Toulouse studierte, besuchte ihn Louise ein einziges Mal, allein. In ihren Parka gezwängt stand sie da, in der Diele seines Studentenzimmers, zwischen der in die Mauer eingelassenen Küche und dem Schrank mit den Flügeltüren, ihre Reisetasche an die Schenkel gepresst, den Griff mit beiden Händen festhaltend, Daumen an Daumen:

– So, sagte Jonas, das ist mein Zuhause.

– Oh. Es ist …

Sie betrachtete die mit Flugblättern und Plakaten von Punkbands vollgeklebten Wände, das schmale Bett, den mit Romanen und Lehrbüchern überladenen Nachttisch, den unter Papieren, Ordnern, schmutzigen Tellern, leeren Bierflaschen und Aschenbechern begrabenen Schreibtisch. Dann das Fenster zum Hof, hinter dem ein trübseliger Aprilregen niederging. Louise hatte sich den Ort, an dem Jonas lebte, tausend Mal vorgestellt, hatte sich auszumalen versucht, wie sein Leben aussah, hatte träumend die Linien einer Existenz gezogen, von der sie nichts wusste und von der ihr Sohn nichts durchdringen ließ. Was sie vor sich gesehen hatte, war etwas anderes als diese Höhle, aber hier lebte Jonas, hier hatte Jonas die ganze Zeit gelebt, und er betrachtete sie lächelnd, während ihr Blick durch den Raum ging, groß und schlank und dunkel im Gegenlicht. Ihr Sohn, dachte Louise, passte genau zu diesem Zimmer. Er war ihr entglitten, sie wusste nichts mehr von ihm, und sie fühlte, wie sich etwas in ihr wand und krümmte, und eine große Traurigkeit überfiel sie.

– Ich schlafe auf dem Boden, sagte Jonas und zeigte mit einer knappen Bewegung auf eine Campingmatratze unter dem Bett.

Louise stellte sich die kommende Nacht vor, wie sie in dem Studentenbett liegen und vom Hof das Laternenlicht eindringen würde. Wie ihr Sohn neben ihr wäre, auf dem malvenfarbenen Teppich, und beide versuchten, den Schlaf zu finden, gegenseitig ihren Atem belauerten und ihre rätselhafte Anwesenheit. Louise stellte den Koffer vor ihre Füße. Sie bereute es, dass sie gekommen war, dass sie versucht hatte, ins Geheimnis einzudringen, das das Leben ihres Sohnes in Toulouse umgab, und ihre Kehle zog sich schmerzhaft zusammen. Am liebsten hätte sie gar nichts mehr gewusst.

– Ist gut, sagte sie, und Jonas antwortete mit einem kurzen Lachen.

Sie standen reglos da, zwei Meter voneinander, sahen

nichts als die Erscheinung des andern, undurchdringliche Oberflächen, die ihre Blicke nicht mehr durchließen.

Am Nachmittag, als Jonas zu seinen Vorlesungen gegangen war, fand sich Louise allein auf dem Bett in dem Geruch von kaltem Tabak wieder. Durch die Wände sickerte der Klang von Stimmen, und die Elektroheizung knackte regelmäßig. Ihr Parka lag neben ihr, und Louise stand auf, um das Laken und die Decke einzuschlagen, bevor sie wieder dieselbe Haltung einnahm und mit dem Finger auf ihren Schenkel klopfte. Gleich darauf stand sie erneut auf, um Laken und Decke wieder herauszureißen und glatt zu streichen. Louise wusste nicht, was sie tun sollte, welche Haltung ihr Sohn von ihr erwarten konnte. Sie hatte auf dem Schreibtisch einen Wasserkocher gesehen, ein paar Teebeutel, zwei große Tassen, und sie beschloss, Wasser heiß zu machen, um die Zeit herumzubringen. Jonas wäre bald zurück; sie schaute besorgt auf die Uhr, hin- und hergerissen zwischen dem Wunsch, ihn zu sehen, und jenem, noch ein bisschen allein zu sein, um etwas zu sich zu kommen. Ein schrilles Läuten ließ sie mitten im Raum erstarren, das Herz begann wild zu klopfen, und Louise blieb reglos stehen, wagte keine Geste, ließ es einfach klingeln. Dann kam sie sich lächerlich vor: Konnte sie nicht einfach antworten? War es denn nicht legitim, dass sie ihren Sohn besuchte, und war es ihr als Mutter nicht erlaubt, sich hier zu Hause zu fühlen, mochte ihr dieses kleine Studentenzimmer noch so feindselig erscheinen? Louise wühlte in den Papieren auf dem Schreibtisch, um das Telefon zu finden, als plötzlich der Anrufbeantworter anging, gerade, als sie das Gerät unter einem Stapel von Ordnern hervorzog. Sie nahm trotzdem nicht ab, von einem letzten Zweifel zurückgehalten. Sie lauschte dieser Ansage, die sie so oft am anderen Ende der

Leitung gehört hatte und die jetzt ganz anders klang, hier, wo Jonas mit ihr gesprochen hatte, in diesem stets trägen, widerspenstigen und brummigen Ton, der ihr zu verstehen gab, wie viel Überwindung ihn ihre Anrufe kosteten, und dass er so schnell wie möglich wieder auflegen wollte. Louise fühlte sich beschämt und gehemmt wie jedes Mal, wenn sie ihn hörte, denn sie konnte sich nicht verkneifen, eine Nachricht zu hinterlassen, obwohl sie genau wusste, dass ihr Sohn ihre Aufmerksamkeiten für lästig und überflüssig hielt. Sie knallte den Hörer stets hin, als wolle sie das Telefon loswerden, bereits bereuend, es nicht früher getan zu haben. Der Piepston kam, dann diese Stimme, die Louise nicht kannte, eine Männerstimme, tief und gebrochen, die bei den ersten Worten etwas in ihr enthüllte oder zerbrach:

– Jonas, ich bin's, Fabrice. Ich weiß, dass ich nicht anrufen sollte. Ach, Mensch, ich weiß, ich sollte nicht anrufen … Du wirst denken, ich will, dass du mich zurückrufst. Dass ich das brauche. Aber nein, bloß nicht. Bloß nicht. Ich bereue nicht, was ich dir neulich gesagt habe … Doch, eigentlich bereue ich es, aber ich kann es nun mal nicht mehr ändern. Ich hätte es gern anders getan, das ist alles, aber ich bin zu blöd dazu … Also, sei's drum, ich wollte dir einfach sagen, dass es mir leidtut, dass wir so auseinandergegangen sind. Hätte ich es … besser machen können? Ich bin nur ich, ich konnte nie etwas anderes sein. Ich habe heute Morgen meine Ergebnisse bekommen. Meine T4-Werte sind so niedrig wie nie. Der Arzt schien sich zu wundern, dass ich noch am Leben bin, kannst du dir das vorstellen? Er wollte mir nicht glauben, dass ich mich allein in seine Praxis geschleppt habe. Ich habe es immer gesagt, ich bin ein wahres Wunder. Man wird mich noch heiligsprechen, wirst schon sehen. Es wird kleine Ikonen von mir geben, gefüllt mit Wichse. Und man wird sie als

Sex Toys benutzen. Ich werde ein heidnischer Gott werden für sämtliche Schwuppen dieser Erde. Ich umarme dich. Ich liebe dich. Leb wohl.

Louise hielt sich die Hand unter die Brust, fühlte ihr Herz pochen, ihr Mund war trocken, und in ihren Gedanken ging es drunter und drüber. Ihr Kopf schien völlig leer zu sein. Jählings war ein dicker Vorhang von dem Geheimnis gerissen worden, dessen Existenz und Umrisse sie die ganze Zeit geahnt hatte. Es entpuppte sich jedoch als weit schrecklicher und schmerzhafter als in ihrer Vorstellung, und die Wörter dieses Mannes ließen sämtlichen Spekulationen freien Lauf. War ihr Sohn, ihr geliebter Sohn, krank? Könnte sie das überleben? Könnte sie ihren Sohn überleben? Und in welchen anrüchigen, ihr unbekannten Kreisen verkehrte er inzwischen? Welchen Nöten und Gefahren war er ausgesetzt, vor denen sie ihn nicht mehr schützen konnte, vor denen er sich von ihr nicht mehr schützen lassen wollte, jetzt, wo er weit weg von ihr geflüchtet war? Wie vor den Kopf geschlagen, blieb sie stehen, hilflos, bevor sie sich wieder aufs Bett setzte und das Zittern ihrer Hände zu unterdrücken suchte. Jonas würde sofort merken, dass sie die Nachricht gehört hatte, überlegte Louise völlig durcheinander, in welcher Verfassung würde er sie vorfinden? Wie würde ihr Sohn reagieren, würde er sich, verletzt und entblößt, nicht noch mehr entfernen? Würde er sie endgültig abweisen; lief sie Gefahr, das Wenige, das ihr von Jonas blieb, auch noch zu verlieren? Louise überlegte, ob sie einen Spaziergang im Viertel vorgeben sollte. Sie könnte sagen, sie sei nicht in der Wohnung geblieben, hätte sie gleich verlassen, als Jonas zur Universität gegangen war. Aber sie hatte keinen Schlüssel, und es war absurd zu denken, sie hätte die Wohnung verlassen, ohne sie abzuschließen. In ihrer Panik stand sie auf und begann, wild auf sämtlichen Tasten des Anrufbeantworters herumzudrücken, bis es ihr gelang, die Botschaft zu löschen, die letzte von Fabrice, die ihr Sohn nun nie hören würde. Und wenn Jonas zurückkäme, würde er seine Mutter auf dem Bettrand sitzend, in genau derselben Stellung antreffen, in der er sie zwei Stunden zuvor zurückgelassen hatte.

– Na, würde er sagen, und seinen Rucksack auf den Schreibtisch legen, hast du dich nicht gelangweilt?

Dann würde er einen flüchtigen Blick auf das Display des Anrufbeantworters werfen und gleich wieder wegsehen.

– Nein, würde sie antworten, nur ein dünnes Stimmchen würde über die Lippen kommen. Ich habe mich ausgeruht.

Jonas würde nicken und ihr zulächeln, wohlwollend und versöhnlich, ohne zu wissen, dass seine Mutter jetzt hinter die Maske sah, dass sie ihn gerne an sich drücken, ihn retten wollte und durch ihre absolute Ohnmacht wie zerstört war.

Abends saßen sie gemeinsam am Tisch eines asiatischen Restaurants, im bläulichen Licht eines Aquariums, in dem dicke Karpfen an der Wasseroberfläche herumschwammen. Louise beobachtete Jonas über die Speisekarte hinweg.

– Ich weiß nicht, was ich bestellen soll, sagte sie, ich kenne das alles nicht.

Sein Sohn hob das Gesicht, und Louise bemerkte seine plötzliche Unruhe, sein Unbehagen, dass er sie zum Essen ausgeführt hatte, sie, die es stets oberflächlich und verschwenderisch gefunden hatte, eine Mahlzeit im Restaurant zu bezahlen, und nie einen Hehl aus ihren Vorbehalten gemacht hatte.

– Möchtest du lieber woanders essen?, fragte Jonas, leicht verunsichert und eines Abends, an dem nichts, er fühlte es, leicht wäre, bereits überdrüssig.

– Nein, überhaupt nicht, es ist sehr gut so. Du weißt nur besser als ich, was schmeckt.

Sie betrachtete ihn und konnte die Stimme auf dem Anrufbeantworter nicht zum Schweigen bringen, sah wieder vor sich, wie sie sie fiebrig gelöscht hatte. Sie müsste etwas sagen, etwas tun; eine liebende Mutter konnte nicht einfach schweigend hiersitzen und ihren Sohn anstarren, ohne zu wissen, was er war, wirklich war. Aber was war er denn, ihr Sohn? Sie weigerte sich, es beim Namen zu nennen. Vielleicht dürfte sie ihn das fragen, sie könnte zu ihm sagen: »Wer bist du? Ich will wissen, was du bist, ich weiß überhaupt nichts mehr von dir. Und ich will es wirklich wissen. Ich weiß nicht, ob ich bereit bin, es zu hören, ich weiß aber, dass ich es wissen muss, ich kann nicht mehr länger so bleiben und mir etwas zusammenreimen, diese Teile deines Lebens erraten, die du vor mir versteckst.« Aber Louise war unfähig, die Wörter ordneten sich nicht einmal passend in ihrem Geist, alles schien ihr übertrieben, ungeschickt, sie würde nichts als Vorwürfe und Warnungen herausbringen, wo sie ihn doch nur reden hören und schweigen wollte.

– Ist dir nicht zu kalt?, fragte Jonas schließlich, um das Schweigen zu brechen. Möchtest du vielleicht was trinken?

– Nein, mein Schatz, mir ist nicht kalt, zwang sich Louise zu antworten. Aber warum nicht etwas trinken, ja, das ist eine gute Idee.

Jonas gab dem Kellner ein Zeichen, und Louise beugte sich über den Tisch.

– Ich lade dich ein.

Sie hoffte, ihm eine Freude zu machen, und presste den Griff ihrer kunstlederroten Handtasche an sich, nicht wissend, wie unvereinbar sie war mit dem, was sie in diesem Augenblick verkörperte, wie sie Jonas gegenübersaß und die

Haut ihrer Schenkel am Skai-Überzug der Bank des asiatischen Restaurants knisterte. Sie hatte auf diese Reise hin gespart, hatte die Provision ihrer Schneiderarbeiten in der Büfettschublade versteckt. Armand konnte ihr also keine Ausgabe vorwerfen. Aber Jonas wich auf seinem Stuhl zurück.

– Du brauchst mich nicht einzuladen. Ich habe einen Job, weißt du. Und außerdem, wir können doch erst mal essen und uns danach ums Bezahlen kümmern.

Er machte eine Zigarette an und rauchte, ohne sie anzusehen. Louise war kurz davor, in Tränen auszubrechen, und richtete ihre Aufmerksamkeit auf die Karpfen, die hinter der Aquariumsscheibe dicht an ihrem Gesicht schillernd ihre trägen Runden drehten.

– Natürlich, antwortete sie, wir haben Zeit. Na? Du hast eine Arbeit? Das ist ja lustig, das wusste ich gar nicht. Ich meine, wir hatten noch nicht Gelegenheit, darüber zu reden.

– Ein paar Stunden Bedienen da und dort. Das bessert das Stipendium etwas auf.

– Aber das ist schon mal ganz gut, finde ich. Du bist tüchtig, das zusätzlich zu deinen Vorlesungen, das ist doch allerhand.

Jonas zuckte die Schultern. Er schien noch größer und magerer geworden zu sein, die Stirn war hinter seinen dunklen, vielleicht gefärbten oder mit Henna getönten Haaren verborgen, seine Wangen knochig unter der noch immer von einer jugendlichen Akne gefleckten Haut. Wer war der Mann auf dem Anrufbeantworter?, dachte Louise, und gleich darauf: sein Liebhaber natürlich. Dieser Mann war der Liebhaber ihres Sohnes. Und wieder diese tiefe, schmerzliche Bestürzung. Sie hatten einen Aperitif bestellt, und der Kellner servierte ihn in einer Trinkschale, in der eine Litschi schwamm; es entging Louise nicht, dass Jonas zerstreut das Profil des Kellners betrachtete, während er seine Zigarette zu Ende rauchte.

– Und die andern, fragte er mit einem offensichtlichen Desinteresse, wie geht es ihnen?

– Die andern?

– Die Familie. Ich meine Fanny, Albin … Armand …

– Oh. Es geht ihnen gut. Es gibt nichts Besonderes, weißt du, das Leben geht weiter wie vorher.

Was wollte sie damit sagen? Wie vor dem Weggang ihres Sohnes? Bevor sie allein zurückgeblieben sind, Armand und sie, in dem Haus in der Oberstadt? Ihr Satz, Louise merkte es, klang wie ein Vorwurf. Jonas nickte, fragte nichts weiter, und zündete noch eine Zigarette an.

– Du rauchst zu viel, mein Schatz. Aber du bist doch gesund? Isst du auch gut? Du bist doch nicht etwa krank?

Sie hatte hastig, mit stockendem Atem gesprochen.

– Mir geht's gut. Oder sehe ich etwa schlecht aus?

– Nein, gar nicht, du siehst sehr gut aus. Du warst sowieso nie dick. Schon als kleiner Junge warst du ganz bleich, da war einfach nichts zu machen …

Sie schwiegen, ließen einen langen Augenblick verstreichen, während Jonas rauchte und Louise die Papierserviette zwischen ihren Fingern zerknüllte, dann bestellten sie ihr Essen.

– Ich nehme dasselbe wie mein Sohn, sagte Louise zum Kellner.

Sie bemerkte Jonas' Verärgerung. Schweigend begannen sie zu essen.

– Und, sagte sie schließlich, gefällt dir das Leben hier?

– Es geht. Es ist … es ist ein Leben. Immerhin ist es mein Leben, das ist schon mal was, meinst du nicht?

– Ich verstehe.

Jonas nickte, aber er wusste, dass Louise nicht verstehen konnte, dass er dieses Gefühl der Unabhängigkeit und Freiheit dem Leben in Sète, der Gegenwart seiner Mutter und der von Armand vorzog.

– Mir geht's gut, fügte er hinzu, um sie zu beruhigen oder um sicherzugehen, dass sie wirklich verstanden hatte.

Louise fand ihn abweisend, wie er sich vor ihr hochmütig reckte, und sie dachte an die Worte der Nachricht, an diese ganze … Vulgarität. Wie konnte ihr Sohn, Jonas, ihr Liebling, nur an so etwas Gefallen finden?

– Und die Liebe?, fragte sie schließlich, als sie es nicht mehr länger aushielt. Bist du allein oder hast du eine Freundin? Hast du hier jemanden kennengelernt?

Jonas' Zigarette lag im Aschenbecher, ein winziger Kringel stieg auf und spannte einen Schleier zwischen sie.

– Mutter, sagte Jonas zwischen zwei Mundvoll Krevetten-Nem, wir wollen uns doch nicht ein Leben lang etwas vormachen, wir beide, oder?

Wieder spürte sie dieselbe Empörung in sich wie an jenem Abend, als Armand vor Pavel auf die Homosexualität seines Sohnes angespielt hatte. Müsste Louise jetzt von der Nachricht auf dem Anrufbeantworter sprechen, sich rechtfertigen und entschuldigen, dass sie sie gelöscht hatte? Sie fühlte sich tief verletzt von der Lässigkeit ihres Sohnes, und war enttäuscht. Sollte Jonas doch auf ihre Meinung und die der der ganzen Familie pfeifen. Er hatte sich von ihnen allen gelöst und würde keinen Augenblick zögern, sie zu verleugnen, sollte Louise beschließen, ihn schlechtzumachen.

– Na ja, antwortete sie ohne Überzeugung, während sie sich die Lippen mit der Serviette abwischte und sie sorgfältig gefaltet neben ihren Teller legte, das ist ja vielleicht nur eine Phase, wer weiß …

– Ja, wer weiß. Morgen ist ein neuer Tag.

Die Ironie in Jonas' Ton war ihr nicht entgangen, und es widerstrebte ihr nun, mit ihm zu reden.

– Und hast du jemanden? Hast du einen … einen Freund, einen Kameraden kennengelernt?

Jonas lächelte traurig, bevor er mit einer halben Lüge antwortete:

– Nein. Nein, ich habe niemanden.

Er verschwieg die Existenz von Fabrice und würde nie erfahren, dass er das Geheimnis mit seiner Mutter teilte. Louise versuchte nicht, diesem vertrauten, verdrängten Gefühl Einhalt zu gebieten, dieser überwältigenden Flut von Zärtlichkeit, die sie, als Jonas ein Kind war, im Glauben ließ, dass er die anderen nicht brauchte, um sich zu entwickeln und zu verwirklichen, da er ja sie hatte. Diese Flut spülte mit einem Mal die Enttäuschung, die Scham und die Schuldgefühle fort. Es schien ihr plötzlich, dass Jonas ihr in gewisser Weise weiterhin gehörte. Nie würde er ihr andere Frauen vorziehen, und sie würde nicht aufhören, ihn zu lieben, ihn noch besser zu lieben. Also log sie ebenfalls:

– Weißt du, für mich ändert das nichts. Für mich zählt, dass du glücklich bist.

Jonas lächelte, bevor er antwortete.

– Ja. Wenn es doch nur so einfach wäre.

Im Jahr zuvor war die Familie wie gewöhnlich am Weihnachtsabend zusammengekommen. Im Wohnzimmer bullerte der Holzofen, und sein Licht bohrte Spalten ins Kraftpapier, auf dem Louise und die Kinder die Krippenfiguren aufgestellt hatten. Ein kleiner Tannenbaum thronte stolz neben dem Fernseher, seine Äste bogen sich im Harzgeruch unter dem Gewicht der Dekoration. In der Küche blubberte die Kaffeemaschine vor sich hin. Von einer Platte knisterte ein Weihnachtslied. Aus den halb leeren, zwischen schmutzigen Servietten vergessenen Gläsern stiegen Alkoholdämpfe. Sie saßen rauchend in der Wohnzimmerecke, schauten den Kindern vor ihren Füßen beim Auspacken der Geschenke zu. Louise war auf dem Sofa, zwischen Mathieu und Albin. Emilie half Jules, Camille und Martin, die Geschenkbänder zu lösen. Fanny hielt Lea auf dem Schoß. Sie brachen in einstimmiges Entzücken aus, wenn die Kinder mit ihren geschickten Händen das Papier aufrissen und der Hochglanzkarton einer Spielzeugverpackung zum Vorschein kam, auf dem sich die elektrischen Girlanden spiegelten. Jonas stand abseits neben der Tür an die Wand gelehnt. Es gelang ihm nicht, sich zugehörig zu fühlen, und er beobachtete die anderen mit Distanz und Langeweile. Er rauchte und sah Armand zu, der die Szene mit der Videokamera filmte, die sie ihm geschenkt hatten. Sein Vater gab den Kindern Anweisungen, forderte sie auf zu lächeln oder ihre Geschenke zu kommentieren. Seine Stimme war ganz sanft. Louise nahm mit der Hand vor dem Gesicht Reißaus, sobald Armand das Objektiv auf sie richtete. Sie hatte Fotos nie gemocht und konnte sich erst recht nicht mit dem Gedanken an bewegte Bilder von sich anfreunden, auf die die Zeit keinen Einfluss hatte. Jonas hielt in seiner linken, an den Schenkel gelehnten Hand die kaum geöffnete Verpackung der Krawatte, die Armand ihm geschenkt hatte. Er beobachtete die kindliche Aufregung seines Vaters für die Kamera und strich mit dem Finger gleichgültig über den sanften, kalten Stoff der Krawatte. Jedes Jahr schenkte ihm Armand das unbrauchbarste, altmodischste Geschenk, das Jonas sich ausdenken konnte, und er stellte es immer wieder mit derselben Konsternation fest. Wie war es möglich, dass sein Vater ihn so wenig kannte, dass er auch nur einen Augenblick lang glauben konnte, er mache ihm eine Freude mit diesen unnützen, völlig sinnlosen Aufmerksamkeiten? Er würde die Krawatte im Schrank neben den angehäuften Geschenken verstauen, die er trotz allem nicht wegwerfen konnte, als wäre das alles, was er von seinem Vater zu erwarten hatte: veraltete dreiunddreißiger Platten, eine Fischerjacke, Liebesromane, Fußbälle, die zu schenken er irgendwann aufgehört hatte und deren makelloses Leder eingefallen war…

– Das ist also von dir, Sohn?

Armand richtete die Kamera auf ihn und schaute Jonas durch den Sucher an.

– Nicht mehr als von den anderen, erwiderte Jonas mit ausdrucksloser Stimme und Blick aufs Objektiv, bevor er sich wieder den Kindern zuwandte.

– Na dann, danke, das sagt man doch in einem solchen Fall, stimmt's?

Jonas nahm einen Zug von seiner Zigarette:

– Es scheint so, ja.

Louise drehte den Kopf zu ihnen und sah Jonas mit besorgtem Lächeln an.

– Könntest du mich nicht fünf Minuten in Ruhe lassen mit deiner Kamera?

Wie früher am Strand, wenn Armand den Widerstand seines Sohnes gespürt hatte, drang er hartnäckig weiter in ihn. Die Linse verschob sich mit einem mechanischen Klicken, und der Apparat zoomte auf das verärgerte Gesicht von Jonas.

– Sag deinem alten Vater, was los ist, Kleiner. Zeig der Kamera dein Geschenk. Freust du dich denn gar nicht?

Armand richtete die Kamera auf Jonas' Bein, auf dem die Hand mit dem halb geöffneten Paket lag, dann schwenkte er zum Gesicht zurück.

– Doch, natürlich, erwiderte Jonas in sarkastischem Ton, ich bin begeistert. Etwas Besseres hätte ich mir gar nicht wünschen können. Nicht einmal die Idee, eine zu tragen, ist mir bisher gekommen, und du hast herausgefunden, was dein Sohn braucht, nämlich eine Krawatte. Echt stark, Papa.

Die Kassette surrte weiter, aber Armand war verstummt, und die Kinder hatten mit dem Auspacken aufgehört. Sämtliche Blicke waren auf sie gerichtet, und Jonas ließ die wie ein Schutzwall zwischen ihm und seinem Vater aufgerichtete Kamera nicht mehr aus den Augen.

– Lass ihn doch zufrieden, rief Albin seinem Vater zu, er macht schon den ganzen Abend auf Prinzessin.

– Du hältst dich da raus, erwiderte Jonas.

– Gute Idee, wir lassen uns den Heiligabend nicht verderben. Man braucht ihn sich nur anzusehen, wie es ihn ankotzt, mit der Familie zusammenzusein. Du möchtest Weihnachten wohl lieber in einem Tuntenschuppen verbringen?

– Albin!, schrie Louise.

– Mach dir nichts draus, Mutter. Was dieser arme Kerl vom Stapel lässt, juckt mich schon lange nicht mehr, sagte Jonas.

Albin fuhr auf, und Emilie packte ihn am Handgelenk.

– Du sprichst nicht in diesem Ton mit mir, drohte er.

Louise, Fanny und Mathieu sprangen ebenfalls auf, während Armand einfach stumm stehen blieb und weiterfilmte.

– Sonst was?, fragt Jonas.

Er schaute einen nach dem anderen an, als erwarte er von jedem eine Erklärung.

– Sonst WAS?, wiederholte er.

Die Kinder saßen wie versteinert da mit ihren Geschenken in den Händen.

– Ich garantiere dir, dass du anders mit mir sprichst, Jonas, erst recht vor meinen Kindern, donnerte Albin mit dumpfer Stimme.

Jonas steckte sich nervös eine Zigarette an.

– Mach dir ihretwegen keine Sorgen. Ich bin sicher, sie sind intelligent genug, um zu wissen, was für ein Scheißkerl ihr Vater ist. Dazu brauchen sie mich nicht. Und was gedenkst du nun zu tun, Albin? Dich wieder zu setzen, ein für alle Mal den Mund zu halten und in ihren Augen als Feigling zu erscheinen, oder hart zu bleiben und mir eine Abreibung zu verpassen? So löst du doch deine Probleme gewöhnlich, nicht? Das hat Armand dir doch beigebracht: Das ist eure Art, für Ordnung zu sorgen. Zu zeigen, was ein Kerl ist, ein echter.

Albin kochte, Arm- und Kiefermuskeln spannten sich.

– Jonas!, schrien Louise und Fanny wie aus einem Mund und stellten sich zwischen sie.

Aber Jonas, der sein nervöses Grinsen nicht mehr ablegte, achtete nicht mehr auf sie.

– Nur keine Panik, nur keine Panik … Wir wissen doch alle, dass nichts ist, wir haben eine hübsche Prügelei in der Familie doch noch nie verschmäht, wenn sich die Gelegenheit dazu ergab.

– Noch ein Wort, Jonas, und ich werf dich mit Gewalt aus diesem Haus!, schrie Albin, so laut er konnte.

Jonas griff nach einem Glas und warf seine Kippe in einen Rest lauwarmen Apfelwein, dann antwortete er in ruhigem, beinahe liebevollem Ton, indem er mit dem Kinn auf Armand zeigte.

– Und was wird er tun, sag mir, wenn ich auch weg bin? Was wird er tun, dieser Mistkerl, wenn der letzte seiner Sprösslinge ihm endlich den Rücken gekehrt hat? Kommst du dann, Albin, das treue Hündchen, und leistest ihm Gesellschaft?

Das schlug wie eine Bombe ein. Albin sprang blitzschnell auf und stürzte sich auf Jonas. Emilie musste sein Handgelenk loslassen und fiel hin. Louise und Fanny versuchten die beiden schreiend zurückzuhalten, und Mathieu gelang es, sich zwischen sie zu stellen. Die Männer schwankten, während Albin sich freizukämpfen versuchte, und fielen über den Tannenbaum, zogen den Fernseher mit, dessen Bildschirm gegen die Wand prallte. Die Sicherungen fielen aus, und der Raum lag im Halbdunkel, nur noch vom Blinken der batteriebetriebenen Girlanden erleuchtet. Die Kinder liefen heulend davon, und Armand senkte endlich die Kamera, um seinem Sohn und seinem Schwiegersohn zuzusehen, die sich in den Girlanden verhedderten. Albin schimpfte lauthals auf seinen Bruder ein.

– Sind wir nicht eine hübsche kleine Familie?, fragte Jonas seinen Vater ganz ruhig. Bist du nicht stolz auf dich?

– Mehr als meine Familie, sagte Jonas zu Nadia, fehlte mir der See, als ich Sète verließ. Sie alle konnte ich problemlos hinter mir lassen, aber ich wusste, für den See würde ich wiederkommen.

Für Fabrice war er bereit gewesen, sie aufzugeben. Die Vorstellung gefiel ihm, dieses genaue und unverwüstliche Bild, und er dachte, dass es Erinnerungen gibt, die man nicht ausgraben sollte und deren Wert, wenn man als Einziger ihn kennt, sich nie abnutzt. Nadia lächelte und lehnte sich bequemer an ihre Stuhllehne. Sie verschränkte die Hände hinter dem Kopf. Das Sonnenlicht fiel auf ihre Wangenknochen. Seufzend schloss sie die Augen.

Ich kenne dieses Gefühl, ich hatte es im Hangar des Flughafens von Bamako. Ich war sicher, dass ich wiederkommen würde, und bin doch nie zurückgekehrt. Das war vor… das war vor mehreren Leben.

– Du wirst zurückkehren, sagte Jonas.

Nadia zog unwirsch die Luft zwischen den Lippen ein.

– Nein. Und weißt du, was daran so schrecklich ist? Es ist nicht die Vorstellung, dass ich sterben werde, ohne noch einmal den Fuß dahingesetzt zu haben, damit komme ich zurecht. Sondern dass ich nicht verstanden habe, dass ich nicht zurückkehren werde. Dass ich nicht versucht habe, mich noch einmal mit all dem zu durchdringen, was der kleine Neger, der ich war, so sehr geliebt hat, als er auf diesem verdammten Flugplatz stand. Ich weiß nicht einmal, was es war. Der Geruch des geschmolzenen Teers? Der Schatten der Flugzeuge und die schwarzen Gesichter der Straßenhändler, die aufstehen, wenn sie über ihre Köpfe hinwegfliegen? Die Kalkfassaden und das Funkeln der Scheiben, das ferne Donnern der Motoren? Ich weiß, dass ich etwas an diesem Ort, an Afrika geliebt hatte, aber ich weiß nicht, was es ist.

Sie wiegte sanft den Kopf hin und her und irrte durch die Labyrinthe ihres Gedächtnisses, die Lippen bitter zusammengepresst:

– Es war einer dieser Momente, in denen man sich für fähig hält, über alles zu entscheiden, selbst über das, was kommen wird.

Jonas nickte, spürte ein heftiges Verlangen nach Hicham, wollte ihn an sich drücken, sich versichern, dass er ihn noch immer besaß. Hatte er nicht auch gedacht, dass Fabrice und er gemeinsam stark genug wären, um ebenso über die Zukunft zu entscheiden, über Leben und Tod? Er würde es tun, sobald er wieder bei Hicham war, er würde ihn mehr lieben als je zuvor. Er würde die Leere zwischen ihnen ausfüllen, würde ihm sagen, wie wichtig es sei, dass sie wieder zusammen waren und gemeinsam weitermachten. Nadia weinte, ohne es zu merken, die Tränen rillten ihre Wangen und ihren Hals. Sie sah ihn an.

– Ich habe dich angelogen, sagte sie. Es geht mir nicht gut.

Diesmal ließ Nadia zu, dass Jonas ihre Hände drückte.

– Was meinst du damit?, fragte er.

– Ich bin krank, sagte Nadia. Jonas, ich habe schreckliche Angst …

*

Ihre Vergangenheit ist wie das tiefe Wasser, in das kein Tageslicht dringt, in dem die Tinte der Kraken die Finsternis noch dunkler macht. Blind tasten sie sich vorwärts, wenn ein Strahl die Nacht durchbricht, für einen Augenblick ein Bild beleuchtet, eine Szene, deren Konturen sie wiedererkennen.

*

Albin ging durch Sète, und die Glocke der Saint-Louis-Kirche sandte ihre Wellen aus, dreizehn Schläge hämmerten auf seinen Körper ein. Das Wasser des Kanals glitzerte. Die Fische in der Reede streckten ihre silbernen Flanken in die Sonne, formten gemeinsam einen Körper, der sich behände an den Rümpfen der Schiffe vorbeischlängelte. Sie glänzten flüchtig auf und zogen sich in einer Kehrtwende in die Schatten zurück. Niemand beachtete ihr Ballett. Auf den Kais glühten die Poller, von einem Moos aus Korrosion überwachsen, von Seilen umwunden. Das Blau und das Weiß der Schiffe spiegelte sich im ruhigen Wasser auf den Silhouetten der Gebäude, den wogenden Algen, den angedeuteten Passanten. Der Kanal barg eine stille Welt, nah und doch unnahbar, ein Echo der Wirklichkeit, in der Albin lebte.

Schwerfällig ging er dem Treffen mit Emilie entgegen, das Herz beklommen in seiner fleischernen Hülle. Sie hatte am Telefon darauf gedrängt, ihn zu sehen, und etwas in diesem Drängen hatte Albin Angst gemacht. Er ging und hätte am liebsten die Flucht ergriffen. Irgendetwas störte die banale Harmonie dieses Sommertages. Eine kaum merkliche Verschiebung des Alltags, die die Vergangenheit einsickern ließ. Eine Unordnung, deren Ausmaß ihm dunkel schwante und die ihn mit seiner Ohnmacht konfrontierte. Denn welchen Einfluss hatte er schon auf die Verflechtung der Ereignisse, auf Ursache und Wirkung, auf die Unabwendbarkeit des Familienessens und die Begegnung mit Emilie? Albin fühlte sich kraftlos, er hätte sich am liebsten hingesetzt und sich nicht mehr von der Stelle gerührt. Er würde auf einen Punkt am anderen Ufer starren, darin verschwinden. Am nächsten Morgen wäre er allein mit dem Schmutz und den Phantomen des Vortags. Er ging, um sein Gewissen zu beruhigen, aus Pflichtgefühl oder Fatalismus, bereit, seine Rollen als Ehemann, Vater, Sohn und Bruder zu übernehmen, bereit zu tun, was die Welt von ihm erwartete. Die vertraute Stadt materialisierte durch ihre Linien und Anhöhen die Vergangenheit, und sie zu durchqueren, bedeutete, die hinterhältigen Wege der Vergangenheit entlangzugehen.

Die Bilder vor allem drückten ihn nieder. Die Bilder gaben seinem Körper ein Gewicht, eine Schwere. Albin spürte diese Masse von Fleisch und Knochen, die von der Bewegung seiner Schritte vorwärtsgeschoben wurde, die ihn ausmachte, aber nur ein Teil von ihm war und die er am liebsten wie Ballast abgeworfen hätte. Er hatte in sich drin die besprayten Betonblöcke, die am Rand der Eisenbahnschienen im Schlamm gestrandet waren. Die majestätischen Fabriken und Silos. Die

Dächer aus Blech und roten Ziegeln, die vor Alter einbrachen. Die weiten Ebenen, über denen Wäldchen von kurz geschnittenem Gras zu schweben schienen und in deren verschlungenen Spalten quecksilberähnlich Wasser leuchtete. Er hatte in sich die Tage mit starkem Wind und das nächtliche Blau, in dem Thau versank. Die Herbstmonate, wenn alles gelb wird. Die knorrigen Formen der Weinstöcke, auf denen die blutroten Blätter leuchteten. Die Masten und die mit Planen bedeckten Güterzüge. Die Leisten an den Häuserfassaden. Das Rot der Ankerbojen auf dem Kanal. Die mit Muscheln, Anemonen und Seeigeln überwachsenen Zementbrocken. Die aufgeschlitzten Reifen und die Metallstangen. Auch die andern, die Seinen, trug er in sich, und die Erinnerungen, die ihn in den diversen Abschnitten seines Lebens an ihrer Seite zeigen.

Er sah sich zusammen mit seinem Bruder im Garten des Hauses in Métairies, und Jonas sagt:

– Diesmal ist es ernst, Albin, ich hau ab.

– Warum kannst du dich nicht ein einziges Mal wie alle anderen benehmen?

Jonas seufzt und sagt:

– Könntest du mir nicht einfach alles Gute wünschen?

Die Glastür des Salons gleitet auf, Emilie tritt auf die Terrasse, eine Hand auf dem Bauch. Sie gibt ihnen ein Zeichen. Ihr Schatten läuft von den Steinplatten bis zu dem saftigen Rasen, und Albin denkt an diesen Augenblick, als die Schwangerschaft seiner Frau ihm eine Überlegenheit über Jonas verliehen hatte, die aus einer Fortdauer in der Zeit herrührte, aus dieser Fähigkeit, eine Existenz aufzubauen und ihr mit einem Kind einen Sinn zu geben, aber auch daraus, dass er am Abend diesen lebensprallen Körper umarmen wird. Emilie wird sich auf die Seite legen, und er wird sie von hinten nehmen. Bei jedem seiner Hüftstöße wird sie murmeln: »Vorsicht, Vorsicht, Vorsicht.« Bestimmt denkt Jonas, dass Albin ihn ins Gebet nehmen wird, wie Armand es getan hätte, und dass sie sich kaum mehr voneinander unterscheiden. Ihr Schweigen hat nichts mit einer Vertrautheit unter Brüdern zu tun, sondern mit der Distanz, die die Intimität unter Männern aufzwingt. Emilie streicht sich eine Strähne hinters Ohr. Sie lächelt ihnen zu, ihre Wangen sind voll und ihr Blick zärtlich; Albin hebt sein Bier in Jonas' Richtung und sagt:

– Du hast Recht, stoßen wir an, auf dich, auf Toulouse, auf die Abschiede, die die Männer freier machen.

Er lacht und führt den Flaschenhals an die Lippen. Jonas deutet ein Lächeln an, nimmt ebenfalls einen hektischen Schluck. Schaum läuft über die Flasche, benetzt die braune Haut seiner Hand zwischen Daumen und Zeigefinger, gleitet über sein Gelenk und versiegt unter dem Lederband seiner Uhr. Dieses Bild ist es, das durch die Jahre hindurch zurückprallt, wie diese abgenutzten Tennisbälle, die sie auf den Baustellen von Sète mit aller Kraft in die betonierten Abwasserkanäle warfen und die immer wieder hochsprangen – dieses Bild, zurückgeprallt bis zu dem Tag, an dem Albin auf dem Quai Maximin-Licardi Emilie entgegengeht, im Lärm der Hämmer und Lötkolben, im Lachen der Möwen, im Knarzen der Seile und im Klirren der aneinanderschlagenden Masten.

Albin hatte letzte Nacht von dem Haus geträumt. Er war durch ein Loch in der Wohnzimmerwand gegangen, die eingedrückt schien, und entdeckte ein Netz von endlosen Stollen, die alle miteinander verflochten waren. Er konnte neue Öffnungen sehen, die nichts Mineralisches hatten, sondern wie in Fleisch geknetet waren, Sphinktern gleich, zwängte sich durch eine von ihnen und gelangte in weite leere Räume. In einem davon, wusste er instinktiv, verbarg sich etwas. Irgendetwas Dunkles und Bedrohliches machte sich an seine Verfolgung, und er fühlte sich wie ein gehetztes Tier. Er sah Louise, die sich durch das Labyrinth bewegte. Es schien ihr vertraut zu sein, denn sie wunderte sich überhaupt nicht, Albin hier anzutreffen, und sie sagte, indem sie sein Gesicht zwischen ihre Hände nahm:

– Mein Kleiner, mein Liebling, du solltest dich besser aus dem Staub machen, bevor es losgeht.

Dann entfernte sie sich wieder, ihr Nachthemd versank in der Dunkelheit. Er wollte sie zurückhalten, doch von Panik ergriffen bei der Vorstellung, sich zu verirren, kehrte er um und gelangte ins Wohnzimmer, ohne ein Bewusstsein davon, wieder dieselbe Distanz zurückgelegt zu haben. Er stürzte auf die Straße hinaus. Das Haus glich einer Hütte, einem Puppenhaus, das nichts durchdringen ließ von dem Labyrinth in seinem Innern. Plötzlich dachte Albin, dass Louise, Fanny und Jonas im Haus geblieben waren – waren das nicht ihre blauen Schatten in den Fenstern? – und dass er sie warnen musste, aber er schaffte es nicht mehr bis zur Tür zu gehen. Es war, als müsste er seine Füße bei jedem seiner Schritte aus einem Lehmboden reißen.

Er bemerkte Emilie, bevor sie ihn sah. Die schlendernden Touristen verstellten ihr den Blick. Albin ging langsamer, blieb in der Menge, hinter den Postkartenständern im Schatten der Arkaden stehen. Sie ging ein paar Schritte, lehnte sich an die Steinmauer der Hafenmole Saint-Louis. Sie trug eine Tunika aus dunklem Musselin. Ihre tiefschwarzen Haare hoben sich vom Himmel im Hintergrund ab. Der Widerschein des Meeres legte ihr Lichtschleifen um Kopf und Schultern, sie sah zierlich und begehrenswert aus. Wie nur, dachte er, ist es so weit gekommen, dass sie die Berührung seines Körpers fürchtete?

Es war auf einer Herbstwanderung in den Cevennen. Sie gingen durch einen kalten Nieselregen, als Emilie sich plötzlich auf die Erde legte. Der anthrazitfarbene Himmel stach durch die Wipfel der Kiefern und Eichen. Dem Boden, der wie aufgewühlt aussah, entstieg der Atem von Humus und Knollenblätterpilzen, der Duft von Wurzeln und verwurmten Stämmen, in denen fette Larven nisteten. Emilies Atem maserte das graue, bleiche Halbdunkel des Unterholzes. Sie öffnete einen Knopf ihrer Jeans nach dem anderen, und die weißen Schenkel kamen zum Vorschein, auf denen der Abdruck der Nähte zu sehen war. Die Kälte ließ die blauen Venen hervorspringen und die Haut ihrer Beine kräuseln. Die rote Baumwollunterhose schnitt sich in die Leiste und den Unterbauch. Albin erahnte durch die Maschen den Schatten des Schambeins und legte sich neben sie. Sie wandten den Blick nicht voneinander, der Wald ringsum spannte ein stilles Gewölbe über sie, das der Schrei eines Raubvogels für Augenblicke zerbarst. Albin schob einen Finger unter den Gummizug, fühlte die Textur der Spitze unter der Kuppe seines Zeigefingers, dann zog er die Unterhose auf den einen Schenkel: Die Haare, die sie nicht rasierte, bildeten ein dichtes Dreieck, und er mochte ihren sanften Geruch, den Talgduft der Haut und den tiefer verborgenen des Geschlechts und seiner Säfte. Emilies Haare breiteten sich über dem Torf aus, vermischten sich mit Zweigstückchen, braunen und gelben Blättern: Für Albin gab es kein Bild, das dem der Schönheit, des Absoluten, der vollkommenen Übereinstimmung mit der Welt näher kam. Wenn nur eine einzige Erinnerung bleiben sollte, überlegte er, während er im alten Hafen von Sète seine Frau betrachtete, dann diese. Und beim Gedanken, dass er von seinem Leben genau diesen Augenblick bewahren möchte und dass dieser Augenblick sich nie mehr wiederherstellen ließe außer in seiner Erinnerung, fühlte sich Albin von einer Welle der Niedergeschlagenheit überrollt. Er meinte, wieder den Nieselregen auf seiner Stirn zu spüren, Emilies feuchte, kalte Haut unter seiner Hand. Mit Daumen und Zeigefinger hatte er die Lippen auseinandergeschoben, einen Finger eingeführt und die glatte Wärme im Innern ihres Körpers gespürt. Sie stöhnte und suchte seinen Mund. Er küsste ihre Lider, gab ihr seine Zunge, dann schob er sein Gesicht unter ihren Pullover, in die Feuchte ihres Bauches, stieg zu den Brüsten auf und nahm ihre Spitzen, die er sich bläulich vorstellte, zwischen die Lippen. Albin mochte die Körnung ihres weiten Warzenhofs auf seiner Zunge. Wenn sie ein paar Jahre später die Kinder stillte, hatte er manchmal Milch gesaugt.

– Leck mich, hatte Emilie geflüstert.

Albin hatte zwischen ihren Schenkeln die Scheidenflüssigkeit mit dem Salzgeschmack geschleckt, und ihre Klitoris schwoll an, während sie mit beiden Händen seine Haare packte und ihn durch die Bewegung ihrer Hüften führte. Ihre Beine klemmten ihn ein, die Sohlen ihrer Wanderschuhe drückten auf seinen Rücken. Sie war mehrmals gekommen, hatte ihn angefleht aufzuhören, dann wieder anzufangen. Ihre Schreie hallten wie Brunstschreie durch das Gehölz. Schließlich lagen sie schweißnass nebeneinander und kosteten die Befriedigung ihrer vom Regen glänzenden Körper aus.

Am Tag des Familienessens beobachtete er sie aus der Entfernung, als würde er heimlich eine Unbekannte verfolgen.

Was war passiert zwischen dem Moment der körperlichen Nähe an jenem Herbsttag und dieser feindseligen Gegenwart Emilies am Hafen? Gab es einen Moment, an dem ihre Geschichte umgeschlagen hatte, oder war sie nichts als ein langsamer Niedergang? Albin dachte an die Kinder. Ein Schmerz durchzuckte seinen Oberkörper, und er tauchte wieder in das grelle Licht ein. Als sie ihn sah, setzte Emilie mit einer Geste, die ihre Nervosität verriet, die Sonnenbrille auf.

– Lass uns ein Stück gehen.

Sie zeigte mit dem Kinn auf den Leuchtturm am anderen Ende der Mole. Die Hitze ließ die Schiffe im alten Becken erstarren; in der Ferne vibrierten die Thunfischboote. Albin, der Emilie gerne am Arm gepackt hätte, um sie zu zwingen, mit dieser Inszenierung ein Ende zu machen, hatte Mühe, sich von der Vergangenheit zu lösen, und ging im selben Schweigen neben ihr her.

– Ich komme nicht mit zu deiner Mutter heute Abend.

Albin war nicht überrascht und hielt den Blick auf die Reede geheftet. Die vertraute Wut regte sich; er biss sich auf das Innere seiner Wange, bis es blutete, und der Anblick der Segeljachten, der Eisengeschmack auf seiner Zunge spülten die Erinnerungen heran. Der Hafen überlagerte sich mit Armands Schritten auf dem Kai, als die Chemotherapie ihn zwang, sich auf den Arm seines Sohnes zu stützen, mit dem Druck seiner spröden Hand, die ihn früher des Morgens aus Louises Bett vertrieben hatte, mit den Familiensonntagen auf der Thau-Insel, bei Anna und Antonio. Er erinnerte sich an den Geruch von Heidekraut und Reben auf dem Spalier, an die von der Sonne gesprenkelten Terrassenplatten. An die Erwachsenen, die vor der Haustür auf der Vortreppe saßen und ihre Erzählungen von Italien, die das Sirren des Schallplattenspielers auf dem Fensterbrett übertönten. Wie sie, die Kinder, ausgelassen ums Haus herumrannten. Dann wurden ihre Schreie plötzlich zu den Schreien von Camille und Jules, Jahre später. Albin sah, wie er an einem Maitag bei Anbruch der Dunkelheit die Küchentür öffnete. Er hörte die Stimmen von Emilie und Frida, einer Nachbarin. Sie sitzen auf der Abtropffläche und rauchen. Sie lächeln ihm zerstreut zu, als er an ihnen vorbeigeht, dann heben sie die Stimmen wieder unter dem auf höchster Stufe laufenden Dunstabzug. Jetzt ist es Louise, die laut gegen den Lärm der Autos anspricht, an einem Schulmorgen im bleichen Morgengrauen. Er ist unter seinem Anorak noch im Schlafanzug. Sie bringt ihn zu Anna, bevor sie in die Markthallen geht; sie ist spät dran und zieht an seinem Arm, um ihn zur Eile zu drängen. Als die Tür sich öffnet, küssen sich die Frauen herzlich.

– Was würde ich bloß tun ohne dich?, flüstert Louise, bevor sie eilends auf der Straße verschwindet.

Anna drückt Albin an ihre Schenkel, er spürt den flaumigen Stoff ihres Morgenmantels, atmet seinen eigenartigen, angenehmen, leicht ranzigen Geruch ein. Die Küche riecht nach Milchkaffee; auf dem Gasherd zittert ein Topf. Anna bereitet das Frühstück zu, schlitzt mit dem Messer eine Packung Zwieback auf, gießt Milch in ihre Schale und furzt geräuschvoll, als sie den Topf wieder aufs Feuer stellt. Albin prustet heraus, köstlich entsetzt, dass eine Frau im Alter seiner Mutter so ungeniert furzen kann.

– Das ist nur ein Bäuerchen, das aus dem falschen Loch entwischt ist, sagt sie und tätschelt sich den Bauch.

Dann erzählt sie den Film, den sie am Abend zuvor gesehen und von dem sie wie jedes Mal das Ende vergessen hat. Albin hört ihr schläfrig und satt zu, bevor er sich auf den Weg zur Schule macht.

Er wusste, wie sehr Anna darunter gelitten hat, keine Kinder zu haben. Für ihn und seine Geschwister war sie diese exzentrische, liebenswürdige Erscheinung und für Louise eine Ersatzschwester, als ihr von ihrer cevenolischen Familie nur noch ein paar strenge, schrullige Brüder geblieben waren, denen sie hin und wieder einen Höflichkeitsbesuch abstattete. Das Leben in Sète hatte für sie etwas Exotisches, Beängstigendes, sie stellten es sich überspannt und verachtenswert vor. Wenn sie die Ihren besuchte, holte Louise das Kleid hervor, das sie tief im Schrank unter einer Schutzhülle verwahrte. Sie beklagte sich nicht über den trostlosen Alltag. So war sie, dachte Albin, fähig, sich an jedem Tag der Woche über eine Fischsuppe mit Croutons aus altem Brot zu freuen. Annas früher Tod hatte einen großen Schmerz für sie bedeutet, den Verlust des einzigen Menschen, dem sie sich anvertrauen konnte ohne Angst, die Intimität der Familie zu verraten, die wahre Natur Armands. Antonio ist darauf endgültig nach Italien zurückgekehrt, und von ihrem Clan ist nichts übrig geblieben: ein paar Namen, die gelegentlich fielen, Gesichter, die mit der Zeit unkenntlich wurden. Sie waren allein, sie und die Kinder. Sie waren nie begabt gewesen für die Freundschaft, dachte Albin. Sie haben um sich herum eine große Leere geschaffen.

*

Die Verse fielen ihm ein, die er in der Schule auswendig gelernt hatte, und die nun bei jedem Schritt widerhallten: Klagelied des Meeres / im Tosen des Windes / Alles was es brüllt / und was es träumend singt / im treibenden Sand / Alles was es auf einmal verschweigt / still / und ganz und gar / glatt.

*

Albin ging neben Emilie her, und die Jahre zogen ohne jede Logik vorbei, führten ihn zurück zur Geburt ihrer Tochter, Sarah. Er hatte Fanny nie sagen können, wie sehr ihn Leas Tod getroffen und sprachlos gemacht hatte. Seine Schwester, das wusste er, hielt ihn für gefühllos. Er sah sie auf der Geburtsstation, ihre Hand auf dem Gestell von Emilies Bett. Die Sonne fällt auf ihre Wange und lässt sie, mit ihrem gekünstelten Lächeln im Gesicht, verblüfft aussehen. Drei Jahre waren vergangen seit dem Unfall am Strand, und Fanny lebt wie auf Bewährung. Sie betrachtet Emilies blaue Brust, an der Sarah saugt. Mathieu sitzt am Fenster, und in Albins Erinnerung sagt er nichts, versucht, Leas Abwesenheit zum Verstummen zu bringen.

– Willst du sie mal halten?, fragt Emilie, um das Schweigen zu brechen.

Alle denken, dass Lea nicht mehr da ist und dass Sarah nicht im Schatten und in der Trauer um das tote Kind aufwachsen kann. Fanny scheint aus einem Traum zu erwachen:

– Ich weiß nicht, ob das eine gute Idee ist.

Emilie schiebt ihre Brust ins Nachthemd und stammelt eine Entschuldigung:

– Natürlich, ich verstehe, es war dumm von mir …

– Ich glaube, wir sollten los, unterbricht Fanny sie, Martin wartet auf uns.

Sie hält eine Hand an die Lippen, als wäre ihr etwas eingefallen, dann verlässt sie das Zimmer ohne ein weiteres Wort. Mathieu, eine undeutliche Gestalt im Gegenlicht, steht auf und sagt auf der Türschwelle:

– Es ist weder gegen euch noch gegen die Kleine. Sie braucht einfach noch Zeit.

Zeit, das weiß Albin, werden sie in ihrem ganzen Leben

nicht genug haben, und er holt die Schwester im Flur ein – er erinnert sich an die opalgrünen Wände, das schummrige Licht –, legt die Hand auf ihre Schulter und spürt sie in seinen Armen zusammenbrechen wie ein gefällter Baum. Sie drückt ihr Gesicht an seinen Hals und sagt:

– Sie war meine kleine Tochter, meine kleine Tochter, meine kleine Tochter.

Albin fährt mit der Hand durch die Haare seiner Schwester, drückt ihren schweren Kopf an sich.

– Ich weiß, Fanny, es tut mir so leid, ich würde sie dir so gerne zurückgeben und kann es nicht. Ich bin nicht in der Lage dazu.

Doch er wusste, als er auf der Mole neben Emilie herging, dass sich die Dinge nicht so abgespielt hatten, wie die Zeit ihm weismachen wollte. Er hatte Fannys Haltung egoistisch gefunden und sie im Flur eingeholt, nachdem sie das Zimmer verlassen hatte. Sie war in seinen Armen zusammengebrochen, hatte das Gesicht an seinen Hals gedrückt, und Albin hatte sie ungerührt an den Schultern gefasst:

– Kopf hoch. Deine Tochter ist tot, Fanny. Sie ist seit drei Jahren tot, weißt du das eigentlich? Seit drei Jahren! Und du bist nicht mit ihr gestorben. Niemand, hörst du mich, niemand wird dir Lea zurückgeben. Du kannst es den andern nicht zum Vorwurf machen, dass sie weiterleben. Die Welt dreht sich weiter, das Leben geht seinen Gang. Es ist nun mal so, du musst aufhören, Trübsal zu blasen.

Fanny hatte sich aus seiner Umklammerung befreit, fahl und zitternd, und lautlos mit den Fäusten auf Albins Brust eingeschlagen, bis Mathieu sich zwischen sie stellte, sie umfasste und zurückhielt.

– Wir alle, hatte sie gesagt, voller Wut, wir alle haben den Tod verdient. Diese ganze verdammte Familie, ihr Schweigen, ihre Tabus. Das hätte verschwinden sollen. Aber nicht Lea. Nicht meine Tochter.

Hinter den festvertäuten Schiffen fuhren ein paar Fischkutter in den Hafen ein, von den Möwen eskortiert, deren Schreie sich Albin beim Näherkommen ins Bewusstsein bohrten. Die Vergangenheit war unbeständig, vielgestaltig. Die Augenblicke, die seine Existenz ausmachten, schienen weggerückt und gaben Emilies Präsenz einen Anstrich von Unwirklichkeit.

– Albin, sagte sie indessen, wir können nicht mehr so weitermachen, zusammen.

Er hatte das Gefühl, ein Holzsplitter durchbohre seine Kehle.

– Was sagst du da?

Emilie seufzte stockend auf, und er merkte, dass sie sich vor ihm fürchtete.

– Ich kann nicht mehr, sagte sie, das dauert schon viel zu lange, es muss aufhören.

– Wovon sprichst du überhaupt, Mensch?

Der Zorn ergriff seine Stimme, versteifte seine Gebissmuskeln, und er musste eine große Anstrengung unternehmen, um ruhig zu bleiben. Er dachte: *Ich bin nicht Armand.* Und gleich darauf: *Er hätte nie zugelassen, dass Louise in diesem Ton mit ihm spricht.* Warum musste er eigentlich seine Haltung und seine Entscheidungen ständig auf seinen Vater zurückführen?

Dabei war es Albin an genau diesem Hafen gelungen, sich ihm zu widersetzen. In feierlichem Ton hatte Armand ihn gebeten, ihm zum Thunfischboot zu begleiten, dessen Besitzer er endlich geworden war. Dieses Schiff und seine Mannschaft waren sein ganzer Stolz gewesen, der Beweis dafür, dass er endlich angekommen war, und bestimmt hatte er bitter bereut, es nicht früher geschafft zu haben, vor dem Tod des Patriarchen, denn welche Genugtuung hätte das bedeutet, und wie stolz der Alte gewesen wäre! Die Nacht brach herein, der Hafen färbte sich grün, die Masten schraffierten den braunen Winterhimmel. Sie gingen, eine Hand in der Manteltasche, das Kinn in die Krägen vergraben, und rauchten hastig.

– Ich habe über diese Sache da nachgedacht, sagte Armand, das scheint mir nicht seriös.

Albin hatte ihm von seinem Plan erzählt, die Fischerei aufzugeben und eine Ausbildung als Sozialarbeiter zu machen, und sein Vater hatte es erst als eine vorübergehende Laune angesehen, aber Albin hatte sich wider Erwarten eingeschrieben und musste die Mannschaft Ende das Jahres verlassen.

– Papa …

Armand unterbrach ihn, indem er die Hand hob.

– Nein, ich verstehe, mein Sohn, dass du Lust auf etwas anderes hast, auf einen Beruf, der nicht so hart ist, oder auf eine Veränderung, aber dir ist doch hoffentlich bewusst, dass das kein Job ist für dich?

– Und warum eigentlich nicht? Es ist genau das, worauf ich Lust habe. Ich habe nie etwas anderes gekannt als das Fischen, aber ich habe da keine Zukunft, du sagst es ja selbst.

Armand verzog das Gesicht und schüttelte den Kopf. Der Alkohol hatte sein Gesicht mit der Zeit wächsern gemacht. Backenknochen und Hals waren von Angiomen gerötet.

– Das war so dahingesagt. Es stimmt, es ist nicht leicht, aber wir beide, wir sind nun mal genau dafür gemacht, verstehst du?

– Nein. Nein, Papa, ich habe nicht das Gefühl, *dafür gemacht zu sein.*

Armand spuckte auf den Boden, und sie gingen weiter in einem feindseligen Schweigen nebeneinander her. Als sie vor dem Thunfischboot ankamen, blieben sie auf dem Kai stehen und betrachteten das Schiff.

– Hör zu, sagte Armand schließlich, du weißt, wie ich mich abgerackert habe, um all das zu erreichen. Erinnere dich an unsere ersten Fahrten. Waren wir etwa nicht die Könige der Welt an jenem Tag? In ein paar Jahren gehört der Kutter dir, und wenn wir gute Arbeit leisten, findest du dich an der Spitze von mehreren Schiffen wieder. Auf dich wartet eine hübsche Rolle, Söhnchen, glaub mir, du wirst deinem alten Vater noch einmal dankbar sein.

Albin seufzte und rauchte einen Moment, musterte das Boot, über dessen Seiten das gelbe Licht der Straßenlaternen glitt. Er versuchte, sanft und unterwürfig zu klingen:

– Ich verstehe, Papa, ich verstehe sehr gut, was du sagen willst, aber ich habe mir das alles gründlich überlegt. Ich habe keine Lust mehr, ich will etwas anderes für mich, für Emilie und die Kinder. Ich habe Lust, mich nützlich zu erweisen, etwas Sinnvolles zu tun, verstehst du?

Armand räusperte sich und zeigte mit dem Finger auf das Schiff:

– Weil du meinst, das hier ist nicht sinnvoll?

– Das meine ich nicht.

– Aber ich verstehe dich nicht, Albin. Wie kannst du mich auf einmal im Stich lassen? Es ist vielleicht ein hartes Metier, aber habe ich mich etwa jemals darüber beklagt? Habe ich schon einmal Lust gehabt, alles hinzuschmeißen und etwas anderes zu tun?

– Ich bin aber nicht du. Kannst du wenigstens das verstehen? Du hast für mich entschieden, Papa. Ich kann mich nicht erinnern, mir vor dem heutigen Tag jemals die Frage gestellt zu haben, was ich machen wollte. Nicht mal als Kind musste ich mich das fragen, ich wusste, dass du aus mir einen Hochseefischer machen würdest und dass ich keine andere Wahl hatte.

Armand lachte auf, aber seine Stimme klang gedrückt. Für das erste und einzige Mal in ihrem Leben stellte sich Albin, dieser Sohn, in den er so viele Erwartungen gesetzt hatte, auf die Seite *der andern* und bot ihm die Stirn.

– Da haben wir's. Alles ist wieder einmal mein Fehler, he? Sie haben es also geschafft, dir den Floh ins Ohr zu setzen. Wer war es? Deine Mutter? Oder Jonas?

– Keiner von beiden. Ich bin heute fähig, meine eigenen Entscheidungen zu treffen, ohne fremde Hilfe.

Wieder schwiegen sie, zündeten beide eine Zigarette an und grüßten mit einem kurzen Kopfnicken einen Mann, der über den Kai ging.

– Wir wissen beide, dass ich allein nicht weitermachen kann, sagte Armand.

Er hatte mit einer ungewohnten, beinahe flehenden Stimme gesprochen, und Albin überlegte einen Augenblick, ob er verzichten sollte, um seinen Vater zu schonen.

– Wir müssen verkaufen, hörte er sich sagen. Ich werde meine Meinung nicht ändern.

Armand erforschte das Gesicht seines Sohnes, und als Albin seinen Blick entzog und zum Hafen wandte, deutete Armand ein Lächeln an und drückte ihm kurz die Schulter.

– Verstanden, sagte er.

Dann drehte er sich um und ging auf die Stadt zu, ließ Albin, der erzitterte, allein.

– Ich verlasse dich, Albin, es ist aus.

Emilie war stehen geblieben und hatte sich vor ihn hingestellt, als müsse sie ihm ins Gesicht sehen, um den Eindruck zu überprüfen, den ihre Worte darauf hinterließen. Sie standen am Fuß des Leuchtturms, im Schatten, den er auf die für einen Sommertag erstaunlich ruhige Mole warf. Albin bemerkte aus den Augenwinkeln das Dock zwischen der Bunkerstelle und dem Leuchtturm, wo die Kähne auf den Ablaufschlitten in der Sonne lagen wie zwischen den Kränen gestrandete Wale.

– Und die Kinder, fragte er mit tonloser Stimme.

Er fühlte sich entsetzlich müde, eingeholt von diesem Tag, der überhaupt kein Ende nehmen wollte und unaufhörlich das ganze Gewicht der Zeit auf ihm ablud. Emilie schien durch seine Frage etwas aus der Fassung zu geraten, sie wunderte sich, dass er sich Gedanken um die Kinder machte. Das also, dachte Albin, ist das Bild, das ich abgebe, das Bild, das er mit so viel Sorgfalt aufgebaut hatte und das manchmal doch so weit von ihm entfernt zu sein schien, oder von dem, was er gerne gewesen wäre. Seine Frau glaubte, die Kinder seien ihm gleichgültig. Sein Bruder und seine Schwester verachteten ihn dafür, dass er ihrem Vater nicht die Stirn geboten hatte. Seine Mutter liebte ihn, aus Pflichtgefühl oder weil er die Erinnerung an Armand lebendig erhielt.

– Es ist alles arrangiert, sagte Emilie. Ich gehe heute Abend mit Sarah zu meinen Eltern. Ich kann bei ihnen bleiben, bis wir uns organisiert haben. Ich könnte die Jungen auch mitnehmen, aber ich dachte, ich könnte sie bei dir lassen, wenn du nichts dagegen hast. Ich möchte es ihnen noch nicht gleich sagen.

Albin nickte und legte nun ebenso eine Hand auf Emilies Schulter. Er hatte nicht die leiseste Vorstellung, wie er reagieren sollte, und wunderte sich im Stillen, wie hilflos er war, dass er keine Wut mehr spürte, sondern nichts als eine große

Niedergeschlagenheit. Ein Morgen fiel ihm ein, ein vergessener Morgen, an dem sich Armands Gesicht über den Hafen entfernte, und eine blasse, merkwürdige Erinnerung stieg in ihm auf.

Dieser Morgen, dachte Albin, ohne den Blick von Emilie zu wenden, kündigte einen Tag des Fisches an, und die Nacht verkleisterte noch das Haus. Ein grauer Schein durchflutete die leeren Räume, deren Fensterläden nicht geschlossen waren. Aus den halb offenen Zimmern entwich der Schlaf, der jugendliche und herbe Hautgeruch von Jonas und Fanny, ihre Atemstöße. Hatten ihn die gedämpften Männerstimmen aus dem Traum gerissen, die durch die dicken Wände drangen? Albin stand nicht sofort auf. Er döste und streckte sich schlaftrunken. Endlich entschloss er sich, das Laken zurückzuschlagen und die nackten Füße auf den Teppich zu stellen. Jonas, erinnerte er sich, lag zur Wand gedreht in tiefem Schlaf. Albin öffnete die Tür und schlich aus dem Zimmer. Augenreibend ging er durch den Flur, wo ein Lichtstrahl die Wand gegenüber dem Badezimmer teilte, um in der Ecke einen rechten Winkel zu bilden. Er hatte einen Blick durch den Türspalt geworfen, die Stimmen seines Vaters und des griesgrämigen, schweigsamen Syrers aufgeschnappt, den sie beherbergten. Der Mann drehte Armand den Rücken zu, aber Albin sah im Spiegel den Widerschein seiner großen blassen Augen.

Dann gab es keine Logik und keine Bewegung mehr, nur noch eine Abfolge von erstarrten, undeutlichen Bildern. Armands Hand liegt auf dem Schulterblatt des Matrosen, und sein Rücken ist eine blasse, fragile Landschaft, durch die sich wie ein Rosenkranz die Wirbel drücken. Der Syrer hat beide Hände aufs Waschbecken gestützt, das Gesicht gesenkt, mehr kann Albin nicht sehen, doch da ist diese Hand, die wie als Geste des Trostes auf ihm liegt. Das Erflehen einer Entschuldigung? Beschreibt sie da nicht einen Kreis, eine Liebkosung auf der Haut? Dann dieses Schweigen, dieses Schweigen zweier Männer, das Albin den Atem gefrieren lässt. Er kann sich nicht mehr rühren, aus Angst, der Fußboden könnte ihn verraten, gleichzeitig fasziniert von der Nacktheit des Matrosen, von dem er die hellen Hinterbacken und Hüften und den Schatten seiner Behaarung auf den Schenkeln sehen kann. Dann diese sinnliche Nähe, von der das Kind nur die Fremdheit erfasst.

Die beiden Männer waren einander so nah, in diesem in dem Hafen aufgetauchten Erinnerungsfetzen, dass Armands Geschlecht, wie er ahnt, das weiße Fleisch des Matrosen berühren konnte.

Er zog seine Hand zurück und spürte an den Verbindungsstellen der Gelenke, wie stark er zugedrückt hatte.

– Diesmal wirst du es nicht mit Gewalt regeln, sagte Emilie und befreite sich.

Albin fühlte sich abgeschoben, war wie benommen, und er zweifelte genauso an der Wahrhaftigkeit seiner Erinnerung wie an dieser Szene am Fuß des Leuchtturms.

– So beruhige dich doch, sagt er mit gedämpfter Stimme, führ dich nicht so auf. Das ist lächerlich, wir gehen nach Hause und besprechen das in aller Ruhe.

Emilie sah ihn bestürzt an. Ihre Gesten waren lebhaft, und in ihrem Blick war keine Spur von Mitleid. Albins kläglicher Anblick erkühnte sie.

– Wir gehen nicht gemeinsam nach Hause, hast du nicht verstanden? Du kannst dir gar nicht vorstellen, wie lange ich auf diesen Moment gewartet habe. Du weißt nicht, was für eine Erleichterung es für mich bedeutet. Es tut mir leid, dass du dich überrumpelt fühlst, dass du nichts geahnt hast. Dass du keine Ahnung hattest.

Sie schien nun ganz ruhig, leicht schwankend.

– Du hast dir nie die leiseste Frage gestellt, stimmt's? Weißt du, warum ich dich hier sehen wollte, am Hafen? Damit ich nicht mit dir allein bin, Albin. Weil schon allein der Gedanke, mit dir allein zu sein, um dir das zu sagen, mir Übelkeit verursacht. Sogar deine Kinder haben Angst vor dir, sogar sie gehen dir aus dem Weg, merkst du das eigentlich nicht?

Albin machte einen Schritt auf Emilie zu, doch sie wich zurück und schwieg für einen Moment.

– Zum ersten Mal seit über fünf Jahren, fünf langen Jahren habe ich den Eindruck, echt zu sein, kein Theater mehr zu spielen.

Fünf Jahre, verstand Albin, das hieß, zur Geburt von Sarah und der Entdeckung von Armands Krankheit zurückzugehen.

– Warum hast du denn nichts gesagt? Wir hätten doch über alles reden können.

– Du hast dich von uns abgekehrt. Du warst nicht mehr wiederzuerkennen. Seit dem Tod deines Vaters ist nur noch Platz für deine Seeleute, für deine Arbeit im Heim. Ich habe versucht, dir begreiflich zu machen, dass es so nicht geht, aber du hast nur noch Augen für das da.

Sie zeigte auf den Hafen ringsum.

– Du weißt, was das für mich bedeutet, du weißt, welche Anstrengungen nötig waren, um es zu erreichen.

Emilie stimmte ihm zu.

– Ich weiß es nur zu gut, aber heute scheint überhaupt nichts anderes mehr zu zählen für dich, nicht einmal wir. Du bist wie dein Vater geworden, wie Jonas. Ihr seid solche Egoisten … Aber ich will nicht enden wie deine Mutter, in dieser Einsamkeit, dieser Traurigkeit. Ich will etwas anderes als deine Abwesenheiten, deine Ausbrüche, deine stille Gewalt jedes Mal, wenn du mich berührst. Weißt du, wann ich begriffen habe, dass es nicht mehr so weitergehen kann? Als mir klar wurde, dass ich deinen Geruch nicht mehr ausstehen konnte, Albin. Deinen Geruch, den Geruch deiner Haut, deines Atems, deines Schweißes, deines Geschlechts. Ich hab ihn über, er betäubt mich, widert mich an. Albin, alles an dir stößt mich ab. Und ich habe mich gefragt: Wie ist es bloß so weit gekommen? Wie konnte ich einen solchen Hass auf den Vater meiner Kinder entwickeln? Was ist geschehen, dass das Gefühl, das ich für dich hatte, das Gefühl der Liebe, des Erfülltseins, des Vertrauens, zu Abscheu geworden ist? Ich habe Lust zu leben, Albin, darum geht's. Ich will etwas Starkes erleben. Nicht diese Langeweile, diese Leere, diese Unberechenbarkeit. Ich habe daran geglaubt, an diese albernen Versprechen, die wir uns gegeben haben. Haben wir nicht mal von etwas anderem geträumt als von diesem Leben da? Wir dachten doch, für etwas anderes bestimmt zu sein als für diese Langeweile, dass wir anders wären als alle andern, und du hast das alles zunichtegemacht. Alles, was bleibt, ist ein kleines, sauberes Häuschen, ein vorgezeichnetes, absehbares Leben.

Emilie kehrte ihm den Rücken zu und lehnte sich an die Mauer. Auf dem Dock nahmen die Männer unter dem Lärm des Hochdruckstrahls die Arbeit wieder auf. Albin begriff, dass nichts zu machen war. Natürlich war er den Anforderungen nicht gewachsen gewesen, bestimmt war er nicht mehr der Mann, in den sie sich verliebt hatte, aber er musste ihr doch ihre gemeinsame Geschichte in Erinnerung rufen können. Diesen Waldausflug, an den er eben gedacht hatte, das Licht an diesem Herbsttag. Das Abendrot über der Siedlung, wenn die Kinder draußen Fahrrad fahren. Wie sie frühmorgens nebeneinander aufgewacht sind, in der Gewissheit, einander und also die Welt zu besitzen. Emilies Geruch auf dem Kragen einer Bluse, auf dem Bezug eines Kopfkissens, diese Augenblicke, in denen er weiß, dass sie da ist, in einem anderen Raum, und er ihre Stimme und die der Kinder hören kann. Dieses Gefühl des Absoluten. Das Gemälde von Dalí in ihrem Schlafzimmer, *Mädchen am Fenster*. Er hatte ihr nie gesagt, dass er immer das Gefühl hat, dieses versonnene Mädchen sei sie, dass er kaum an sie denken kann, ohne dass sich das Bild darüberschiebt, und umgekehrt. Der Ferientag im Gers, als sie breite Nester ins hohe Weizenfeld gedrückt hatten. Als sie jung waren und sich betrunken inmitten der schwarzen Flut und in dem von den Wellen zerstückelten Mond umschlangen. Emilie von unten, wenn sie auf seinem Gesicht sitzt und seinem Mund ihr erblühtes Geschlecht darbietet. Die Geburt ihrer Kinder. Dieses Gefühl, am Leben zu sein, aber gleichzeitig seine Vergänglichkeit zu spüren und nichts zu sagen. Diese Augenblicke hätte Albin Emilie gerne in Erinnerung gerufen, aber die Bilder zogen an ihm vorbei, ohne dass er sie in Worte fassen konnte. Er hatte den Eindruck, er könnte sie zurückhalten, wenn er fähig wäre, dieses Glück, das sie aus Unachtsamkeit verkommen ließen, einzufangen, zu konzentrieren, herauszulösen. Er näherte sich ihr, gab acht, sie nicht zu berühren, und lehnte sich an die Mauer, schaute in die andere Richtung, auf die Reede.

– Ich weiß jetzt, was richtig ist für mich, und du hast nicht das Recht, dich dagegen zu setzen. Du musst mich gehen lassen. Tu's für mich und die Kinder.

Sie klang erschöpft, mitfühlend.

– Ich hätte dir gerne etwas anderes geboten, sagte Albin, ein anderes Leben, aber ich wusste nicht wie, wie ich mich anstellen sollte. Die Kinder kamen, ich hatte die Verantwortung für euch alle, was hätte ich denn tun sollen?

Er wusste nicht, wie er ein anderer sein, sich den Ansprüchen der anderen gewachsen zeigen könnte. Das ganze Leben hatte ihn zu dem gemacht, der er war: ein erbärmlicher Kerl, von dem sie sich nun abwandte und der doch durch ihre Hände geformt wurde.

– Nichts, natürlich konntest du gar nichts besser machen. Ich wollte nur etwas bewahren von dem, was wir gewesen sind. Nicht mehr das Gefühl haben, das Leben mit einem Mann zu teilen, den ich nicht kenne, für den ich nur noch Angst fühle. Die Kinder sind das Beste, was uns in unserem Leben passiert ist, aber ich habe mich in dieser Rolle als Mutter, als Ehefrau eingekapselt und habe das Gefühl, nichts anderes mehr zu sein. Ich will nicht, dass sie mich als fade und langweilig in Erinnerung behalten werden, will nicht diesem Bild entsprechen, das ihr von Louise habt und in dem sie schließlich so aufgegangen ist, dass es aussieht, als habe sie es gewollt, als hätte ihr Leben gar nicht anders sein können. Am Schluss habe ich es selbst gedacht, habe mir jeden Morgen eingeredet, das sei es, was ich mir erträumt habe. Da waren die Kinder, ich kümmerte mich um sie, wickelte Sarah, machte die Jungen für die Schule bereit. Ich überlegte, was ich zum Abendessen kochen würde, achtete darauf, dass alles perfekt war, wenn du nach Hause kamst, ich schlief ein und wachte auf mit diesem Gefühl unendlicher Traurigkeit.

– Es ist zu egoistisch. Du kannst nicht einfach alles zerstören, das darfst du nicht.

– Kann sein, dass ich einen Fehler mache. Aber ich glaube, dass ich nichts zerstöre, was nicht schon längst kaputt ist.

– Das heißt also, dass alles hier zu Ende ist?

Emilie verstand an der Intonation seiner Stimme, dass ihre Worte endlich angekommen waren, aber sie schaute ihn bereits nicht mehr an.

– Ja, alles ist hier zu Ende, Albin. Jetzt.

Er trat zur Seite, und sie ging Richtung Stadt davon.

Er hatte diesen kostbaren Zustand erreicht, wo die Konfrontation mit dem Unabwendbaren die Welt zeigt, wie sie ist. Von den anderen Existenzen, die belanglos herumschlendernd über die Mole gingen, sah er nur noch die Oberflächen und die Illusionen. Keiner von ihnen kannte die Wahrheit, zu der ihn dieser Bruch, dieser in der Menge verschwindende Körper von Emilie, führte. Albin hielt sich aufrecht, eine Hand auf dem Stein, und die Wahrnehmung des Minerals stieg seinen Arm, seinen ganzen Körper hoch. Es war inzwischen so heiß, dass er zitterte. Die Vergangenheit war nun kein Strom mehr, der zu diesem Augenblick, da er ebenfalls Richtung Sète ging, geführt hatte, sondern eine erreichbare Dimension. Albin befand sich, als wäre er allgegenwärtig, an dem Hafen, wo eben die Einheit seiner Existenz auseinandergebrochen war, und gleichzeitig in den unzusammenhängenden Jahren seiner Erinnerung. Sollte er diesem Bild von Armand, mit seinem Schwanz auf dem Hintern eines Matrosen, trauen? Zu akzeptieren, dass die Erinnerung ihn nicht trog, bedeutete, Armand als Schwindler zu sehen, einzugestehen, dass er betrogen worden war, dass sein Vater sich ihnen allen gegenüber ungerecht verhalten hatte. Und wer wäre dann Albin, wenn er sein Leben auf einer Lüge aufgebaut hätte? Es wimmelte von Geistern in seinem Gedächtnis. Wie sollte er in dem, was gewesen war, von dem nichts mehr übrig blieb, die Schimären, die Spiegelungen unterscheiden?

Der Mann, der Armand gewesen war, ließ sich nicht fassen, er entzog sich, und doch hatte er diesen Sohn geprägt, hatte er auf die eine oder andere Weise auf diese Stunden eingewirkt, die zu Emilies Weggang geführt hatten. Albin zog sein Telefon aus der Tasche und wählte Louises Nummer. Es dauerte lange, bis sie antwortete, und als sie sprach, kam ihm ihre Stimme merkwürdig vor.

– Ich bin's, Albin, sagte er. Wir kommen nicht heute Abend. Frag Fanny, ob sie die Zwillinge abholen und sie heute Abend zum Schlafen behalten kann.

Louise schien tief durchzuatmen.

– Was ist los?, fragte sie.

– Es ist etwas zwischen Emilie und mir, sagte Albin. Frag nicht weiter.

Sie antwortete nicht, und Albin wollte auflegen, dann sagte er:

– Mama, sagte er, wann sagst du uns endlich, wer Armand war?

Louise sprach. Sie schien nicht überrascht, nur niedergeschlagen.

– Wenn ich das wüsste, mein Schatz. Wenn ich das selber wüsste …

– Hat mein Vater diese verdammten Matrosen gefickt?, schrie er mit einer Stimme, die sich überschlug.

Lange hört er nur das vertraute Knistern in der Leitung. Sie legte als Erste auf.

*

… doch ergriffen geben sie sich der Dinge Wesen hin, unkundig der Oberfläche, doch ergriffen von der Dinge Bewegung.

DRITTER TEIL

Morta

Die Sonne hatte eine Salpeterdecke über das Meer gelegt. Die Kinder wollten unbedingt über die Molemauer klettern und sich ein paar Stunden auf den Felsen darunter legen. Fanny hatte keine Lust gehabt, sie zum Strand von Aresquiers zu begleiten. Das Salz auf Leas Armen funkelt in dem strahlenden Licht wie eine zweite Haut. Selbst durch das Strandtuch hindurch spürt Lea den brennenden Stein unter ihren Schenkeln. Fanny liegt neben ihrer Tochter. Sie liegt auf der Seite, ihre Schulter glänzt, die Haut ist rot und braun. Lea mag ihren sahnigen Geruch, die Sommersprossen, die sich regelmäßig über ihren Arm und ihre Brust bis unter den Rand des Lycras ziehen. Als Fanny sich zum Meer dreht, um nach Martin zu sehen, kann Lea in dem kurzen Zwischenraum zwischen Badeanzug und Leiste die dichten Schamhaare ihrer Mutter sehen. Sie mag die Seltsamkeit dieses Körpers, den sie immer noch als ein Teil des ihren wahrnimmt. Lea richtet sich auf, ihr runder Bauch spannt den Badeanzug, lässt den Nabel hervortreten, als sie eine Hand auf die Hüfte und die andere an die Stirn legt. Sie schirmt die Augen ab und sucht mit dem Blick unter den halb nackten, halb vom Meer verschluckten Kindern nach ihrem Bruder. Alle gleichen sich mit dem Schaum auf ihren Körpern, der sie verschlingt und dann glänzend und verdutzt wieder dem Strand zurückgibt.

In der Ferne lässt das Théatre de la Mer seine disharmonischen Linien spiegeln, am Rand der Mole liegende Betonblöcke umfassen den zarten Sandstreifen, auf dem die Badenden dösen. Lea spürt etwas, das sie nicht in Worten fassen kann, das Gefühl einer vollkommenen Übereinstimmung, der Weite dieses Sommertages: unter sich das Meer, neben sich die träge Mutter, vor sich Martin, der am Rand des Wassers spielt, den Lärm der Brandung und in der dichten Luft das Stimmengeschwirr. Jetzt hat sie ihren Bruder entdeckt, umgeben von Gleichaltrigen, ein Ball schießt auf – die Weiße des Himmels lässt keinen Blick zu –, fällt zurück und prallt auf die Wasseroberfläche, zieht Schreie nach sich, die Kinder rennen los, behindert von schweren Wasserfontänen.

– Vergiss deine Schwimmflügel nicht, wenn du ins Wasser gehst, sagt Fanny.

Lea schüttelt den Kopf und entfernt sich unter dem wohlwollenden Blick ihrer Mutter, den sie auf sich fühlt wie die Sonne auf ihrem Nacken, ganz oben auf ihrem Kopf in den Haaren, auf dem Rücken, im Kreuz. Eine Zeitlang springt sie von einem Felsen zum nächsten, etwas abseits von den andern Kindern, hüpft im Rhythmus ihrer Spiele, schießt einen gellenden Schrei über den Strand, doch Martin bemerkt sie nicht, und so verliert sie ihr Interesse an den Jungen bald wieder.

Die Wellen schieben sich zwischen die Betonblöcke, brechen sich schäumend. Die purpurnen Panzer der Krabben verschwinden in den Rissen, wenn der Schatten von Leas Gesicht auf sie fällt. Sie drückt die Fingerspitze ins Herz einer Anemone, die sich schließt. Die Tentakel packen das kleine Fingerglied. Lea legt sich auf den Beton, den Kopf in eine Spalte gedrückt, und betrachtet diesen Mikrokosmos, den der Seegang unaufhörlich durcheinanderwirbelt. Sie mag das Salz der Gischt auf ihrer Haut, wenn es auf den Steinen knistert. Sie leckt ihre Schulter neben dem Träger des Badeanzugs, kostet die Haut, richtet sich wieder auf, betrachtet die unter ihr liegenden Körper, sucht Fanny, dann Martin und beschließt, noch höher hinaufzuklettern, um über das Meer zu blicken. An einem Metallstift, der aus dem Beton ragt, zieht sie sich über die Schräge. Der verrostete Stahl brennt auf ihrem Handteller, sie schürft sich die Knie auf. Lea krümmt den Rücken, spannt die Hinterbacken und zieht mit aller Kraft am Schaft, bis sie die Füße auf den abschüssigen Beton stellen kann. Vorsichtig dreht sie sich um, tänzelt, um das Feuer auf den Fußsohlen zu verringern, dreht sich wieder dem Strand zu, lässt schließlich den Metalldraht los und hält sich wankend im Gleichgewicht. Fanny scheint eingeschlafen zu sein. Lea sieht, wie Martin sein Strandtuch ausbreitet und sich neben ihre Mutter legt. Keiner von beiden schaut in ihre Richtung. Das Meer ist eine funkelnde Weite, und Lea hat das Gefühl, der höchste Punkt zu sein an diesem Tag, der ihr der Ewigkeit geweiht schien.

– Mama! Schau mich an!, ruft sie, die Hände als Trichter vor dem Mund.

Fanny liegt auf dem Bauch. Die Schreie und das Brausen der Brandung überdecken Leas Stimme: Das Kind fühlt sich plötzlich fiebrig und aufgewühlt. Sie überlegt, sie könnte bis zur Mole hinaufgehen und sich auf die Mauer stellen.

– Mama!

Sie hebt den Arm und schwingt ihn durch die Luft.

Für einen Augenblick ist sie ganz von Licht umhüllt, das die Konturen ihres Arms einfasst, über die durchsichtige Haut und die zerzausten Haare gleitet, die ihr auf die Schultern fallen; sie sieht aus wie eine Ikone auf einem Felsvorsprung, wie eine Radierung, von der ein paar Badende in einem Winkel ihres Bewusstsein ein Bild zurückbehalten werden. Wenn sie später an diesen Tag am Strand zurückdenken werden, so sehen sie sie, Lea, wie sie über ihnen steht, während die Segelschiffe sich in der schimmernden Ferne verlieren. Aber nur eine Sekunde dauert es, dass Lea, die Arme zum blassen Himmel erhoben, die Schönheit der Mole Saint-Louis einfängt und in einem Bild konzentriert, denn ihr Fuß rutscht auf dem Fels aus und sie fällt hintenüber, legt sich lautlos wie eine Stoffpuppe ihrer ganzen Länge nach hin. Das Meer umhegt sie noch immer und will nichts von dem Aufschlagen des kleinen Körpers auf den Beton preisgeben und vom Atemstoß, der ihm entweicht. Erst spürt Lea, dass der Aufprall ihr den Atem verschlägt, sie spürt den Himmel, der auf ihre Haut fällt, das Brennen des Steins unter ihrem Rücken, ihrem Po, dann die warme Welle an ihrer Kehle und die Betäubung, die von ihr Besitz ergreift. Die frostige Kälte, das Kribbeln um ihre Kiefer und ihr Rückgrat sondern sie vom Strand ab, offenbaren ihr eine Welt, in der die Wirklichkeit, in der sie sich bis dahin aufgehalten hat, nur noch ein Hintergrundgeräusch ist. Lea hält eine Hand an die Kehle und entdeckt den Metallstift der in ihrem Hals steckt, den brennenden Strom, der sie ertränkt und ringsum kocht, aber schon fühlt sich ihr eigener Körper bei der Berührung mit ihren Fingern ganz seltsam an.

In der Ferne ertönen Schreie. Ein Mann ist bei ihr. Er zieht sein T-Shirt aus und drückt es an ihren Hals. Sie fühlt die Baumwolle auf ihrer Wange und den Schweißgeruch, der ihm entweicht. Er erinnert sie an den ihres Vaters im Sommer, wenn er im Garten arbeitet. Andere kommen hinzu, deren Schatten Lea bereits nicht mehr wahrnimmt. Ihre Aufregung lässt sie gleichgültig. Lea spürt keine Schmerzen, nur eine lähmende Müdigkeit, die sich auf sie legt. Ein letztes Mal scheint ihr, dass dieser Tag, dieser Sommertag am Strand nie enden wird. Für immer den eingeschlafenen Körper ihrer Mutter neben sich, für immer Martins Spiel und ihre funkelnden Häute. Für immer das Tosen der Wellen, die sich an den Felsen brechen, und der gigantische Himmel, an dem ihr Blick erlischt.

*

Louise hält mit Mühe den Hörer in der Hand, dann legt sie, zu sehr getroffen, um Albin zu antworten, einfach auf. Der Schmerz in den Fingern verdrängt die Wirkung der Medikamente und sticht so stark bis in die Arme, dass sie die Hände starr vor sich hinhält, sie nicht einmal auf den Bauch legt. Fanny ist ebenfalls aufgestanden, Louise hört ihre Schritte oben im Zimmer. Reglos in der Diele, im gedämpften Nachmittagslicht und dem Geruch von Bohnerwachs und Küche beschließt sie, dass das Essen am Abend stattfinden werde, koste es, was es wolle. Dieser Tag hat ihr seit dem Morgen ein Hindernis nach dem andern in den Weg gestellt. Soll sich die Familie doch auflösen, denkt sie. Und selbst wenn sie allein bleiben sollte, der Tisch würde hergerichtet und das Essen aufgetragen. Das ist sie ihrer Würde schuldig, der Würde Armands, dieses Clans, den sie trotz allem bilden. Das Essen bleibt die einzige Hoffnung, dass wieder Ordnung einkehrt.

Fanny kommt die Treppe herunter und reißt Louise aus ihren Gedanken. Sie hebt den Blick zu ihrer Tochter und sagt:

– Das war dein Bruder, Albin. Er kommt nicht heute Abend.

Sie denkt an Fannys Lippen auf den ihren, an die Umklammerung, aus der sie der unerwartete Anruf gerissen hatte.

– Es scheint alles so … *verkorkst*, sagt sie, als gehöre der Ausdruck nicht zu ihrem Wortschatz, doch könnte sie ihre Überforderung nicht anders ausdrücken.

– Ist etwas passiert?, fragt Fanny besorgt.

Louise schüttelt langsam den Kopf, unsicher, ob sie ihr sagen sollte, was Albin am Telefon angedeutet hatte.

– Nein, ein Streit mit Emilie, glaube ich. Er möchte, dass die Jungen heute Abend bei dir schlafen. Willst du etwas essen? Ich wärm den Kaffee auf.

Sie reibt sich vorsichtig die Handkanten an den Schenkeln,

deutet eine Geste an, um die Haare in Ordnung zu bringen, dann geht sie in die Küche.

– Setz dich, sagt Fanny, ich mach das.

Das Gas hat den Raum erwärmt. Beide haben das Gefühl, noch immer im Zimmer zu sein, auf dem Bett zu liegen, und ihre Gesten kämpfen gegen eine Art Verlegenheit oder Scham an, um diesen Moment der Verirrung zu zerstreuen. Auf einmal, denkt Louise, fangen alle an, die Würde ihres Vaters zu verletzen. Selbst Albin, der sein Gedächtnis ständig verteidigt hat, verlangt von Louise plötzlich eine Rechtfertigung, ein Plädoyer für seine Unbescholtenheit. Was konnte sie denn gegen Albins Zorn unternehmen, was wäre er fähig zu hören? Louise fühlt sich zu geschwächt, um nach Fanny nun auch noch ihm die Stirn zu bieten. Sie hatte Armand akzeptiert, wie er war, für sie zählt einzig, dass er in seinen letzten Jahren ein aufmerksamer Mann geworden war, ein wenig traurig und abgespannt, aber arglos. Diese Jahre, denkt Louise, müssen alle anderen auswischen. Fanny fährt mit dem Schwamm über den Tisch und stellt die Tassen hin.

– Sei so lieb, mein Schatz, sagt Louise, und hol Camille und Jules schon vor dem Essen. Ich möchte, dass sie dabei sind heute Abend.

Fanny gießt den Kaffee in die Tassen, stellt die Kanne auf den Untersetzer und bemerkt das Zucken in den Mundwinkeln ihrer Mutter, aber ihre Verwirrung macht sie verlegen, und sie wäre gern gegangen.

– Ich geh gleich, sagt sie.

Louise nickt geistesabwesend.

Zuvor schließt sich Fanny ins Badezimmer ein. Die Hände auf dem Rand des Waschbeckens, betrachtet sie ihr Bild im ovalen Spiegel. Hatte sie etwas anderes erwartet als diese leicht abgespannten Züge, diesen etwas erstaunten Ausdruck, sichtbar für sie allein? Der Nachmittag neigt sich dem Ende zu, aber die Stunden hinter ihr bilden ein unüberwindbares und doch besiegtes Hindernis. Um nichts in der Welt, denkt Fanny, möchte sie diese Augenblicke noch einmal erleben. Hatte sie eine Umwälzung erwartet? Konnten die angedeuteten Wahrheiten, das Beschwören der Vergangenheit und die Umarmung von Louise im Kinderzimmer wirklich an der unerschütterlichen Ordnung der Dinge rütteln? Wie konnte sie denken, dass Worte allein die Welt ringsum, die Starrheit des Hauses ins Wanken zu bringen vermochten? Es hat sich ganz offensichtlich nichts geändert in dem vertrauten Gesicht, das sie trotzdem argwöhnisch beäugt, und auch nicht in der Ordnung der Gegenstände, der Aneinanderreihung der Produkte auf dem Regal, der durchsichtigen Fältelung des Duschvorhangs. Louise räumt die Küche auf, und Fanny hört das vertraute und beruhigende Geräusch der in den Schubladen aneinanderstoßenden Gegenstände. Durch das Fenster, das hinters Haus hinausgeht, sickert ein fahles Licht, ein Tintenblau läuft über die Wand. Der Himmel scheint bedeckt, und das ist schon alles. In einem Glas auf dem Waschbecken steht Louises Zahnbürste, eine Bürste mit erschlafften Borsten, die ihr eine Regung von Zuneigung auslösen. Es fällt ihr ein, wie Louise einmal, zehn oder zwanzig Jahre früher, lachend gesagt hat, dass sie sich vor dem Altwerden fürchte, weil sie finde, die alten Frauen hätten alle diesen süßlichen, leicht sanften und unanständigen Geruch, den das Kölnischwasser nur notdürftig überdecke. Beim Anblick des Toilettenwasserfläschchens auf dem Glasbrett unter dem Spiegel mit seinem vergilbten Etikett und dem braunen Rand schnürt sich Fanny die Kehle zu. Sie überlegt sich, ob sie sich nachschminken soll, untersucht ihren bleichen Teint im Spiegel, den sie zu überdecken versteht, indem sie ihre

Wangenknochen mit Rouge betont und die erschlafften Lider mit einem purpurnen Ton belebt. Dieser Reflex, denkt sie, soll die Erinnerung an ihre tote Tochter maskieren, als wäre sie der ungeheuerliche Auswuchs eines Tumors. Was sollte aus ihr werden, wenn Mathieu sich von ihr trennt und Martin ihm folgt?

Als Fanny aus dem Badezimmer kommt, hat Louise die Läden in der Küche wieder aufgemacht und sich mit den Ellbogen auf das Fensterbrett gestützt. Sie beobachtet die Straße, während neben ihr auf dem Abtropfbrett eine Tasse pechschwarzer Kaffee dampft.

– Es zieht sich zu, sagte sie, als Fanny in die Küche kommt, ich fürchte, es wird regnen.

Sie scheint ernsthaft besorgt, und Fanny will sie beruhigen, bringt aber nicht die Kraft dazu auf.

– Ich geh dann mal los. Ich hole Camille und Jules, und wir werden gegen acht wieder da sein. Bist du sicher, dass du nichts mehr brauchst?

Louise schließt das Fenster, und sie sehen sich einen Augenblick an, überlegen, was sie sagen könnten, und verzichten im selben Moment darauf.

– Nein, sagt Louise, mach dir wegen mir keine Sorgen.

Fanny nickt und schiebt den Henkel ihrer Handtasche über die Schulter.

– Dann geh ich also.

Als sie sich anschickt, die Küche zu verlassen, hält sie einen Moment inne und dreht sich noch einmal um.

– Ich bin jetzt sicher, dass alles gut wird.

*

Am Morgen hat sie große Übelkeit gespürt, und dem Vater war sofort klar, dass sie in anderen Umständen war. Also hat er auf sie eingeschlagen. Armando wird sich erinnern, wie seine Mutter vor seinen Schlägen davongekrochen ist, während er sich mit Antonio und seinen Schwestern in eine Zimmerecke drückte. Die Kinder haben, wie die Jungen einer Raubtiermeute, gelernt, ihrem Überlebensinstinkt zu folgen. Ihre Körper verschachteln sich perfekt ineinander. Schwer wie Steine prasseln die geballten Fäuste in der Stille des Zimmers auf Bauch und Geschlecht seiner Mutter nieder, auf diesen braunen Pelz dort unter dem Rock, ohne dass sie schreit. Die Schläge scheinen von den dicken Unterröcken verschluckt zu werden, pressen kurze Atemstöße aus ihrer Kehle heraus.

Es ist die Stille, die die Szene so eigenartig macht, diese ungemeine Stille, das Ausbleiben des Weinens, während der Vater vorwärtshinkt, die Mutter auf dem Hintern zurückweicht, bis der Rücken an die Wand stößt. Aus ihrem Mundwinkel läuft ein roter Faden, rinnt zu Boden, Schaum färbt die Zähne rosarot; ihr Gesicht ist zu einem Lächeln verzerrt, das die Kinder in ihrer dunklen Ecke erstarren lässt. Ihr Blick scheint nichts mehr zu sehen von dem erbärmlichen Zimmer, scheint wie rasend die Dunkelheit jenseits der Wand abzusuchen. Das ist keine Mutter mehr, das ist ein tollwütiges Tier, wie dieser Schäferhund, den Armando im Wald am Hang eines Hügels gefunden hat, die Pfote in einer Wolfsfalle gefangen, der an seinem Bein nagte, um sich zu befreien. Denselben, vom Schmerz irren Blick wirft sie gegen die Tür hinter dem gewaltigen Körper des Vaters, dessen Profil im Licht des Herdfeuers glüht.

– C'è la guerra. Una bocca da sfamare in più e ti strangolo con le mie stesse mani.[1]

1 Es ist Krieg. Einen Mund mehr zu stopfen, und ich erwürg dich mit meinen eigenen Händen.

Er schaut ihr einen Moment zu, wie sie Atem schöpft, sich mit dem Handgelenk den Mund abwischt, dann dreht er sich um und verlässt das Haus, lässt die Tür offen auf die dunkle Nacht hinaus.

– *Va a fottere nella figa di un' altra!*[1] *schreit die* Mutter in einem gehässigen Brüllen, das die Kinder versteinern lässt.

Lange bleibt sie auf dem Boden sitzen, die Knie unters Kinn gezogen. Die Hände auf dem Bauch, schaukelt sie hin und her. Endlich nähern sich die Kinder mit zögernden Schritten, aber die Mutter stößt sie zurück, sobald sie sie berühren. Sie klammert sich an den Bettpfosten, zieht sich mit schmerzverzerrtem Gesicht hoch. Später kommt der Vater zurück, betrunken, und keiner der beiden sagt ein Wort, bis tief in die Nacht, als sie die Schreie der Kinder aus dem Schlaf reißen. Der Vater steht mit nacktem Oberkörper am Fußende des Bettes und hält das Laken in der Hand, auf dem sich ein dunkler Ring ausbreitet.

– *Guardate, questa troia a sporcato tutto il letto!*[2]

Der Zorn erstickt seine Stimme. Er nimmt die Kinder, die sich auf ihrem Lager aufgerichtet haben, zu Zeugen. Die Mutter zerknüllt wimmernd einen Lakenzipfel in den Händen, versucht ihn über ihre scharlachroten Schenkel zu ziehen. Durch den Gestank von Ruß dringt der eiserne Eingeweidegeruch, den Armando sein Leben lang in präziser Erinnerung behalten wird. Der Vater befiehlt den Kindern, im Bett zu bleiben, nur Armando muss ihm helfen, das Blut auf dem Boden aufzuwischen. Er geht im Zimmer auf und ab, befiehlt den flennenden Schwestern, das Maul zu halten. Die ganze Nacht blutet die Mutter auf dem Bett, phantasiert im Fie-

1 Geh doch und fick eine andere!

2 Schaut her, diese Sau hat das ganze Bett verdreckt.

ber, ohne dass eines der Kinder sich in ihre Nähe wagt. Sie schauen schweigend zu, wie der Vater etwas Wasser zwischen ihre Lippen träufelt und Stroh unter ihre Schenkel stopft.

Durch ein Wunder, wird sie sagen, hat sie den *incidente* überlebt, und zwei Tage später kocht sie, bleich wie eine Tote, Laken und Decken, hängt sie draußen auf, als wäre nichts geschehen, was sich nicht sofort vergessen ließe. Sie geht mit kurzen Schritten. Am Abend beobachtet Armando sie, wenn sie das Kleid auszieht und das Nachthemd überstreift: Ihr Bauch ist mit Blutergüssen übersät, er ist ganz schwarz davon, wie verfault – er wird dieses Bild immer mit dem Bauch der Frauen in Verbindung bringen, und es weckt in ihm wider seinen Willen die Aversion gegen das trächtige Fleisch –, und von der Schwangerschaft der Mutter ist nicht mehr die Rede.

*

Keiner erinnert sich mehr an diesen Tag. Sie sind am Ufer des Salagou-Sees, die nackten Füße verschmiert von der roten Erde, in der die Eisensalze oxidieren. Fanny steht am Wasser und betrachtet den See, auf dem die Stockenten abgetrieben werden. Neben ihr ist Armand, eine Hand hinter dem Kopf, und streift mit den Fingern durch seine verknoteten Haare. Die Luft duftet nach Wacholder, Kermeseichen und Ahorn. Schwere Wolken jagen über den Himmel, durch die Zwischenräume blitzt das Licht, spritzt ihnen ins Gesicht. Louise breitet neben der Kühlbox das Tischtuch aus, dann kommt sie mit Albin an der Hand zu ihnen. Ein strubbeliger Haarschopf umgibt seinen winzigen Schädel. Die Kinder rennen das Ufer entlang, von ihren Waden rieselt das Wasser, sie kommen außer Atem. Armand legt die Hand um Louises Taille; sie lehnt die Schläfe an seine Schulter; die Sonne bringt ihre bleiche Stirn zum Glühen. Sie mag es, ihn so nah zu fühlen; sie spürt seine Wärme unter der dicken Wolljacke.

– Bist du glücklich?, fragt Armand, ohne die Kinder aus den Augen zu lassen.

Louise dreht sich zu ihm, legt eine Hand auf seine Brust; sie fröstelt und drückt sich noch enger an ihn. Armand lächelt, und sie spürt seine Zufriedenheit.

Fanny und Albin kehren zu ihnen zurück, ihre Beine mit Erde überpudert. Gemeinsam gehen sie zum Tischtuch und legen sich hin. Armand legt sich auf den Rücken, verschränkt die Hände hinter dem Kopf. Das Geplapper der Kinder, der strahlende Himmel beruhigen ihn und machen ihn schläfrig. Er betrachtet Louise, ihre geschäftigen Gesten, ihre Liebenswürdigkeit gegenüber den Kindern, und er weiß, dass sie unter dem Rauschen der Pappeln, deren Blätter das Tageslicht und den hohen Flug der Bussarde zerstückeln, alle dieses beglückende Gefühl teilen. Trotzdem grollt es in ihm. Da ist ein bekanntes Etwas, von dem er dachte, er hätte es in den Griff bekommen, ein unausrottbarer, von Verzweiflung durchsetzter Zorn.

Später, wenn die Kinder in den Dünen spielen, legt sich Louise neben ihn.

– Woran denkst du?, fragt sie.

– An nichts, antwortet Armand, ich denke an nichts. Es geht mir ganz einfach gut.

Er versucht dieses düstere Gefühl zu vertreiben, und beide spüren für einen Moment, dass ihnen dieser Tag am Salagou in Erinnerung bleiben wird als der Beweis erfahrenen Glücks. Keiner wusste, dass die Zeit angefangen hatte, es zu unterhöhlen, zu zerstören und bald dem Vergessen anheimzugeben.

*

Seine Mutter ruft ihn von der Vortreppe aus, aber er antwortet nicht, trotz der Nervosität, die er in ihrer Stimme hört. Ein Würger hat an einem Weißdornstrauch seine Beute aufgespießt, Armando packt mit Daumen und Zeigefinger die Überreste einer Spitzmaus. Das Fell ist seidig, der bläuliche Unterleib gibt unter dem Druck seiner Finger nach, und er spürt den strengen Aasgeruch. Er stößt ihn ab, gleichzeitig mag er ihn, weil er ihn an den heißen Tagen oft bei den Feldern am Rand der Gräben riecht. Behutsam zieht er den Nager von dem Dorn, der ihm den Nacken durchbohrt, und legt ihn in seine offene Hand: Der winzige Mund ist offen, in der Mitte leuchten zwei Zähne. Die Augen sind trocken. Irgendwo schreit der Würger. Armando denkt, dass er ihn beobachtet und drückt die Maus wieder auf einen langen Dorn; dann wischt er mit einem angewiderten Schauder die Finger am Leinenstoff seiner Hose ab.

– *Dov'è andato a finire il bambino?*[1]

Durch den Weißdornbusch kann er die Hausmauern sehen, und er hört seine Mutter besorgt schnaufen, mit der Handfläche auf die Schenkel klopfen. Der Himmel rötet sich, kippt ins Lila, Quellwolken breiten ihre bleichen Seelen aus.

Antonio ist mit dem Vater weggegangen. Armando weiß, dass sie vor der Dunkelheit zurück sein werden. Er belauert den Felsweg, der zum Meer hinunterführt, bereit, aufs Haus loszustürzen, sobald er im Sonnenuntergang, ihnen voraus wie immer, die Hündin erblicken würde. Die Deutschen haben die Stadt eingenommen, die Amerikaner sind in Salerno. Früh am Morgen sind italienische Soldaten vorbeigekommen, auf dem Heimweg in ihre Dörfer, in ihre Heimat, zu ihren Familien, und haben um Wasser gebeten, um sich zu

1 Wo steckt der Junge bloß?

erfrischen. Sie waren es, die von dem Debakel erzählt haben, aber der Vater schien nicht überrascht. Im Dorf kann man die Bombenangriffe in der Ferne hören. Hier gibt es nichts zu zerstören, die Flugzeuge fliegen über ihre Köpfe hinweg, ohne zu schießen. In der Nacht verdunkeln sie die Häuser. Manchmal hat er den Horizont entzündet gesehen. Dann war das Sonnenlicht am Morgen von Rauchsäulen gedämpft. Je nachdem, wie der Wind bläst, ist der fette Pulvergeruch zu riechen. Armando liest ein paar Steine vom Boden auf und wirft sie mit voller Kraft ins Dickicht und die Sträucher. Der Vater hat zu den Berichten der Männer den Kopf geschüttelt, aber kein Wort gesagt, hat sich aufrecht an die Mauer des Waschhauses gelehnt, und in seiner Haltung war eine Art Argwohn, ein Unbehagen gegenüber den Soldaten. Sie tauchten ihre Hände ins kalte Wasser, führten sie zum Kopf, tranken und schnaubten wie Pferde. Ihre vom Staub befreiten, ausgemergelten Gesichter trieften. Die Tropfen zogen Spuren über die verschwitzten Hälse.

Der Vater ist nicht an die Front gezogen. Vor langer Zeit – noch vor der Geburt von Antonio, hat die Mutter gesagt – hat auf dem Feld eine Mauleselin ausgeschlagen und ihm ein Knie gebrochen. Es war ein offener Bruch, und der Vater hat stundenlang auf einem schroff abfallenden Stück Erde gelegen, gebrüllt und in die Wurzeln gebissen, während er auf Hilfe wartete. Armando kann sich nicht vorstellen, wie sein Vater auf der Erde liegt und um Hilfe fleht. Wenn er in seiner Nähe ist, lähmt ihn die Vorstellung, er könne laut daran denken. Die Mutter sagt, er habe die Mauleselin mit einem Beilhieb in den Nacken getötet, nicht wegen des Ausschlagens, sondern weil sie gleichgültig neben ihm weitergegrast hat. Armando denkt, er hätte das Tier auch umgebracht, aber nicht aus demselben Grund: weil es ihn dazu verdammt hat, die Anwesenheit seines Vaters zu ertragen, weil es ihm den Tod im Kampf erspart hat. Seither renkt sich sein Knie immer wieder aus, und er trägt noch immer eine Schiene am Bein, die er sich selbst aus Holz und Leder angefertigt hat. Seit die anderen Männer losgezogen sind, ist der Vater aufbrausender und brutaler geworden. Einige sind zu den Amerikanern gestoßen. In stillschweigendem Einverständnis macht niemand je eine Anspielung darauf. Hierzulande wägt man die Worte ab. Er rackert sich auf dem Feld ab, und abends, beim Essen, nimmt sein Schatten den ganzen Platz in dem einzigen Raum ein.

Da kommen sie. Die Hündin kläffend voraus. Der Vater geht vor Antonio, der in gebührendem Abstand folgt. Armandos Kehle schnürt sich zu. Er weiß, dass er und Antonio am nächsten Tag mit diesem Mann eine andere Route einschlagen werden.

*

In der Fischerhütte aus rotem und blauem Blech hat die Hündin geworfen. Die Jungen beugen sich über den Reifen, in dem das Tier eine akribisch zerfetzte Zeitung und ein altes, von Schmieröl und Fettflecken geschwärztes Stück Stoff, das mal ein Kinderschlafanzug gewesen zu sein schien, zusammengetragen hat. Die Hündin leckt ihre Welpen eins nach dem andern, und die Kleinen quieken, drücken sich ungelenk an die harten, blassen Zitzen. Der Atem der Kinder dampft ins Halbdunkel hinein, und auch die Welpen dampfen, der Dampf steigt von ihrem Nest in die eisige, feuchte Luft von Pointe-Courte auf.

Jonas hebt einen der Welpen hoch. Es hat die Augen nicht geöffnet, seine Schnauze ist gefältelt, und mitten auf seinem Bauch trocknet ein Zipfel der braunen Nabelschur.

Die Finger des Jungen sind steif, und der Körper des Hündchens wärmt sie auf. Der Geruch von Benzin und Ammoniak macht ihn schwindelig. Auch der Welpe riecht, fremdartig, nach feuchtem Fell und geronnener Milch. Seine kleinen, bekrallten Pfoten versuchen seine Hände zurückzustoßen. Jonas legt ihn zu den andern, und er torkelt sofort in die Nähe der Hündin zurück. Albin hebt den Schwanz der Hündin, zeigt mit dem Kinn auf ihr blutbeflecktes Geschlecht und einen Fetzen bläulicher Plazenta, auf dem sie liegt.

– Das ist ja eklig, sagt Jonas.

– Das ist die Fruchtblase. Sie frisst sie auf. Wirst schon sehen, sie hat schon alle andern aufgefressen.

Jonas zieht eine angewiderte Grimasse.

– Na dann los, sagt Albin, machst du es?

Als sie die Welpen entdeckt haben, sind die Jungen zu Armand und ihrem Großvater gerannt, um ihnen davon zu erzählen. Aber der alte Mann will nichts mehr wissen von diesen herumstreunenden Hunden, die an die Wände seines Hauses pissen, Nacht für Nacht zum Gotterbarmen heulen und die Mülltonne durchwühlen. Armand hat den beiden einen dicken Jutesack in die Hand gedrückt.

– Ihr tut sie da rein, macht gut zu, beschwert das Ganze mit einem großen Stein und schmeißt den Sack ins Wasser, kapiert?

Der Sack liegt vor ihren Füßen auf dem gestampften Boden der Fischerhütte, und sie schauen ihn an, dann schauen sie zur Hündin mit den schwarzen Augen und zu den Welpen, die verbissen säugen, sich gegenseitig gewaltsam zur Seite drücken.

– Nein, du, sagt Jonas.

Albin schlägt ihm auf die Schulter.

– Feigling!

Er beugt sich hinunter, öffnet den Jutesack und nimmt mit der einen Hand einen Welpen nach dem andern, während er mit der anderen den Sack offen hält, und legt sie hinein. Die Hündin schnüffelt an seiner Hand, wenn er sie ins Nest taucht. Sie leckt schüchtern seine Finger, doch die Welpen winseln immer lauter, und sie wird unruhig, dreht sich und beginnt ebenfalls zu winseln.

– Macht sieben, sagt Albin.

Sie betrachten die Welpen, die in den Falten des Sackes krabbeln und strampeln.

– Wir könnten sie woanders hinbringen, sagt Jonas, und Papa nichts sagen.

– Was ist los? Hast du Schiss? Fängst wohl gleich an zu flennen, was?

– Nein, sagt Jonas.

Die Hündin ist aufgestanden, das Nest mit der ausgebreiteten Plazenta und den Papierschnitzeln ist leer. Sie kreist nervös um ihre Beine.

– Wir müssen es so machen, wie der Alte gesagt hat, erwidert Albin.

Sie verlassen die Hütte, die Hündin im Schlepptau. Sie gehen Richtung Wasser auf einen schwankenden Bootsanleger zu, dessen Füße in düstergrünem Schlick stecken. Lange braune Algen schlängeln sich darunter. Die Hündin kläfft, schnuppert am Sack, in dem ihre Jungen piepsen, aber Albin streckt den Arm aus, hält ihn höher, und die geschwächte Hündin springt hoch, um wimmernd auf die Beine zurückzufallen. Sie verjagen sie mit Fußtritten, werfen die Steine nach ihr, mit denen sie ihre Taschen vollgestopft haben. Sie entfernt sich knurrend, bleibt mit gerecktem Hals am Rand des Bootstegs sitzen; reglos beobachtet sie die beiden. Albin stellt den Sack auf eine verwurmte Holzplanke, öffnet ihn und schiebt einen flachen Stein zwischen die Welpen. Jonas nimmt Bast aus seiner Tasche, rollt es notdürftig um den Stoff, zieht zu und macht mehrere Knoten. Die beiden Brüder richten sich auf. Der Sack zu ihren Füßen zuckt unter den fiebrigen Bewegungen der Welpen. Der Seewind bläst in ihre Mäntel und auf die feuchten Nacken. Sie frösteln, stehen steif und bewegungslos da, bis Albin plötzlich den Sack packt und ihn mit aller Kraft ins Wasser schleudert.

Sie hören schwere Schritte auf dem Steg und drehen die Köpfe in Richtung der Häuser. Armand stößt zu ihnen: Die Hände vor dem Mund, versucht er sich an der feuchten Atemluft die Finger zu wärmen. Er bleibt vor seinen Söhnen stehen und sieht mit ihnen ins Wasser. Die Hündin ist ihm gefolgt und setzt sich neben ihn, neigt den Kopf leicht und wimmert leise.

– Ist es erledigt?

Die Jungen bejahen und schlucken, denn jetzt zieht es in ihren Bäuchen. Sie wollen gerade den Weg zurückgehen, als irgendetwas Jonas' Aufmerksamkeit auf sich zieht. Eine weiße Form gleitet durch die Wellen und wird von der Strömung gegen den Ponton getrieben. Sie strandet sanft in den Algen, von Blasen geperlt. Es ist ein helles Pelzknäuel. Einer der Welpen, leblos. Ein paar Meter weiter weg taucht ein zweiter durchs Wasser, und bald ist über das Wasser verteilt der ganze Wurf aufgetaucht. Welpen, manche reglos wie große Wollknäuel, andere strampelnd im Versuch, die Schnauzenspitze aus dem Wasser zu bekommen.

– Jonas hat den Sack nicht richtig zugebunden!, schreit Albin mit schriller Stimme.

– Bist du nicht mal fähig, einen richtigen Knoten zu machen?

Jonas sträubt sich der Nacken vor Angst, und er greift

nach einem Holzstecken, der auf dem Ponton liegt, um die Hündchen ins Wasser zurückzustoßen.

– Hör auf damit, schimpft sein Vater, für heute hast du genug Blödsinn gemacht. Wir gehen, beeilt euch.

Sie entfernen sich langsam über den Ponton. Als Jonas sich umdreht, sieht er, wie sich die Hündin hinunterbeugt, um die Überreste der Welpen mit dem Gebiss zu packen und eins nach dem anderen auf die Planken zu legen. Armand geht mit mürrischer Miene hinter ihnen und schiebt Jonas vor sich her, um ihn zur Eile anzutreiben.

*

Am Vortag hat die Saison des Fischerstechens begonnen, und ganz Sète ist aus dem Häuschen. Sie gehen von der Oberstadt zum Kanal hinunter, wo sich auf den Kais die Menge der Schaulustigen und Fans drängt. Fanny freut sich, dass Bogdan dabei ist, ein munterer Rumäne, der seit ein paar Tagen bei ihnen lebt: Er spricht ein wenig Französisch, mit einer ganz rauchigen Stimme von dem Pfeifentabak, den er zu Zigaretten rollt und dessen Geruch an Lebkuchen erinnert. Es ist ein untersetzter Mann mit groben Zügen, in dessen Gesicht dennoch etwas Treuherziges, eine triviale Schönheit durchscheint. Er interessiert sich für die Kinder, ist stets zu einem Spiel bereit, packt sie an Armen und Beinen und dreht sich um sich selbst, bis sie ganz benommen sind. Wenn er sie wieder zu Boden setzt, taumeln die Kinder, ihre Augen glänzen, sie kugeln sich vor Lachen. *Wenn doch nur alle Matrosen so umgänglich wären*, denkt Louise. Er trinkt nie ein Glas über den Durst, was Armand ebenfalls zur Mäßigung zwingt, und sie schaut ihnen gerne beim Spielen zu. Seine große Geduld hat Fanny für ihn eingenommen. Man könnte sie für eine Familie halten, wie sie da auf den

Hafen zumarschieren, mit Bogdan als ihrem entfernten, liebenswürdigen Cousin.

Armand fasst Louise um die Taille. Er flüstert ihr Nichtigkeiten ins Ohr, die sie entzücken, und sie schmiegt sich enger an ihn, wiegt sich absichtlich, damit er den Druck ihrer Hüften an den seinen spürt. Bogdan legt seinen Arm um Fannys Schultern, seine breite Hand auf Jonas' Kopf, der fast ganz und gar darin verschwindet. Albin geht ihnen voran, rennt die Straßen hinunter, wieder zurück, zerzaust und feucht. In diesen Augenblicken gelingt es Louise zu glauben, dass Armand so bleiben könnte, wie er jetzt ist, und der Borkenmann nie mehr zum Vorschein käme. Jener Armand wird nur noch eine schmerzliche, bald eine unangenehme Erinnerung sein, und schließlich kaum mehr eine Erinnerung.

Sie erreichen die Kais, wo die Zuschauer wellenweise vorrücken, sich gegen den Kanal drängen, und diese anonyme Menge zwingt sie zusammenzurücken, in einem Gefühl der Verbundenheit dicht nebeneinander zu gehen. Fanny strahlt ihre Mutter an. Jonas drückt sich an ihr Bein, legt einen Arm um ihren Schenkel und presst ein Kuscheltier mit speicheldurchtränktem Ohr an den Mund. Albin stampft und jauchzt, zeigt mit dem Finger auf die Fähnchen und die Banderolen, die träge durch die schwere, lichtgesättigte Luft flattern. Sie arbeiten sich in langsamen Schritten durch die Sitzreihen, mitten durch Gedränge, Gejohle und Gelächter, denn schon gleiten die Boote über das bewegte Wasser. Auf der Plattform schützen sich die weiß gewandeten Kämpfer mit ihren Schilden und halten die Lanze in Bereitschaft vor sich hin. Die wagemutigsten unter den Zuschauern richten sich auf dem Wasser ein, auf Schiffen, Bojen oder Luftmatratzen. Bogdan setzt sich auf eine Bank und bietet Fanny seine Knie an. Louise hinter ihnen trägt Jonas auf dem Arm. Fanny vertieft sich ins Schauspiel, an den starken Oberkörper von Bogdan gelehnt, der sein Kinn manchmal auf ihre Schulter legt, und wenn sie ihren Kopf etwas nach hinten neigt, lehnt ihr Nacken an seiner Schulter. Die Haare auf seinen Beinen kitzeln die nackte Haut ihrer Schenkel. Hin und wieder dreht er sich zu Armand um, die beiden Männer tauschen ein paar Worte und geben sich eine Zigarette weiter, an der sie abwechselnd ziehen.

Fanny spürt, wie sich der Stoff ihres Kleides und der von Bogdans Short unter ihr spannt. Sie weiß sofort, was es ist, was da unter dem Andrang von Blut unter ihren Hinterbacken zuckend anschwillt, und ihr Magen höhlt sich aus, als würde er zersetzt durch den heftigen Abscheu, den diese Berührung in ihr auslöst, und durch diese unbekannte Empfindung, die jedoch nicht nur unangenehm ist. Fanny will aufstehen, sich dem Druck entziehen, der weiterpulsiert wie eine in einem Tuch gefangene Schlange, der sie abstößt und beschämt, aber Bogdan macht keine Anstalten, von Fanny abzurücken. Er drückt sich im Gegenteil noch fester an sie, schaukelt jetzt hin und her in einer Bewegung, die nur sie allein wahrnehmen können. Fannys Mund wird trocken, sie wagt nicht aufzustehen und dreht ihrer Mutter ein rotes, aufgelöstes Gesicht zu. Louise lächelt, während der Matrose, ermutigt durch die Reglosigkeit des Mädchens, die Hände auf ihre Schenkel legt und geschickt den Stoff ihres Kleides fältelt und mit einer erstaunlichen Unauffälligkeit bis zur Hüfte aufsteigt, die Finger bis zum Po wandern lässt und den Rand der Vulva drückt, dort, wo das Gummiband in die Leistenhaut schneidet. Wenn Albin sich zu ihnen umdreht, zieht Bogdan die Hand ganz natürlich zurück, um sie noch bestimmter zurückzulegen, sobald der Junge seine Aufmerksamkeit wieder den Kämpfen zuwendet.

– Alles ist gut, säuselt er ihr in seinem behelfsmäßigen Französisch, das ihr jetzt erbärmlich vorkommt, ins Ohr. Alles ist gut. Weißt du, morgen geh ich weg, also sollten wir noch einen schönen Tag verbringen. Das ist doch ein schöner Tag, nicht? Hier, du und ich, zusammen … Du bist ein wunderbares Mädchen, ich hab dich sehr lieb. Das weißt du doch, dass ich dich sehr lieb habe, nicht?

Der strenge Geruch seines Atems verschärft noch Fannys Abscheu, und Bogdan schafft es geschickt, den Finger unter das Gummiband des Höschens zu stecken, um über den Flaum ihres Schambergs, den Spalt ihrer Lippen zu streichen. Fanny ist wie gelähmt durch die Nähe von Armand und Louise, die Kühnheit des Matrosen und diese ersten Regungen einer Sinnlichkeit, die ihr den Bauch umschnüren. Sie beugt sich etwas nach vorn, stellt die Ellbogen auf die Schenkel, um die Hand zurückzudrängen, sie vom Eingang ihres Geschlechts wegzuschieben, aber für einen winzigen Augenblick schafft es Bogdan, ein Fingerglied zwischen ihre kleinen Lippen zu drücken. Dann zieht er die Hand zurück, führt den Finger an die Nase, schnuppert leidenschaftlich den Duft dieses Kindergeschlechts, schiebt ihn zwischen seine Lippen und leckt ihn bedächtig. Endlich nimmt er den feuchten, speichelglänzenden Finger aus dem Mund, lächelt Fanny an. Sein Gesicht unterscheidet sich nicht von der gewohnten Heiterkeit.

– Morgen bin ich weg. Morgen bin ich weg und das wird nichts als ein Traum sein, ja, schön wie ein Traum, wiederholt er in ihr Ohr.

Sein Atem ist warm und kurz. Fanny dreht sich zu Louise und spürt, wie sich Bogdans ganzer Körper augenblicklich anspannt. Sie fühlt seinen Puls, der anschwillt und heftig an ihren Rücken klopft. Jonas ist trotz des Trubels ringsum auf den Knien seiner Mutter eingeschlafen.

– Mama, sagt Fanny, ich will nach Hause, ich habe Bauchweh.

Louise zieht die Brauen hoch, versucht sie mit einem vorwurfsvollen Blick zu beschwichtigen. Warum muss ihre Tochter diesen herrlichen Nachmittag verderben?

– Es tut so weh, insistiert Fanny, ich will nach Hause.

Mit einem kurzen Blick fleht Louise Armand an, einzugreifen, aber er dreht sich demonstrativ ab. Schließlich steht sie auf, und während die ganze Sitzreihe gezwungen ist, sich ebenfalls zu erheben, um sie vorbeizulassen, zieht sie Fanny am Handgelenk hinter sich her, heftiger, als nötig gewesen wäre. Aber die Nervosität ihrer Mutter zählt nicht, Fanny ist alles lieber als noch länger Bogdans Nähe ertragen zu müssen. Außerdem hat sie nicht gelogen, ihr Bauch bereitet ihr Schmerzen und sie fühlt sich fiebrig. Bevor sie sich ganz aus der Zuschauerreihe gekämpft haben, dreht sich Louise zu der Jugendlichen um:

– Du bist wirklich eine kleine Egoistin.

Sie versinkt in ein Schweigen, aus dem sie bis zum Abend nicht wieder auftaucht, als die Männer und die Jungen nach Hause kommen.

Von Bogdan wird Fanny tatsächlich nur den Eindruck eines Traums. Sein Gesicht wird verschwinden, ebenso die Empfindung seiner Hand und des in sie eingedrungenen Fingers, und wenn man ihr in Erinnerung ruft, wie sehr sie den Matrosen vergöttert hatte, dessen Name bald gar nichts mehr in ihr hervorruft, wundert sie sich.

Was von diesem Sankt-Ludwigs-Tag zurückbleiben wird, ist der Eindruck eines blauen Himmels, so blau, dass er weiß scheint, unerträglich für den Blick; einer knallenden Sonne, die über die Stadt hinausfunkelt, und von Lärm, vom Gejohle der Menschen, das in die schwammige Luft aufsteigt, höher steigt und sich in der Patina des Himmels auflöst. Das eigenartige Gefühl einer Aversion gegen die Erinnerung an den Strand und die Hand des Fremden auf dem Schenkel ihrer Mutter, als ob die Zärtlichkeit in gewisser Weise sie und nicht Louise beschmutzt hätte. Dann, bis zur Unkenntlichkeit verwässert, verwandelt und unscharf, diese Worte von Louise, dieses Drängen, Bogdans Berührungen über sich ergehen zu lassen, ihren bösen Vorwurf. Das undefinierbare Sediment in einem Winkel ihres Bewusstseins, wo der hartnäckige Groll Fannys auf ihre Mutter sich verwurzelte und heranwuchs.

*

Ich komm nicht mehr in dir, sagt Fabrice.

Er zieht das Kondom von seinem schlaffen Geschlecht, wirft es auf den Teppich am Fußende des Bettes, der im Halbdunkel des Zimmers braun wirkt, und schlüpft wieder unters Laken. Jonas umfängt ihn mit den Armen. Als Fabrice aufgestanden ist, hat er die Spuren an seiner Seite bemerkt, die Magerkeit, die noch stärker geworden war von dem Fasten, das er sich auferlegt hat, um sein Blut zu reinigen.

– Ist nicht schlimm, sagt Jonas und drückt sich an ihn.

– Doch, ist schlimm, antwortet Fabrice.

Jonas zuckt die Schultern. Er schmiegt sich noch enger an ihn in der Hoffnung, ihn beruhigen oder entspannen zu können.

– Ich hab sowieso keine Lust, sagt er leise lachend.

– Das kann ich verstehen, dass du keine Lust auf mich hast. Ich kann mich ja selbst nicht mehr im Spiegel ansehen. Mein eigenes Sperma widert mich an. Wenn ich gekommen bin, muss ich immer auf der Stelle duschen, mich abreiben, als könnte ich dieses Zeug loswerden. Aber du, Jonas, du solltest leben, du solltest unter den Lebenden sein.

Jonas seufzt, setzt sich auf und angelt nach der Zigarettenpackung auf dem Nachttisch. Fabrice hebt das Laken und zeigt seine mageren Schenkel, die vorspringenden Hüftknochen. Er klemmt sich in die Haut auf dem Bauch:

– Mach ich etwa Lust, mich zu berühren, mich zu ficken?

Jonas weigert sich, diesen kachektischen Körper anzusehen, wieder dieses allzu schmerzhafte Spiel zu spielen. Sie rauchen schweigend. Plötzlich wirft Fabrice seinen Stummel in ein halb gefülltes Glas Wasser und sagt:

– Weißt du was? Es ist aus.

– Was ist aus?

– Mit uns zwei, wir machen Schluss.

Er springt aus dem Bett, liest den Slip vom Boden auf, streift die Hose über.

– Du weißt nicht, was du schwafelst. Komm schlafen, es ist zwei Uhr nachts, fleht Jonas.

Fabrice streift ein T-Shirt über die nackte, abgezehrte Brust.

– Nein, nein, im Gegenteil, ich sehe völlig klar! Ich sehe vollkommen, außerordentlich klar. Es ist lächerlich zu glauben, wir könnten so weitermachen, dass du mich weiterliebst und ich mich immer weiter auflöse, und all das, ohne der Wahrheit ins Gesicht zu sehen. Kannst du mir sagen, wohin das führen soll? Mensch, was tust du da eigentlich bei mir?

Er ist nervös und bleich, an seinem Hals schwillt eine Vene.

– Na ja … ich liebe dich, sagt Jonas, so einfach ist das, scheint mir.

– Dann sollst du wissen, dass ich auf diese völlig idiotische, völlig absurde Liebe pfeife, auf diese Liebe, die nicht mal fähig ist, mich gesund zu machen, die nichts bringt, die mich zwingt, dich mit mir in diesem Bett einzusperren, mir einzureden, dass ich dich nicht abstoße. Diese Liebe macht dich blind und blöd. Sie erinnert mich jede Sekunde daran, dass ich voll bin von diesem Gift. Ich vermodere innerlich und liege in deinen Armen, während du noch das ganze Leben vor dir hast.

Er zieht seine Jeansjacke über, Jonas will etwas sagen, aber Fabrice springt auf ihn zu und legt ihm die Hand auf den Mund. Jonas kämpft, aber Fabrice ist erstaunlich stark, und er gibt auf, da er weiß, dass sie sich prügeln würden.

– Sei still, sagt Fabrice, sag jetzt nichts, wenn deine Gefühle für mich so stark sind, wie du sagst, dann sag nichts.

Er zieht die Hand zurück, und Jonas' Kehle ist so zugeschnürt, dass er nicht mehr sicher ist, ob er überhaupt noch ein Wort herausbrächte.

– Das alles kommt uns furchtbar dramatisch vor, aber so schlimm ist das gar nicht, weißt du. Wir basteln uns Dramen zurecht ohne jede Bedeutung. Das ist der menschliche Hang zur Tragödie. Jonas, ich möchte, dass wir uns nicht an diesen Abend erinnern, dafür an alle anderen zuvor. An all jene, an denen wir uns richtig, heftig geliebt haben. An die makellosen Stunden. Und die sind jetzt vorbei, das weiß ich. Was jetzt noch kommt, sind nichts als Fehlschläge, Verzweiflung, Resignation, also müssen wir jetzt aufhören, im besten Moment, und nicht alle vergangenen Momente besudeln.

– Leck mich doch am Arsch, sagt Jonas.

Fabrice lächelt, beugt sich hinunter, küsst ihn auf die Stirn, die rechte Schläfe, den Wangenknochen, die Nase, die Lippen, die Halsbeuge, richtet sich auf und geht. Einen winzigen Moment hält er auf dem Treppenabsatz inne, bleibt reglos im rotvioletten Schatten stehen, ohne dass es möglich ist, die Züge seines dem Bett zugedrehten Gesichts zu erkennen. Als er allein ist, raucht Jonas und denkt, dass Fabrice zurückkommen wird. Dass er nicht ohne ihn auskommt. Er ist sich sicher, ihn zu besitzen. Aber die Worte hallen in seinem Kopf wider, und die Küsse auf seiner Haut sind eine Zärtlichkeit, die verfällt.

*

Louise taucht in die feuchte morgendliche Kälte ein. Ihre Mutter schließt die Küchentür und zieht den Wollschal fest um den Hals ihrer Tochter. Louise fühlt die raue Haut ihrer Finger.

– Der Winter ist früh dran dieses Jahr, sagt ihre Mutter.

Der Oktoberhimmel ist von jungfräulicher Blässe, über dem reifbedeckten Gras hängt noch immer der nächtliche Nebel. Sie mag dieses Landesinnere, die Landschaft rund um den Hof, die kleinen Täler mit den Wiesen, auf denen das Vieh weidet, das Fell morgens taubedeckt unter dem Schieferhimmel, aus dem das Licht blitzt und die Felder zum Glitzern bringt. Dann diese kleinen grauen, zwischen zwei Feldern erstarrten Bauernhöfe. Das Dach funkelt wie eine Eisfläche unter dem Raureif. Die Schritte von Louise und ihrer Mutter knirschen, der kristallisierte Schlamm und die kurzen Weidelgrastriebe biegen sich und brechen, ihre Schuhe werden nass. Der Vater ist bereits auf dem Feld; sie bleiben einen Augenblick stehen, betrachten seine Silhouette und die des Maultiers in der Ferne, im dichten Nebel, wo die aufgewühlte Erde dampft, tauschen Handzeichen.

Im Stall streut einer der Brüder das Futter vor die Füße der Ziegen. Die Hunde bellen, jagen über den Hof, werfen Schlammspritzer auf, springen an ihnen hoch, verdrecken ihre Kleider. Die Mutter öffnet die Tür zum Geflügelstall, wo die Hühner sich flügelreckend um die Futtertröge scharen. Louise atmet tief ein. Sie mag den frühen Morgen in den Cevennen: den schlaftrunkenen Hof, den Geruch vom Schnaufen der Tiere, den heiseren Schrei des Hahns und das Gekläff der Hunde, das Geräusch des Weizens in den eisernen Trögen. Lange hat sie geglaubt, etwas anderes als diese steinigen Hügel, die im Ofen erkaltende Glut und den Geruch der Asche, die spröde Anwesenheit der Ihren gäbe es nicht. Die Welt bestand aus diesem rohen, unberührten Universum, dieser idyllischen Landschaft. Einige Jahre nach dem Krieg beginnt sie von etwas anderem zu träumen, ihrem Leben Bedeutung zu verleihen, wollte nicht mehr dieser Mutter gleichen, die bis zu den Knöcheln voller Hühnerdreck im Geflügelstall herumwuselt, das schöne Gesicht zerfurcht wie der Stein von den Winterfrösten.

Von Sète kennt sie nur den Namen, aber es scheint ihr, etwas Begehrenswerteres als das Leben dort, von dem sie gar nichts wusste, gäbe es nicht, als dieses Meer, gegen das sie die lang gezogenen Weinberge, die Felder mit den hohen Sonnenblumen und dem reifen Weizen tauschen will. Dort unten, denkt sie, im Treiben der Häfen, mit den abfahrbereiten Schiffen und ihrer triumphalen Rückkehr, gäbe es etwas zu leben, ein abenteuerliches Leben, das mit Unvorhersehbarem und phantastischen Träumen aufwartet. Louise atmet tief ein und beschließt, wegzugehen und das Meer zu sehen, auf ihren Lippen endlich den Geschmack von Salz, den Geschmack der Erfüllung, zu spüren. Sie mag die Kälte auf ihrer Haut, die unerschütterliche Ordnung des morgendlichen Rituals auf dem Hof.

*

Den ganzen Tag sind sie hinter ihrem Vater hergegangen, bis in diese Stadt, deren Fassaden, von den Granaten ausgehöhlt, das verwüstete Innere entblößen, im Geröll herumliegende Kleider, unter den Trümmern begrabene Möbel. Ihre Haut ist schwarz von Staub, Ruß und Erde. Armando und Antonio verstummen vor der Obszönität der aufgeschlitzten Häuser, auf denen ihr Blick nicht zu verweilen wagt. Der Vater schweigt, stützt sich auf einen Holzstock, um über die Steine hinwegzusteigen. Er ist erstaunlich gelenkig trotz seines steifen Beins, und von Zeit zu Zeit dreht er sich um, warnt die Kinder vor einem Hindernis. Es sind die einzigen Worte, die er an sie richtet. Sie gehen vorbei an entgeisterten Familien, flüchtigen Schatten, durch die Finsternis huschenden Harpyien. Jetzt, wo die Nacht hereinbricht, schlafen die Säuglinge mit den kohlschwarzen Gesichtern in den Armbeugen ihrer verstörten Mütter. Da und dort gehen Feuer an, alles Mögliche wird hineingeworfen: Bücher, kaputte Stühle, kleine Möbel. Die Flammen züngeln die Wände hoch, röten die Fassaden. Manchmal halten die Männer ihre schwarzen Handflächen vor die Glut und wärmen sich. Die Luft stinkt nach Ruß, verbranntem Stoff, erschöpften Körpern.

Sie finden den Bahnhof, eine Anhäufung zerschlagener Steinblöcke, blau im Halbschatten, zwischen denen sich die Familien auf dem, was von den Bahnsteigen übrig geblieben ist, zusammendrängen. Der Vater befiehlt ihnen, sich zu setzen, Antonio und Armando gehorchen, ruhen die erschöpften Beine, die schmerzenden Muskeln aus. Der Vater geht auf eine Frau in grauen Lumpen zu.

– *Sapete se ci sarà un treno domani?*[1]

1 Wissen Sie, ob morgen ein Zug fährt?

Die Alte zuckt die Schultern. Sie zeigt auf die armen Schlucker auf dem Bahnsteig:

– *Tutti aspettano, figlio mio, non si sa nulla. Si siede e fà come noi altri.*[1]

Der Vater sieht zu, wie sie sich entfernt, und kehrt zu seinen Söhnen zurück. Wortlos befreit er sich von seinem Jutesack und lässt sich auf den Boden sinken, streckt das linke Bein vor sich hin, zieht das andere unter seine Arme. Armando spürt den strengen Geruch seiner Füße. Er hat Hunger, sein Magen kneift und knurrt, aber wird nichts verlangen, er weiß, solange der Vater nicht den Befehl erteilt, wird nicht gegessen. Sie haben nur ein wenig Brot, trockenes Fleisch und Wasser. Er schaut auf die Straße, die durch einen Riss in der Mauer zu sehen ist. Eine Kolonne deutscher Soldaten marschiert vorbei, gefolgt von einem Lastwagenkonvoi. Der gutturale Klang ihrer Stimmen grollt durch die inzwischen tiefe Nacht. Armando denkt an die Mutter, die im Dorf geblieben ist, an die Schwestern. Er wendet das Gesicht ab, damit der Vater ihn nicht mehr sehen kann, und unterdrückt ein Schluchzen. Mit der Hand tastet er nach Antonios Arm, aber sein Bruder entzieht sich, gibt sich abgehärtet.

Schließlich steht Armando auf, geht ein paar Schritte, liest Steine vom Boden auf, bis er plötzlich in der Dunkelheit auf der Spitze eines Geröllhaufens eine Hand aus den Trümmern ragen sieht. Lange bleibt er stehen und betrachtet sie: Die Haut ist grau, staubverklebt. Der Arm beugt sich in einem absonderlichen Winkel, die Finger fallen eigenartig herab, geziert beinah. Trotzig wirft Armando einen Stein nach dem andern auf den Arm. Manche treffen lautlos auf das fahle

1 Alle warten, mein Sohn, das weiß niemand. Setz dich hin und mach es wie wir alle.

Fleisch, kullern dann die Trümmer hinunter. In einiger Entfernung beobachtet ihn die Alte, die sein Vater angesprochen hat. Armando traut sich nicht mehr zu werfen, Kummer und Verzweiflung stehen in ihrem Gesicht. Eine Hand packt ihn an der Schulter, zwingt ihn, den Stein loszulassen und sich umzudrehen. Die Gestalt des Vaters überragt Armando, aber es ist nicht Zorn, was er in seinem reglosen Gesicht liest, nur der Ausdruck von Ratlosigkeit.

– *Cosa fai?,*[1] fragt er ihn mit einer Bassstimme.

Armando antwortet nicht.

– *Torna a sederti e non muoverti più.*[2]

Er gehorcht eilig, drückt sich an seinen Bruder, der seine Nähe diesmal zulässt. Bald schläft er, erschöpft vom langen Marsch, ein.

Viele Jahre wird Armand von Leichen träumen, die aus riesigen Ruinen auftauchen. Da seine Erinnerung nicht zu dem kleinen zerbombten Bahnhof zurückfindet, wird er schweißüberströmt aufwachen und Louise nichts sagen von dem zerfließenden, grauen, geäderten Fleisch, das Nacht für Nacht immer wieder zwischen den Steinen hervorquellen wird. Er wird in einem fahlen Zimmer wach liegen, von einem seltsamen Schuldgefühl ergriffen, seine schlafende Frau neben sich. Im Augenblick jedoch fällt Armando auf diesem Bahnhof in einen tiefen Schlaf, schwarz wie eine Nacht des Exils.

*

Die Gesichter in die Krägen ihrer Blousons vergraben, sind sie durch den heftigen Winterwind bis zum Aresquiers-Strand hinausgefahren, während ein stürmischer Himmel

1 Was machst du da?
2 Setz dich wieder hin und rühr dich nicht vom Fleck.

über sie hinwegfegt, Strahlen von grünem, Strahlen von grauem Licht auf die Dünen wirft.

Camille ist seinem Bruder voraus. Er radelt wie eine Tänzerin, seine Wangen sind von der Kälte gerötet. Jules ist ihm dicht auf den Fersen. Der peitschende Wind treibt ihm Tränen in die Augen. Er hält die Lider halb geschlossen, offen genug jedoch, um die Silhouette seines Bruders genau zu sehen, die hin- und herschlenkert, den blonden Kopf hinein ins Getümmel gedrückt, die Ellbogen in der Haltung eines Sprinters angehoben. Die beiden Kinder kämpfen gegen den Wind an, der sie zurückdrängt, ihnen in die kleinen Nasen dringt, die Luft zum Atmen nimmt. Sie sperren die Münder auf, saugen einen dünnen Luftstrom ein, und von ihren Stirnen perlt der feine Nieselregen, der sich auf ihren Zungen sammelt. Ihre Ohren schmerzen, ihre Finger sind starr vor Kälte, doch die Geschwindigkeit und die Schroffheit des Winters elektrisieren sie. Endlich lassen sie die Räder zu Boden fallen, stoßen Schreie und Lachen aus, die der Wind sofort verschluckt, jagen hintereinander her über die Flanke der Düne, drücken ihre Finger in den Sand, der nachgibt und unter ihren Füßen davongleitet. Oben angelangt, lassen sich Camille und Jules auf den Hintern fallen und hinunterrollen bis über den Strand.

In dieser höchsten Erregung wird Jules steif in der Hose seines Trainingsanzugs. Das Spiel hat ihn angeheizt, das Meer mit den Granittönen, das sich tobend vor ihren Augen entrollt, die Anwesenheit seines Bruders, das berauschende Gefühl ihrer absoluten Übereinstimmung. Jules erahnt das Schwanken, die Wandlung, die Empfindungen, die der Zinkhimmel, die auf dem grünlichen Sand gebrochenen Klingen und das Fauchen der Wellen in Camille erzeugen. Trotz Albins Anstrengungen, sie auseinanderzuhalten, entgeht Jules nichts von dem, was in seinem Zwillingsbruder vorgeht. Er ist sich sicher, dass sie beide, als sie die Düne hinuntertoben, die winterliche Wehmut, diesen kalten, sinnlichen Atem spüren, durch den sie atemlos gleiten. Dieselbe ungemeine, köstliche Wollust. Camille lässt sich in den feuchten Sand fallen, auf den Stoff seines Mantels und seinen Handrücken legt sich ein schillernder Sandfilm, auf dem Quarzteilchen funkeln. Sein Atem, in den Wind gestoßen, wird blau im Gegenlicht, bevor er sich auflöst. Jules wirft sich ebenso zu Boden, seine Knie ziehen Furchen durch den Kies. Er drückt seine Hände in den Sand, hebt einen zerzausten Kopf zum Meer. Die Gischt, mit Regen vermischt, die der Meerwind auf ihre Gesichter peitscht, tropft ihnen über Stirn und Wangen und zieht helle Linien durch den Staub auf ihren Hälsen. Unversehens packen, umklammern sich die Brüder, wirbeln herum, prügeln schreiend und lachend auf Arme und Beine ein. Sie biegen sich unter dem Gewicht des einen, unter dem Gewicht des andern, ihre erschöpften Muskeln zittern. Der Winter brennt in ihren Kehlen. Jules ist elektrisiert von Camilles Griff um seine Handgelenke, vom Druck seiner mageren Arme um seinen Oberkörper, wie er es bei ihren zahllosen Gefechten, ihren unermüdlichen Spielen nie gewesen war.

Das Toben des Strandes, über den Büschel von trockenen Algen fegen, scheint sich auf die Umarmung der Brüder zu übertragen, die Spannung in ihren Gliedern zu steigern, und in Jules' Unterhose regt sich sein Geschlecht und wird hart. Ungeschickt sucht er mit der Hand zwischen den Schenkeln von Camille unter der Jogginghose nach einem entsprechenden Aufruhr, nach der Andeutung eines entbrannten Feuers, ähnlich dem seinen, an das er sich drücken, an dem er sich reiben würde aufs Natürlichste der Welt, damit ihre Lust sich gemeinsam Bahn bricht. Ihre Lust hätte nichts Misstönendes, ihre Gesten nichts Isoliertes. Nie ist das Vergnügen des einen von dem des andern zu trennen, sie nehmen sie einander abwechselnd voraus. Ihre eigene Lust ist immer nur eine Spielart ihres gemeinsamen Durstes. Jules aber bekommt nur eine Stofffalte zu fassen, die Andeutung eines kleinen schlaffen Glieds, als wäre es kaum vorhanden, und während sein Bruder seine Hand zurückstößt, ihm einen Ellbogen in den Bauch drückt, liest Jules auf seinem Gesicht ein perplexes Erstaunen. Für einen kurzen Augenblick taucht Camilles Gesicht über ihm auf, vor dem tobenden Himmel, an dem sich Quecksilberknäuel dem Meer entgegenwälzen. Ein durchsichtiger Speichelfaden, von Sandkörnern durchzogen, läuft vom Mundwinkel zum rechten Ohrläppchen. Sein dunkler Blick erforscht den von Jules, versucht den Sinn seiner Geste zu deuten, und zum ersten Mal stellt sich eine spürbare Verwirrung, die sie jedoch nicht benennen können, zwischen sie, wirft sie aus der Bahn, schleicht sich zwischen den winzigen Raum, den ihre miteinander verwickelten Körper zulassen auf dem tobenden Strand, und wächst.

Ein Augenblick, eine Sekunde nur, und das Band, das die Jungen für unauflöslich hielten, ist nur noch ein dünner Faden, der sich vor der Beharrlichkeit ihrer Blicke weiter verschleißt, schließlich unter der Kraft ihrer Hände reißt. Camille und Jules haben eine rätselhafte Vision vor sich, in der der andere zu einer entfernten, unergründbaren Gestalt wird. Camille schlägt mit der Faust auf die Schulter seines Bruders, dann lässt er sich neben ihn gleiten:

– Scheiße, was machst du da?

Jules, dessen Gesicht rot angelaufen ist, springt auf und setzt sich auf ihn, würgt mit aller Kraft seinen heißen, feuchten Hals.

– Nichts, antwortet er fieberhaft.

Er drückt gewaltsam auf diesen bleichen Nacken in der Kapuze des Anoraks, während Camille ihn an den Handgelenken fasst, ihn hinunterzuwerfen versucht, damit er loslässt. Ein ungeahnter Zorn bricht in Jules aus, ein Groll rollt durch seine Venen und seine Glieder. Die Abfuhr seines Bruders ist ein tiefer Verrat, der sein Gift in ihm ausbreitet. Eine heimtückische Welle wälzt sich brennend durch seinen Bauch, rötet seine Wangen, getrieben von der unerträglichen Distanz zwischen ihnen.

Camilles Abweisung kommt einer Verbannung gleich. Jules möchte den Augenblick ungeschehen machen und drückt noch stärker, noch verzweifelter auf den Hals seines Bruders, der nach Luft ringt, sich abstrampelt, mit der Hand in Jules' Gesicht fährt, ihn aufs Kinn schlägt. Einen langen Augenblick verharren die Jungen stumm und reglos, beobachten den schwarzen Himmel und das Grollen des Strandes. Der Regen fällt nun dicht auf sie herab. Schwere Tropfen klatschen ihnen die Haare auf die Stirn. Jules' Wut ist eine Glut in seiner Kehle, eine Leere in seinem Magen. Natürlich hätte er Camille losgelassen. Um seine Geste nicht bedeutender zu machen, richtet sich der Junge beherzt auf und rennt auf die Düne zu.

– Wer zuletzt kommt, hat verloren, ruft er herausfordernd über die Schulter.

Camille liegt noch immer im Sand und versucht, Atem zu schöpfen, schluckt, hält die Hand an den Hals und tastet nach seiner schmerzenden Luftröhre. Er dreht sich nach seinem Bruder um, der bereits die Düne hochsteigt, den Sand greift, um sich herum braune Spritzer aufwirbelt. Endlich stützt sich Camille auf den Ellbogen, rollt zur Seite und steht auf. Das Spiel geht weiter, sie rennen Richtung Fahrräder, während unmerklich die Verwirrung in ihr Bewusstsein einsickert und sich alles miteinander vermischt, die Raserei des Strandes, Jules' Hände um Camilles Hals, die rohe Lust, der jugendliche Griff nach dem Geschlecht, das Eingeständnis dieser ersten Zeichen einer großen Unruhe, die bald die Kindheit unterhöhlen wird. Wieder ertönt Lachen. Die Stimmen der Zwillinge schießen durch den weißen Schaum, der sich auf dem Strand bricht. Ohne es zu wissen, ahnen beide intuitiv, dass sie am Strand weit mehr zurücklassen werden als den Abdruck ihrer Schritte.

*

Jonas geht das Garonneufer entlang. Das Abendlicht funkelt auf dem roten Ziegelstein des Pont Neuf und entflammt den Dom des La-Grave-Krankenhauses. Da und dort gehen in der Dämmerung die Beleuchtungen an, ziselieren den Stein. Schillernde Fäden kleben an den Laternen und hüllen den Lichtschein in eine Wolke. Das Gewölbe des Himmels dahinter ist von blassrosa Löchern durchzogen und nach und nach von Sternen übersät.

Jonas geht, heiß auf einen anderen Körper, die Sinne geschärft. In seinem Trommelfell schlägt sein Puls, sein Magen ist angespannt, sein Geist von dieser merkwürdigen Betäubung ergriffen. Er beobachtet die vorbeigehenden Männer, wie er es getan hatte, bevor er Fabrice kannte, als er die Unsicherheit des Verführungsspiels an den Flussufern mochte, die schwelende Gewalt, die Angst, die sich in die Schritte mischt, und die Möglichkeit der Gefahr. Er wünscht sich, dass einer dieser vorübergehenden Jungen dem Schweigen ein Ende macht, dass eine Haut und ein Geschlecht Fabrices Haut und Geschlecht verdrängen. Jonas irrt am Ufer herum, als suche er nach einer Rache, von der er weiß, dass er sie nicht bekommen würde, selbst wenn Fabrice davon erfahren sollte. War es denn nicht genau das, was Fabrice wollte? Dass er nach einer Umarmung sucht, nach einem Höhepunkt, der Entladung seines Spermas? Wollte ihn Fabrice nicht unter die Lebenden treiben? Warum ist ihm dann, als gehe er über das Ufer eines Styx, wo die Passanten wie in einer Zwischenwelt herumirren.

Jonas belauert die Vorbeigehenden nach einem Zeichen, einem Wiedererkennen, das ein ähnliches Verlangen verrät. Auf einer Bank sitzt dieser Junge mit der sommersprossigen Haut und dem kurzen Atem. Er trägt eine Leinenjacke, seine Hände stecken in den Taschen. Seine Augen sind von einem gewittrigen Blau, seine Ellbogen hält er eng an seine Seite gedrückt, und sein rechter Fuß hämmert nervös auf das Pflaster. Jonas tritt näher, die beiden Jungen streifen, belauern sich. Sie beobachten die dunklen Fluten vor ihren Füßen, das farbenreiche Spiegeln des Himmels, das die Strömung zerstreut.

– Was suchst du?, fragt Jonas.

Der junge Mann zuckt die Schultern, wendet den Blick ab, und Jonas sieht seine Unruhe, seine Naivität. Eine Weile schweigen sie, verlieren sich in der Betrachtung der Garonne. Dann sagt Jonas:

– Dort hinten gibt es eine ruhige Ecke, vor Blicken geschützt.

Seine Kehle ist trocken, seine Stimme belegt; er zeigt mit dem Fuß zum Pont Neuf und begreift, dass er die ordinäre Banalität seiner sexuellen Unruhe durchscheinen lässt. Als hätte er nur auf ein Zeichen gewartet, steht der Rotschopf auf. Seine Unbeholfenheit rührt Jonas. Er merkt, wie sich sein Atem beschleunigt. Sie begeben sich gemeinsam in den feuchten Schatten des Pont Neuf, wo die Dunkelheit ihre fiebrige, ungelenke Umarmung verbirgt. Der Geruch vom Hals des Jungen, in den er sein Gesicht bohrt, um seine vor Erregung feuchte Haut zu lecken, verwirrt Jonas. Es ist ein befremdender Geruch, der überhaupt nichts mit dem von Fabrice zu tun hat. Dabei wäre er seiner krankhaften, medikamentösen Ausdünstung vorzuziehen, doch Jonas fühlt sich unwohl. Er schiebt gewissenhaft eine Hand unter seine Jacke, zieht das T-Shirt aus der Hose, streicht mit der Hand über den bebenden Bauch. Er öffnet den Reißverschluss, findet das Geschlecht durch den Schlitz der Unterhose tastend, packt es. Jonas senkt den Blick: Es ist sehr hell, fein und beschnitten, er spürt, wie es in seiner Handfläche, unter dem Druck seiner Finger hart wird. Die Eichel färbt sich bläulich. Jonas erahnt den dicht behaarten Schamberg in den Falten des Stoffes. Der Junge hat seinen Hosenschlitz ebenfalls geöffnet und macht sich mit der Hand zu schaffen, während Jonas weiter seinen Hals leckt. Trotz der Zärtlichkeiten bleibt Jonas' Geschlecht ein warmes, knetbares Stück Fleisch, während der Rothaarige außer Atem gerät.

– Es tut mir leid, ich glaub, ich schaff es nicht.

– Streng dich ein wenig an, sagt der andere, wir haben doch eben erst begonnen, möchtest du, dass wir woandershin gehen?

Die Hartnäckigkeit des Jungen kommt Jonas wie eine Gewalttätigkeit vor, er presst ihm die Hände auf die Brust und stößt ihn zurück. Er muss diesen Körper unbedingt auf Distanz halten, dessen Geruch und Geschmack sich weiter auf seiner Haut und seinem Mund verbreiten.

– He, sagt der Junge, was hast du für ein Problem, du Idiot?

Jonas packt ihn am Kragen, hebt die Faust vor sein schwitzendes Gesicht, zögert, lässt ihn schließlich los und weicht zurück.

– Bescheuertes Arschloch, murmelt der Rothaarige, bevor er sich im Laufschritt davonmacht.

Jonas lehnt sich an den Fuß der Mauer. Er reibt sich das Gesicht, schlägt mit der Handkante auf den Stein. Dann entfernt er sich ebenfalls über das Ufer, eilt durch die dämmrigen Straßen bis zu seinem Haus. Die Kühle in der Eingangshalle beruhigt ihn. Jonas bleibt einen Moment reglos auf den kalten Fliesen der Treppe sitzen und sieht rauchend auf die Straße hinaus. Als er in seine Wohnung hinaufgehen will, fällt ihm ein, dass er noch nicht nach der Post geschaut hat, und findet im Briefkasten einen Umschlag aus Kraftpapier, auf dem kein Name steht. Seine Finger kribbeln, sein Mund wird trocken, umständlich macht er ihn auf. Auf weißem Papier erkennt Jonas Fabrices Schrift, mit eiligem Strich hingeworfen, und vier Verse eines Gesichts von Whitman, die er leise durch die Stille der kalten Halle flüstert:

Ich hab noch im Sinn, wie wir einst an einem solchen durchsichtigen Sommermorgen lagen,
Wie du deinen Kopf schräg über meine Hüfte legtest und dich sanft auf mir drehtest,
Und das Hemd von meinem Brustbein zur Seite schobst und deine Zunge in mein entblößtes Herz tauchtest,
Und hinlangtest, bis du meinen Bart fühltest und hinlangtest, bis du meine Füße umfingst.

Nichts anderes steht in dem Brief, nicht einmal eine Unterschrift.

In der Eingangshalle des Krankenhauses drückt Jonas seine Stirn an das Plexiglas der Telefonkabine. Er erinnert sich, wie er in einem Café gesessen hatte, als auf der anderen Straßenseite Fabrice vorbeiging, ganz nah vor ihm. Er hat das Gesicht, das schräg gegen die Mauer geneigt war, nicht gesehen, doch er hat diesen Gang eines großen Meervogels, zu dem ihn seine geschwächten Muskeln zwangen, sofort erkannt, seine langen, in die Taschen einer Wollweste gesteckten Hände. Er rührte sich nicht, hielt den Atem an, und es scheint ihm, er habe gar gehofft, dass Fabrice sich nicht zu ihm umdrehte, ihn nicht zwang, ihm mit der Hand ein Zeichen zu machen, nicht die unmenschliche Anstrengung von ihm verlangte, aufzustehen, sich von seinem Stuhl hochzukämpfen, um zu ihm zu gehen. Er hatte es für zwecklos gehalten, ihn zu bitten zurückzukehren. Fabrices Existenz bestand in genau diesem Herumirren, in diesem systematischen Feilschen mit dem Leben, dieser namenlosen Revolte. Jonas verlässt die Telefonkabine, geht mit äußerster Langsamkeit durch die Halle. Ein Gefühl der Unwirklichkeit verklärt die vorangegangenen Stunden zu einem konturlosen Brei; verwässert diesen Anblick von Fabrices Körper, der auf den Fliesen der Küche reglos in seinen Armen lag, zu einem undeutlichen Gemälde. Die Krankenhaustüren öffnen sich auf die Nacht hinaus. Die schwarzen Fliesen fangen den Schein der Neonlichter auf. Auf einem Sessel im Wartezimmer berichtet die Titelseite einer liegen gelassenen Zeitung vom Attentat auf die Metrostation Saint-Michel. Unerwartet spürt Jonas den vulgären Trost geteilten Leids, der ihn im selben Moment mit den unglücklichen Frauen, den trauernden Müttern, den verwaisten Söhnen vereint. Louise geht ihm durch den Kopf, aber er verdrängt das Bild, zu abgestumpft von dieser betäubenden Einsamkeit. Was würde sie schon verstehen? Der Fahrstuhl öffnet sich teilnahmslos, und er taucht ein in den sandigen Schein seiner Deckenlampen. Jonas wünscht, er würde nie anhalten, wie in diesen Träumen, in denen er durch enge, widerwärtige Gedärme rennt, in denen der Geist außer Kraft gesetzt ist.

*

Der Vater sitzt zwischen seinen Söhnen im brechend vollen Waggon eines Güterzuges. Ein Mann mit einem kleinen Jungen auf dem Schoß drückt sich an Armandos rechte Seite. Auf dem Boden zusammengedrängt, ringen die Menschen nach Atem und fächeln sich in dem beengten Wagen, der vom Geruch der erschöpften Köper angefüllt ist, Luft zu. Die Kondensation von Atemluft und Schweiß tropft ihnen von Schädeln und Stirnen. Wenn die Türen offen sind, sehen sie langsam eine monotone Landschaft vorüberziehen, trockene, dunkle Berge in der Ferne, Grün- und Brauntöne. Männer urinieren in den Schotter und die steinigen Felder am Wegrand, wo vereinzelte Herden weiden. Ein Hase nimmt Reißaus, schwarzer Rauch jagt den Zug entlang, fällt in den Waggon ein und brennt in den Hälsen, die Tür muss geschlossen werden. Armando hustet, der Ruß legt sich auf seine Zunge, verklebt ihm die Lunge. Er beugt sich vor, sein Magen zieht sich zusammen, und er erbricht einen gräulichen Speichelstrahl zwischen seine Knie. Der Vater schaut ihn an, rührt sich nicht, dreht mit angewiderter Miene das Gesicht ab. Nur der Mann, der neben Armando sitzt, hält ihm seine Flasche hin und bietet ihm einen Schluck gelbliches, nach Eisen schmeckendes Wasser an. Flöhe, Läuse und Bettwanzen jagen ihnen über Seite und Rücken, fallen über die klebrigen Häute her, bohren sich in die Schädel. Die Reisenden kratzen und reiben sich, reißen sich mit den Nägeln die Häute auf.

Ab und zu bleibt der Zug mitten auf den Gleisen stehen, und die Schienen müssen von Trümmern befreit werden. Die

Männer steigen aus, legen schweigend Hand an, vertreten sich die steif gewordenen Beine, rauchen und tun ein paar verdutzte Schritte in der Sonne. Manche kacken hinter die Feigenbäume, unter denen die letzten Früchte mit angetrockneter Haut und herbem Geruch aufgelesen werden. Das Land sieht aus, als hätte es gebrannt, das Gras ist kurz und schwarz, die Steine gespalten, der Sand hat sich unter dem Einschlag der Bomben kristallisiert und funkelt da und dort wie Reifstellen, die den Netzhäuten zusetzen. Die Bäume sind gebogen, explodiert, verbrannt. Von den Platanen und Pappeln ist nichts als eine Reihe verkohlter Stalagmiten übrig geblieben, die ihr Odeur über die Garrigue verbreiten.

Wenn sich der Zug wieder in Bewegung setzt, rennen die Männer hinter ihm her, hängen sich an die Türflügel, setzen sich auf die Trittbretter, klettern auf die Wagendächer. Neben Antonio verliert eine schwangere Frau das Bewusstsein. Ihr Mann ohrfeigt sie, um sie wieder zu sich zu bringen, doch ihr Kopf kippt nur auf die andere Seite. Man rutscht etwas weg, fragt, ob es im Zug einen Arzt gibt. Der Mann, der Armando Wasser gegeben hat, reicht seine Flasche, und man schüttet das Nass über die Stirn der Frau. Das Wasser klebt ihr die roten Haare auf die Stirn, drückt eine Strähne zwischen ihre Lippen. Sie erlangt das Bewusstsein nicht mehr. Der Mann zieht sie an der Taille zu sich, und unter dem Gewicht der Frau spannen sich sämtliche Muskeln unter seinem schmutzigen Hemd. Er schreit nach einem Arzt, man solle in den vorderen Wagen suchen. Die Männer zucken die Schultern, spucken zu Boden, wischen sich mit dem Handrücken die fettige Stirn. Nachdem sie sich besprochen haben, schickt man schließlich zwei kräftige, flinke Jugendliche auf die Suche. Sie kehren unverrichteter Dinge zurück, nicht einmal eine Krankenschwester befände sich im Zug, und die Türen müssten geschlossen werden, weil bald ein Tunnel käme und der Rauch sie alle zu ersticken drohe.

In der Dunkelheit des Tunnels drückt Armando die Nase in den Stoff seines Hemdes, zieht die Knie vors Gesicht, während die rußigen Dämpfe in die Wagen hereinströmen. Röchelnder Husten dröhnt, und die Mütter pressen ihre schreienden Kinder an den Busen. Bald ist das Atmen unmöglich geworden. Man keucht, man erstickt, sucht dicht über dem Boden nach Luft. Als der Zug den Tunnel verlässt, drängen sich die Reisenden vor die Öffnungen, verschlingen laut röchelnd den Sauerstoff, wischen sich die tränenverklebten Augen. Die Schwangere hat eine graue Haut, dicke Augenringe graben sich in ihr Gesicht, schneeweißer, schaumiger Speichel läuft zwischen den Lippen hervor, und Armando sieht eine blaue Zungenspitze herausragen. In den Falten ihres Rockes breitet sich träge wie eine Blume, die ihre Krone öffnet, ein Ring aus und verströmt einen faden Uringeruch im Wagen. Ihr Mann drückt sie noch immer an sich, aber nach einem Arzt verlangt er nicht mehr. Er schaukelt langsam hin und her, als wiege er den Körper der Frau und das in ihr erstickte Kind.

Stimmen werden laut: Man könne die Leiche nicht im Wagen behalten. Es sei viel zu heiß, und bald würden ihre Innereien in den Stoff ihrer Unterröcke auslaufen. Die Fliegen, wer weiß woher gekommen, scharen sich um die Mundwinkel der Toten, während die Läuse das schöne rote Haar bereits fliehen und ins Hemd des Ehemannes und die Haare auf seinem Oberkörper kriechen. Einstimmig wird beschlossen, dass der Körper hier abgesetzt werden soll, in dieser von der Sonne gepeinigten Landschaft. Man überlegt, ob man ihn einfach durch die Tür werfen soll. Die Zeit drängt, und der Zug darf nicht aufgehalten werden, weil sonst Gefahr besteht, auf einen deutschen Konvoi zu stoßen. Armando stellt sich vor, dass die Leiche in einen Graben, ein Gebüsch rollen, sich ein Leichentuch aus einem Dornengestrüpp anlegen, einen Pflanzenkatafalk errichten wird, dekoriert mit Weißdornbeeren. Einige entrüsten sich, es gehe immerhin um eine schwangere Frau, eine Italienerin. Eine Italienerin, das bedeutet überhaupt nichts mehr, kreischt ein Dicker. Der Mann der Frau sagt nichts. Armando sucht nach einem Zeichen der Empörung auf seinem Gesicht, aber er scheint nichts zu hören, nicht mehr mit ihnen in diesem Zug zu sitzen. Ein paar Fahrgäste machen sich auf die Suche nach einem Angestellten, überreden ihn schließlich, den Zug für eine knappe Stunde anzuhalten. Sie kommen zurück und verkünden dem Mann, als wäre es eine Gunst, dass seine Frau hier begraben werde. Da hebt er die Augen auf das braune, verkohlte Heideland, dieses Bild der Hoffnungslosigkeit.

Der Vater hilft, mit Schaufeln aus dem Heizwagen die harte, erbarmungslose Erde auszugraben. Er befiehlt seinen Söhnen, mit anzupacken. Armando und Antonio beseitigen das Geröll, schichten die Erde um das Loch herum zu kleinen Haufen auf. Die Männer wechseln sich mit dem Schippen ab. Ihre Gesichter sind rot, der Schweiß läuft ihnen über Hals und Rücken. Ihre Hemden sind klebrig, sie stinken ärger als eine Herde Tiere, ihre nassen Hände stecken voller Splitter. Der Zugführer drängt zur Eile, sie müssen weiter, die Männer besprechen sich und lassen es bei dem Loch bewenden.

– *Andate ad aiutare a cercarla*[1], sagt der Vater zu Armando und Antonio.

Armando graut es davor, die Leiche zu berühren, er fühlt sich von der Hitze erschlagen, spürt Übelkeit. Er sträubt sich

1 Geht und helft, sie herzubringen.

mit kaum hörbarer Stimme, den Kopf auf die Schuhspitzen geheftet:

– *Non mi sento bene, padre.*[1]

Augenblicklich hebt sich die Hand des Vaters und klatscht auf sein Gesicht, dass es in seinem Ohr wie eine Detonation dröhnt. Armando fällt verdutzt auf die Knie, zu weinen fällt ihm nicht ein, steht sofort wieder auf, fällt beinahe ein zweites Mal und stützt sich mit der Hand ab.

– *Ubbidisci!*[2] schimpft der Vater und zeigt mit ausgestrecktem Arm auf den Zug.

Antonio packt seinen Bruder am Handgelenk und zieht ihn hinter zwei Männern her, die auf den Wagen zugehen. Armandos Ohr pfeift, sein Gebiss kribbelt. Er fasst, als man es von ihm verlangt, einen Knöchel der Frau, deren Haut wächsern geworden ist. Neben dem Lederband, das den Knöchel einschnürt, sieht und fühlt er unter den Fingern die weiße, von feinen Härchen übersäte Haut. Der Ehemann hilft mit, die Leiche aus dem Wagen zu ziehen, er stützt sie unter den Achseln, während die Männer sie an den Armen packen und Antonio das andere Bein hält. Sie ist bereits etwas steif. In der Sonne fällt das urindurchtränkte Kleid zwischen ihre Schenkel, klebt auf ihrer Haut, und die Kinder erahnen auf ihrem Unterbauch das Dreieck der Schamhaare, das einen rötlichen Schatten bildet. Die Reisenden drängen sich an die Fenster, um zuzusehen, wie die Leiche zu ihrem Grab getragen wird, wo andere Männer, darunter ihr Vater, schweigend warten, stumme Totengräber.

Es herrscht absolute Stille, selbst der Zug scheint verstummt zu sein, eine mythologische, im Tal des Todes schla-

1 Ich fühl mich nicht gut, Vater.
2 Ihr gehorcht!

fende Schlange. Die Blicke verfolgen das Vorbeigehen des improvisierten Leichenzuges. Armando will die offenen Augen der Frau, ihren dicken Bauch nicht mehr sehen, nichts von der Milch wissen, die das Oval ihrer Brüste nun nicht hergeben wird. Der Ehemann stützt sie, schwankt und stolpert, er weint nicht, gibt nur lange, kaum gemurmelte Klagen von sich. Der Vater unterscheidet sich am Rand des behelfsmäßigen Grabes durch seine breiten Schultern, die langsamen Gesten der anderen. Die Kinder sehen, dass die andern ihn fürchten und sich instinktiv in gebührender Distanz halten. Sie legen die Leiche ins Loch und beginnen es zuzuschütten. Armando und Antonio sehen das Kleid unter den Erdhäufchen verschwinden. Die Kieselsteine rollen über das Gesicht, in die Mundöffnung, rutschen unter die Lider, auf das Weiß der Augen. Alle wissen, dass die Grube nicht tief genug ist, dass die Wölfe den Körper rasch ausscharren, den Bauch aufschlitzen und das Kind fressen werden, denkt Armando. Aber man muss dem Ehemann die Illusion eines Begräbnisses geben.

*

Louise errät seine Gesten, als er den Schlafanzug überstreift. Die Art, wie er sich am Waschbecken festhält, um nicht zu fallen, sich mit der Handfläche am Emaille reibt. Als sie vom Einkaufen zurückkam, fand sie ihn vor Wut heulend auf dem Boden des Wohnzimmers herumkriechen. Er hielt den Beistelltisch umklammert und schaffte es nicht mehr hoch. Später ist er von der Toilette gefallen und hat sich die linke Schläfe aufgeritzt. Louise erstickt in seiner Anwesenheit, aber sie kann den Gedanken nicht ertragen, ihn einen Augenblick allein zu lassen: Sie lauscht auf seinen röchelndenen Husten; sein Räuspern, seinen kurzen, abgehackten

Atem, den Schleim, den er ausstößt. Manchmal ekelt sie sich vor Armand: Vor dem Abdruck, den die Krankheit hinterlässt, vor seinem gräulichen Teint und dem chemischen Geruch, den er hinter sich herschleppt. Er kommt ihr beinahe wie ein Kind vor, mit seinen großen, eingesunkenen Augen. Ein sterbendes Kind, mit ungelenken Gesten. Jetzt tastet er sich ins Zimmer zurück, lässt sich mit der Hand an der Wand zum Bett gleiten. Louise legt ihre Hand auf den knochigen Rücken unter der fusseligen Baumwolle seiner Pyjamajacke und spürt unter den Fingern, wie sich die kranke Lunge zitternd abkämpft. Armand legt sich mit unglaublicher Langsamkeit auf die Seite, und Louise streichelt immer weiter seinen Rücken, damit er einschläft. Wenn der Husten ihn durchschüttelt, klopft sie seine Schulterblätter, bis der Anfall vorüber ist. Sie stellt ein Becken vors Bett, in das Armand seine opake, blutige Flüssigkeit spuckt. Am Morgen wird sie den Auswurf in die Toilettenschüssel schütten, während sie den Brechreiz zu unterdrücken sucht. Wie ist Armand zu diesem Mann geworden, der nach ein bisschen Zärtlichkeit verlangt, um einschlafen zu können? Zu diesem klagenden, sanften Tier? In diesen Momenten des Verfalls liebt Louise ihn mehr als je zuvor. Sie liebt die Verlassenheit dieses erschöpften Mannes mit dem leidenden Körper. Louise umschlingt ihn und drückt sich an ihn. Armand betrachtet den Lichtfleck an der Wand über der Nachttischlampe, streckt eine Hand vor sich hin. Was er sieht, hat nichts mehr mit einer Hand zu tun. Das Fleisch ist zu einem Haufen mit bedrohlichen Formen angewachsen. Schnell macht er das Licht aus und schiebt die Hand unter das Laken.

– Sag den Kindern nichts, Louise, aber es ist in meinem Kopf drin. Ich habe dieses Zeug in meinem Schädel.

Sie antwortet nicht und starrt in die Dunkelheit, sucht nach einem besänftigenden Wort, einem tröstenden Satz, während ihre gemeinsame Welt in Stücke bricht und in einem großen Schweigen in sich zusammenfällt. Sie drückt stärker zu. Armand sucht unter dem Laken fiebrig nach ihren Händen. Er umschlingt Louises Finger und presst sie, als könnte nur noch sie allein ihn am Leben erhalten.

*

Nadia fasst Jonas am Arm. Etwas verstört vom Wein und dem Geständnis sitzen sie in der drückenden Nachmittagshitze am Ufer des Kanals.

– Ich werde nicht gehen, sagt Nadia.

– Es dauert einfach etwas länger, aber wenn du wieder gesund bist, wirst du gehen.

Sie drückt statt einer Antwort dankbar Jonas' Handgelenk. Nach einer jahrelangen Hormonbehandlung, unzähligen psychiatrischen Gutachten und zermürbenden Behördengängen muss Nadia nun nach Asien, um sich Operationen zu unterziehen, durch die sie, im Alter von sechsundvierzig Jahren, auf die Welt kommen wird.

– Ja sicher, du hast Recht, ich werde gehen.

Jonas denkt, der Krebs frisst sie auf, und er sieht ein tierähnliches, gepanzertes Etwas in Nadias Fleisch verkrochen. Doch es ist ihm unmöglich, dieses Es, diesen schwelenden Tod mit der Person in Verbindung zu bringen, die vor ihm sitzt, als bräuchte man einfach nicht mehr davon zu reden und die Krankheit würde eingehen und verschwinden. Er bemerkt die Müdigkeit in Nadias Stimme, eine Teilnahmslosigkeit, der Beginn eines Loslassens, das ihm die Kehle zuschnürt und den Eindruck gibt, den Mund voller Sand zu haben.

– Ich muss immer denken, dieser Krebs sei der folgerichtige Abschluss meines Lebens, meiner Verbissenheit, das sein zu wollen, was ich tief in mir drin bin. Als hätte alles dahin gestrebt, von Anfang an. Diese … Vernichtung, verstehst du? Als ob jetzt, wo ich am Ende angelangt bin, im Moment meiner Umwandlung, etwas in mir auseinanderbrechen würde. Das, Jonas, habe ich gedacht, als ich meine Untersuchungsergebnisse bekommen habe. Ich habe gedacht, ich hätte es geschafft. Mein Geist hat über mein Fleisch gesiegt. Ich war nicht traurig. Es war, als ob ich diesen Körper vernichten und überleben, mich einfach von ihm befreien würde.

Jonas spürt, dass Nadia nicht kämpfen wird, und die Möglichkeit ihres Todes, der sich mitten in diesen Sommertag eingenistet hat, ist ihm unerträglich. Der Sommer. Keine andere Jahreszeit scheint ihm plötzlich bedrohlicher. Die Katastrophen treffen oft an Tagen mit Sonnenschein ein, und diese im Licht erstarrte Schönheit erscheint dadurch noch erbärmlicher und gewalttätiger, diese Kristallisation der Welt, in die sich, heimtückisch, souverän, sicher und gelassen der Tod und das Debakel einschleichen. Warum nur, denkt Jonas, müssen die Dinge, die man erworben glaubt, plötzlich ins Wanken geraten und uns mit unserer Bedeutungslosigkeit konfrontieren? Durch die halb geschlossenen Lider sieht er den Glanz des Himmels, Nadias gleichmäßigen Atem und die Lumineszenz des Wassers im Kanal. Sie wissen beide, ohne es einzugestehen, dass sie nie wieder hier auf einer Bank in der Sommerhitze beieinandersitzen werden. Als sie sich umarmen, zerstäubt der Kanal sie zu einem Malachitgrün; ein rundes, gelbbräunliches Licht legt sich um ihre Schultern und in die Falten ihrer Kleidung.

– Sehen wir uns bald wieder, sagt Nadia.

Sie dreht sich um und geht mit bestimmtem Schritt davon, indem sie etwas von diesem Hochmut wiederfindet, den das

Geständnis ihrer Krankheit ihr so brutal geraubt zu haben scheint. Jonas bleibt allein zurück und sieht zu, wie sie sich über den Kai entfernt. Er denkt an die Seinen, an seine Familie, und auf einmal ist die Aussicht, sie am Abend zu sehen, nicht mehr so quälend. Im Gegenteil, das Zusammensein mit Louise, Fanny und Albin wird am Ende dieses Tages tröstend sein. Jonas schaut auf die Uhr. Hicham ist wahrscheinlich von seinen morgendlichen Hausbesuchen zurück, er hat es plötzlich eilig, ihn zu sehen. Jonas geht mit festem Schritt durch die gedämpften, von der Hitze benommenen Straßen, rempelt die Passanten an und entschuldigt sich kaum. Dicke, aschgraue Wolken gleiten über den Himmel und entlassen die ersten Tropfen eines pechschweren Regens. In der Ferne grollt ein Donner, und Jonas geht mit derselben Verbissenheit weiter, während der Regen auf sein Hemd klatscht. Bald entfaltet sich ein vielfältiges Parfüm in der Stadt: Geruch nach schmierigem Asphalt, brennendem Eisen der Schiffsrümpfe, Baumwurzeln und glühenden Blättern, Schwefel und Ruß der Reifen, das Aroma des brennend heißen Sandes, den der Wind von den Stränden herweht, der Duft von Atem und genässten Häuten. Jonas geht, bis er in den Schenkeln den Krampf, in den Waden ein Ziehen spürt. Der Regen wäscht den Schweiß von seiner Stirn, löst das hartnäckige Bild von Fabrice auf, und er fühlt sich ausgesprochen lebendig. Ein gewaltiger, unbekannter Impuls treibt ihn voran. Atemlos kommt er beim Gebäude an, betritt die Halle und verschwindet im Fahrstuhl. Gegen sein Trommelfell hämmert der Puls, auf seinem Gesicht glänzt der Regen im grellen Deckenlicht. Im letzten Stock bleibt Jonas, bevor er die Wohnung betritt, im Hämmern des Regens stehen, das durch die Zwischendecke dringt. Hat Hicham seine Schritte gehört? Er öffnet die Tür, und beim Anblick des reglosen Jonas erstarrt er einen Moment. Jonas beobachtet diesen Mann, mit dem er das Leben teilt und den das Alter zu zeichnen beginnt, mit einem leichten Bauch bereits und an den Schläfen ergrauten Haaren. Hinter Hicham sieht er das vertraute Wohnzimmer, das große Glasfenster, an das der Regen prasselt, und dahinter zu rötlichen Linien verzogen die Stadt. Die beiden Männer sehen sich lange an. Auf ihren Gesichtern deutet sich ein Lächeln an, die Lust aufeinander, die intakt wieder gefundenen Hoffnungen.

*

Unter dem schwarz glänzenden, onyxüberzogenen Himmel geht Fanny durch die Stadt. Die orangefarbene, elektrische Luft erweckt die Illusion von Dämmerung. Der Regen läuft wie ein Vorhang von den Markisen, platzt krachend auf die Gehsteige. Das Wasser quillt aus den Gullys, strömt die Fahrbahn hinunter, führt ein Gemisch aus grauem Staub und dem Sand mit sich, den die Touristen unter ihren Schuhen und in den Falten der Strandlaken in die Stadt hineinschleppen. Fanny denkt nicht daran, sich unterzustellen. Sie ist noch ganz von Louises Nähe, ihren Worten und ihrem Geruch durchdrungen und wie von der regengesättigten Atmosphäre umhüllt, und sie wundert sich ein wenig, dass sie diesen plötzlichen Schauer mag, der die Haare auf ihrem Kopf platt drückt und ihr zwischen die Schulterblätter tropft.

Zum allerersten Mal gefällt ihr Sète, durch diesen gelben Schleier hindurch, mit seinem Pflaster und seinen Mauern, die wie Schiefer glänzen. Sie füllt ihre Lunge mit dem Geruch des Hafens, und dieser Geruch führt sie in die Stadt zurück, die sie als Kind gekannt hat. Da ist der Duft der Ankerseile, die mit Miesmuscheln bedeckt lange in der Reede gelegen haben und nun da und dort mit der trägen Starrheit von Schlangen in der Sonne trocknen. Der Geruch von Netzen, der noch den Atem der Tiefe trägt, an denen sich grüne und schwarze Algen verfangen haben. Fanny meint, die Ausdünstung der Matrosenkörper wahrzunehmen, wenn sie gebückt vom Hafen heraufkommen, den Geruch der Pontons, über den der Fisch glitscht, das Auge starr in die Meersonne gerichtet. Der Mief der Schiffsbäuche und der Plastikkisten, in denen Seeteufel, Seeigel und Thunfische myriadenfach in rotem und blauem Funkeln aufleuchten. Die Stadt rührt sie, und trotz ihrer schlammverspritzten Strümpfe, ihren geblendeten Augen kann sie den Blick nicht von der Straße wenden, sich nicht gegen die hereinbrechenden Bilder wehren. Vielleicht halten die Leute, die unter den Markisen der Geschäfte Schutz gesucht haben, Fanny, die stumpfsinnig durch den Sturzregen geht, für verrückt, aber sie macht sich nichts draus, der Regen hat sie überrascht, und sie hat nicht den Mut gehabt, sich unter die Passanten zu mischen und unter den Markisen oder in einem Café unterzustellen. Vielleicht ist sie ja tatsächlich verrückt, so allein auf den leeren Straßen, wo auf dem schmierigen Asphalt der Kais die Scheinwerfer aufleuchten.

Schließlich bleibt sie vor der Auslage eines Floristen stehen und betrachtet den Himmel. Die Verkäuferin, eine Frau mit gutmütigem, rotem und glattem Gesicht, steht vor der Tür und beobachtet ebenfalls die Straße.

– Ich warte, dass der Regen aufhört, entschuldigt sich Fanny.

Die Frau nickt freundlich und gelassen.

– Kommen Sie doch herein.

Fanny lehnt mit einer Handbewegung ab, und die Floristin beginnt, die Blumensträuße auf dem Verkaufsständer zu arrangieren.

– Das kann nicht schaden bei dieser Hitze.

Fanny stimmt kraftlos zu, etwas verärgert, dass die Frau versucht, mit ihr ins Gespräch zu kommen, wo sie doch nur einen Augenblick Atem schöpfen wollte.

– Ich habe gerade Tee gemacht, falls Sie mir Gesellschaft leisten möchten …

– Danke, sagt Fanny, aber ich sollte weiter. Ich habe noch ein ganzes Stück Weg vor mir. Ich bin nämlich nicht von hier.

Sie dachte sofort an diesen Reflex, ihre Fremdheit rechtfertigen, jede Verbindung mit der Stadt leugnen zu müssen.

– Schon gut, antwortet die Floristin und verschwindet im Laden.

Fanny weiß, dass es eigentlich keinen Grund gibt, nach Nîmes zurückzukehren, und eine große Müdigkeit überfällt sie beim Gedanken, dass sie am Morgen die Stadt durchquert hat; alles kommt ihr sinnlos und lächerlich vor. Aus einer Laune heraus dreht sie sich plötzlich um und betritt den kleinen Laden mit den getäfelten Wänden, in dem sich Blumentöpfe mit Farn und Kannenpflanzen, hohe Vasen mit betäubenden Blumen ansammeln. Die Frau macht sich im hinteren Teil des Ladens zu schaffen, in einem kleinen Abstellraum, wo ein Wasserkocher pfeift.

– Falls Ihre Einladung noch gilt, sagt Fanny, indem sie die Stimme hebt.

Sie fand, der Laden habe einen unerwarteten, antiquierten Charme.

– Es ist hübsch hier.

Die Frau schiebt den Kopf durch den Türspalt.

– Wie bitte?

Sie stellt zwei Tassen aus dickem Glas auf die mit Stängeln und Blättern übersäte Ladentheke und schiebt ein paar Stücke Kunstmoos zur Seite.

– Ich sagte, das sei ein hübscher Laden.

Die Floristin gibt zur Antwort ein Glucksen von sich, das einem Lachen ähnelt, dann gießt sie einen dampfenden Tee ein, dessen Geruch sich nicht von dem der Pflanzen abhebt. Sie trinken schweigend, betrachten einander über die Theke hinweg, und der Tee schmeckt nach der grauen Flechte und den braunen Steinen der Blumenarrangements. Die Frau lächelt träge, an den Augenwinkeln fältelt sich die Haut auf eine Weise, die Fanny vertraut vorkommt, und sie denkt, dass diese Frau Louise sein könnte. Etwas in ihrem genau genommen unähnlichen Gesicht erinnert sie an ihre Mutter, als sie sie in dem kleinen Zimmer an sich gedrückt hat.

– Meine Tochter ist gestorben.

Sie hatte keinen Augenblick vorgehabt, diese Worte zu sagen, spürt jedoch keine Scham und pustet über den Tee, ohne die Floristin mit ihrem unentwegten Lächeln aus den Augen zu lassen.

– Oh, sagt sie nur.

– Gewöhnlich sagen die Leute: Das tut mir leid.

Die Frau zuckt die Schultern.

– Warum sollte es das?

Sie schien aufrichtig überrascht, etwas ungläubig.

– Es ist auf jeden Fall so lange her, dass ich mir gar nicht mehr sicher bin, dieses Kind je einmal gehabt zu haben.

Es war keine Spur von Mitleid in dem Blick, der sich ihrem nicht entzieht, nur eine aufrichtige, verhaltene Betrübnis.

– Sie ist auf dem Meerfriedhof begraben.

– Wirklich? Das ist ein wunderbarer Ort.

Fanny schätzt diese sanfte Reaktion der Floristin, die beinahe an Gleichgültigkeit grenzt, das Interesse, das sie mehr für die Schönheit des Ortes als für Leas Tod zu haben scheint. Sie empfindet Dankbarkeit.

– Ich bin von hier. Ich meine: Ich bin hier geboren. Aber ich habe die Stadt schon vor Jahren verlassen, vor dem Tod meiner Tochter. Ich bin nie zu ihrem Grab gegangen, kein einziges Mal seit der Beerdigung. Ich bin mir nicht einmal sicher, ob ich es überhaupt noch finden würde.

Noch immer schlägt der Regen auf die Markise und umhüllt ihre Stimme. Fanny mag das Brennen des Tees auf ihrer Zunge, die ungezwungene Banalität der Floristin, und die Gewissheit, dass sie in ihr eine Unbekannte sieht, deren Gesicht sie bald vergessen haben wird.

– Ich glaube, ich bin eine schreckliche Mutter, sagt Fanny.

Die Frau sieht zu, wie sie ihre Tasse austrinkt und scheint einen Moment nachzudenken.

– Das sind doch alle Mütter.

Sie lachen beide gleichzeitig los. Der Regen scheint sich gelegt zu haben.

– Es hat sich beruhigt. Ich geh weiter, sagt Fanny.

Draußen beginnen sich die Wolken zu zerstreuen. Könnte Fanny nicht weitergehen bis zum Meerfriedhof? Sie könnte ja den Wärter nach dem Grab ihrer Tochter fragen, wenn sie es nicht fände, oder einfach ein wenig zwischen den Stelen herumspazieren, um das Meer darunter zu sehen. Fanny denkt an Martin, an Mathieu. Sie stellt sie sich beide nacheinander vor, sieht sie an Orten, wo sie nicht ist, die sie vielleicht nicht kennt, Orte, an denen sie nicht vorkommt, wo sie sie bestimmt vergessen haben oder so an sie denken können, wie sie vor Leas Tod war. Keiner von ihnen wartet noch auf sie, keiner von ihnen braucht sie noch. Fanny war beiden Kindern eine schreckliche, egoistische und abscheuliche Mutter gewesen. Aber gleichzeitig kommt sie sich auch menschlich und gewöhnlich vor, vom Regenguss reingewaschen und erlöst.

Trotz des Schaukelns, von dem sie hin und her geschüttelt werden, dösen Armando und Antonio hinten im Karren auf der dünnen Schicht Heu und den losen Brettern, durch die hindurch sie die steinige Straße grau aufglänzen sehen, wenn sie ihre schweren Augen öffnen. Am Tag zuvor haben sie die letzte Stadt hinter sich gelassen, nachdem der Besitzer des Karrens akzeptiert hat, sie unter dem Futter und der Plane zu verstecken. Auf der Hauptstraße wimmelt es von Lastwagen deutscher Soldaten, die die Häuser plündern, die Lebensmittel vor den Augen der schweigenden Familien in den Hinterraum ihrer Fahrzeuge laden. Jetzt, wo sie das Gebirge erreicht haben, brauchen sie sich nicht mehr zu verstecken, aber man muss die Augen offen halten, wachsam bleiben, auch wenn sich nur wenige Deutsche auf die steilen Wege entlang der felsigen Schluchten vorwagen.

Der Vater sitzt ihnen gegenüber und schläft nicht, sein Blick ist auf die helle Dämmerung gerichtet, auf die Hügelflanken, über die sich eine morgendliche Gaze breitet. In seinen Haaren haben sich während des tagelangen Marsches weiße Büschel gebildet, und der Tau legt Perlen darauf, die durch das Ruckeln des Wagens erzittern und dann auf seinen Hals tropfen. Ein struppiger Bart überwuchert sein zerfurchtes Gesicht, das sich kein einziges Mal nach den ausgestreckten Körpern dreht. Wenn Armando ihn still im Halbschlaf beobachtet, fährt ihm ein großer Schrecken in den Bauch. Der Vater scheint ihm aus demselben Granit gemacht wie die Felsen, deren spitze Ecken sich in den hohen Amethysthimmel bohren. Nichts dringt durch die Härte seiner tiefen Augen, der Vater ist ein Block, an dem die Furcht des Kindes abprallt, ein rätselhaftes, gigantisches Monument, durch nichts zu erschüttern. Die Sonne sticht zwischen zwei Gipfeln hindurch, schnitzt und leckt den gebieterischen Schatten des

Vaters, bringt da und dort Büschel von Alpen-Augenwurz und Leinkräutern, die ultramarinblauen Glocken der Enziane zum Vorschein. Mühsam kämpft sich der Karren eine Hochweide hinauf, wo sich der Atem der Maultiere vermischt mit dem Duft der wilden Zwiebelsprösslinge, die sie unter ihren Hufen zertrampeln. Die Kinder hören Männerstimmen, ohne dass sie versuchen, ihren Sinn zu erfassen, die Worte verschmelzen mit dem Wirrwarr ihrer Träume.

Plötzlich drückt sich ein Fuß in Armandos, dann in Antonios Rippen, die Jungen schrecken aus dem Schlaf, suchen mit ihren verängstigten, verquollenen Augen nach den Deutschen, aber es ist nur der Vater, der sich über sie beugt, ihnen aufzuwachen und auszusteigen befiehlt. Die Kinder gehorchen; sie stehen am Wegrand, schlottern in den Lumpen, die das Morgengrauen durchtränkt, während der Hirte dem Vater erklärt, wie man in ein paar Tagen die Grenze erreicht. Sie setzen sich sofort in Marsch. Der Vater geht wieder voran, und sein Bein schmerzt ihn, auch wenn er es nicht zeigt. Er keucht und stützt sich schwer auf einen Ast, von dessen Rinde er lange weiße Späne schnitzt, wenn sie sich einen Halt gönnen. Die Tage reihen sich an die Nächte, die sie unter Wolldecken fröstelnd vor einem mageren Holzfeuer verbringen. Dem Vater bleiben nur noch wenige Streichhölzer, und wenn er das Reisig auftürmt, das die Kinder gesammelt haben, halten alle den Atem an, ob es Feuer fängt. Armando und Antonio schlafen unter dem prächtigen Gewölbe eines pechschwarzen Himmels rasch ein, doch durch das Fauchen der Tiere, das Schreien der Vögel, das Rutschen der Erde, von unsichtbaren Pfoten ausgelöst, wachen sie mit klopfendem Herzen bald wieder auf, gezwungen, das feindselige Dunkel zu erforschen, durch das die Raubtiere schleichen, vom Geruch ihres Schweißes angezogen. Der Vater scheint nie zu schlafen, er schürt die Glut, wirft ein paar Wurzeln hinein, die sich entflammen und ihr Funken hoch in den Himmel sprühen, bis sie mit dem Gewirr der Sterne verschmelzen und verlöschen. Dann schlafen die Jungen wieder ein, und ihre Panik erstreckt sich auf ihre Träume von einer überlegenen Natur, von danteschen Bergspitzen und funkeläugigen Bären, und legt sich.

Der Vater lässt die Streichhölzer auf den Felsen in der Mittagssonne trocknen. Am Rand eines kleinen Gebirgsbachs schlabbern sie unter den verstohlenen Blicken der Murmeltiere wie durstige Hunde das klare Wasser aus der hohlen Hand. In einem luftigen Tanz von sagenhafter Langsamkeit wirbeln Pollen ein absinthgrünes Tal hinunter. Der Vater zieht sich aus, wirft sein Hemd und seine dreckstarrende Hose vor die Füße und steigt in die Mitte des Flusses, wo das Wasser bis an seine Knie reicht. Er bleibt einen Augenblick stocksteif stehen, während die Gischt an seine Beine schlägt, seine braune Haut den Blicken der Söhne ausgesetzt ist; verschmierte Haare bedecken seinen Hintern, stinkende Furchen durchziehen die große Krümmung seines Rückens. Die Kinder sagen nichts, bleiben am Ufer stehen, wo ihnen die Steine in den Fußsohlen brennen. Sie beobachten den Vater, der sich auf die Knie sinken lässt, den Nacken benetzt und wie ein Tier schnauft, sich kräftig die Arme und den Bauch, sein von der Kälte erfasstes Geschlecht reibt, schnaubt und in die Strömung spuckt. Er legt sich zwischen die Kieselsteine und die langen Algen, lässt seinen Körper vollständig vom Wasser übersprudeln, und bald bleiben von ihm nur noch eine Nase und ein Mund übrig, der ab und zu durch eine Welle sticht, um Atem zu schöpfen. Armando ist verwirrt von der Pracht dieses Sturzbaches und sieht durch die Strudel hindurch nur noch einzelne Fetzen von Haut, eine zerstückelte Ansicht des Vaters, der sich ganz aufzulösen und gemeinsam mit den Zweigen und den Lichtfunken stromabwärts zu treiben droht. Doch der Vater taucht wieder auf, füllt seine Lunge mit Luft wie bei einer Uratmung, dass es klingt wie ein Ächzen, und kehrt ans Ufer zurück, zerteilt die nun machtlosen Wellen, bringt mit den Knien das Wasser zum Spritzen. Als er sich mit dem zerknüllten Hemd abtrocknet, betrachtet Armando verwirrt die Schiene, die das Knie stützt, das vom Wasser dunkel gewordene Leder, und die Narbe, die sich von der Kniescheibe übers Schienbein zieht. Der Vater zeigt auf den Fluss:

– *Lavatevi, puzzate.*[1]

In der prallen Sonne geht es weiter, der Hunger spiegelt ihren Augen blasse Gebilde vor, lang gezogene Lichtstreifen, der Krampf spannt ihre Muskeln und zwingt die Jungen, sich gegenseitig zu stützen. Da sie nichts mehr zu essen haben, kauen sie Kräuter, die der Vater ihnen gibt, Zwiebelknollen und Löwenzahnblätter. Einmal kochen sie abends die Überreste eines Hasen, die sie am Rand eines Baus gefunden haben, und entfernen die Würmer, die ein Gewirr von Stollen in ihn gefressen haben. Danach zwingt sie die Kolik, sich wimmernd die Bäuche zu halten, schnellstens hinter einem Felsen, einem Gestrüpp die Hosen herunterzuziehen, um Fontänen eines grünen Durchfalls auszustoßen, in dem ganze Blütenknospen und blasse Knollen schwimmen. Die Kinder magern zusehends ab, ihre Augen sinken immer tiefer in ihre Höhlen, und sie sehen aus wie von der Jagd aufgescheuchte Rehkitze. Ihre Rippen zeichnen fahle Spitzbogen in ihre Haut, ihre Becken sind Schalen, auf deren Henkel sie

1 Wascht euch, ihr stinkt.

die Ellbogen abstützen können. Die Knochen ihrer Hinterbacken stechen durch die Haut und machen es ihnen unmöglich, lange zu sitzen.

Die Nächte vergehen damit, dass sie verzweifelt nach dem Körperteil suchen, der den Druck der Steine am besten aushält und ihnen ein paar Stunden Schlaf gönnt. Am Morgen erbrechen sie eine gelbliche Galle, deren Fäden sie sich nicht mehr vom Kinn wischen, aus ihrer Nase läuft ein dicker, blutiger Rotz, der auf den Lippen zu Schuppen trocknet. Sie kratzen ihn ab und kauen ihn gierig, um ihn bald darauf wieder zu erbrechen. Der Vater treibt sie zur Eile an, doch er wird selbst schwächer, und sein Bein ist nur noch ein Knoten zerrütteter Nerven, von dem ein unerträglicher Schmerz ausstrahlt.

Eines Abends legen sie sich am Hang einer schattigen Schlucht im betäubenden Geruch von Humus, feuchtem Schiefer und Flechten nieder. Ihre Augen betrachten durch die Kiefern den Himmel, das tiefe Licht, in dem die Wolken durch blutrote Dämpfe treiben. Ihr Atem ist kurz, rasselt durch den verstopften Rachen, und Armando denkt, dass sie nun hier anhalten werden, sich nach und nach bedecken lassen von einem Leichentuch aus Blättern, duftender Erde, grünlichen Rinden und flauschigem Moos, aus dem bald, von ihrem Fleisch ernährt, silbrige Asseln und Flaschenboviste hervorschießen werden.

*

Armand starrt auf die wechselnden Formen, die das Abendlicht über die Wand des Krankenhauszimmers gleiten lässt, als Louise das Rollo senkt. Seine Vernunft ertrinkt in diesem blaugrauen Schwanken, dem Wogen, das von der Bodenleiste bis zur Decke schwappt. Dann dämpft sich das Licht, es bleibt nur noch eine schwache Pfütze davon übrig, braun, dann schwarz, in eine Zimmerecke verkrochen, ein Tier mit zitterndem Fell und angezogenen Pfoten, das in Wirklichkeit der Schatten der Gardinenstange ist. Armand betrachtet diese stumm geduckte Präsenz argwöhnisch, er sieht sie gleichzeitig an der Decke, einige Meter von ihm, und unter seinem Augenbrauenbogen. Das Tier bewegt sich ganz bedächtig in ihm drin und schnurrt in der Ecke des Zimmers. Manchmal zeigt er mit dem Finger darauf, fleht Louise an, es zu vertreiben. Seine Gedanken führen einen Haufen unförmige Wörter an seine Lippen, es fällt ihm schwer, sie auszusprechen. Wenn es ihm gelingt, bleibt ihr Sinn verborgen, sie verwandeln sich und halten ihn zum Narren. Armand sagt, die Rahsegel müssen gehisst, die Grenze vor dem Morgengrauen passiert werden. Um ihn zu beruhigen, legt Louise ihm eine Hand auf die Stirn, und er dreht sich zur Seite, zieht das Laken unters Kinn, dann lässt er die Lider über die Augen fallen, die der Tumor aus den Höhlen treibt. Doch die Geister gönnen ihm keine Ruhe. Mal sieht er den drohenden Vater wie Charon im Türrahmen stehen, dann wieder Lea, die an seinem Bett sitzt und ihn stumm ansieht. Die Züge der Lebenden, alle gleich und doch vertraut, erkennt er nicht. Er betrachtet ihre Gesichter, sucht in seinem zerrütteten Gedächtnis nach den Namen derjenigen, von denen er weiß, dass es die Seinen sind. Louise macht die Nachttischlampe aus und setzt sich ans Fenster, um über ihn zu wachen. Das Zimmer liegt in Dunkelheit; sie ist nicht sicher, ob er ihre Anwesenheit noch wahrnimmt. Sie sieht, wie er sich in seinem Bett hin- und herdreht. Von der knisternden Bettunterlage fliegt ein strenger Exkrementengeruch auf. Das Laken fühlt sich auf seiner Haut wie eine Feile an; die gelbe Haut knittert, lässt an ein verwelktes Blütenblatt denken. Das zerfließende Fleisch breitet sich unter den Schenkeln und unter den Armen aus wie eine zu große, unbrauchbar gewordene Hülle. Als wollte er sich häuten. Louise sieht wie Armand sich auflöst, und sie beginnt sich zu wünschen, dass der Tod schnell kommen wird, um gleich aufzubegehren: Sie könnten noch weitermachen, er zu sterben und sie ihm beizustehen, ihn umzukleiden, zu wiegen, immer weiter ohne Ende. Alles scheint ihr auf einmal dem Tod vorzuziehen zu sein. Doch die durchwachten Nächte entkräften sie, und Armands Litaneien, all die gestammelten Worte, die gebrabbelten Sätze, das Plätschern des Urinbeutels, in den sich der Katheter entleert. Die Nächte sind die Hölle, Louise möchte, dass Armand den Morgen nicht mehr erlebt. Sie träumt, dass er ganz einfach dahingeht, im Schlaf, ohne dass sie es mitbekommt. Dann wacht sie schluchzend auf und stürzt sich an sein Bett, um sich zu vergewissern, dass er noch lebt. Sie benetzt einen Handschuh und führt ihn Armand über das Gesicht und die Arme, wie sie Jonas erfrischt hatte an heißen Tagen, als er ihr noch gehörte. Sie befeuchtet seine gespaltenen Lippen, tröpfelt ein wenig Wasser in den Mund, auf seine weiße, verschleimte Zunge.

Louise denkt an Armand am Tag des Ausflugs aufs Meer, an seinen kräftigen Rücken, seine sonnengebräunte Haut und die tiefe, vom Salz der Gischt heiser gewordene Stimme. Armands Klagen sind zu einem dünnen Lamento geworden, seiner Stimme entweicht der Atem eines verfaulenden Körpers, verdorben durch die Krankheit und das Morphin, das in seine müden, purpurroten, mitgenommenen Venen tropft.

– Au, au, au, au, au, murmelt Armand.

Er hebt einen erbärmlichen, kahlen Kopf aus dem Laken.

– Au, au, au, au, au.

Louise eilt ans Bett und fasst mit der Hand an eine schlaffe Schulter mit vorspringenden Kanten.

– Wo tut's dir weh, mein Schatz, sag's mir? Soll ich eine Krankenschwester rufen?

– Ich will scheißen, heb mich hoch, verdammt, ich will scheißen, fleht Armand.

– Mach einfach, du hast eine Schutzwindel, ich bin nicht stark genug, um dich hochzuheben …

Armand drückt sein Gesicht ins Kissen und erstickt einen schwachen Schrei. Louise legt die Hand auf den unkenntlich gewordenen Körper, dessen Bewegungen und Zuckungen sie verstören, und die Berührung stößt sie leicht ab. Sie weiß, was sie diesem Mann abverlangt, der die ganze Zeit als Oberhaupt über das Haus und die Familie geherrscht hat. Sie fordert ihn auf, vor ihr den Darm zu entleeren, sämtliche Scham abzulegen, sich wie ein Säugling mit einem senilen, frühzeitig verlebten Körper vollzumachen. Sie fordert ihn auf, sich zu verdrecken, das Zimmer mit einem vulgären Gestank zu verseuchen, der den Verfall seiner Eingeweide preisgeben wird. Armand behält den Kopf im Kissen und stöhnt leise. Louise sieht seinen Hinterkopf, der im Halbdunkel glänzt, die Hinterhauptlinien, die durch die Haut hindurchscheinen, die Mulde der Schläfenknochen. Es riecht weniger nach Exkrementen, eher nach fadem Fleisch. Der Geruch führt sie Jahre zurück, zu diesem Sommertag in Pointe-Courte, als Anna und sie das Zimmer des Ahnen einer Generalreinigung unterzogen haben.

– Ich bin sofort wieder da, murmelt Louise. Ich warte gleich dort draußen, im Flur. Danach mach ich dich sauber, hörst du?

Armand stößt sie mit einer heftigen Schulterbewegung zurück, in die sich die ganze Würde konzentriert, zu der er noch fähig ist. Die Geste lässt ihn keuchend und fiebrig zurück. Louise entfernt sich und schließt die Tür hinter sich. Der Krankenhausflur liegt im blauen, lauen Licht der Neonlampen. Durch die Tür hört sie, wie Armand presst. Sie lehnt sich an die Wand und legt den Kopf nach hinten. Sie hätte am liebsten aufgeheult, bringt aber keinen Ton heraus, nichts als einen verzweifelten Seufzer, nur von ihr allein bemerkt.

Am Morgen findet sie Armand völlig zerschlagen, das Nachthemd aufgeknöpft, Arme und Beine in den Gittern des Pflegebetts verhakt, die Schenkel mit Blutergüssen übersät. Sie seift sein linkes Knie ein, um es befreien zu können. Sein gefesseltes Bein ist blau wie eine Pflaume. Das Zimmer riecht nach Gemüsesuppe, ranzigem Urin und Kot. Als sie den Pflegerinnen hilft, Armand zu waschen, liegt sein Körper verschrumpelt wie der eines knöchernen Vögelchens auf dem schmutzigen Laken. Jede Berührung schmerzt ihn. Er spricht wenig, nur wirres Zeug; die Bilder haben die Worte ersetzt. Ungeordnete, zusammenphantasierte Bilder. Immer wieder schafft er es, die Infusionschläuche herauszureißen, und die Krankenpfleger müssen eine neue Vene stechen. Sein Fleisch färbt sich mit weinroten und orpimentgelben Schatten; unter der Haut platzen die Gefäße.

Am Tag seines Todes fällt ihr seine veränderte Atmung auf. Armand versinkt in eine Bewusstlosigkeit, aus der er nur für Augenblicke erwacht, um ein paar Sätze zu murmeln. Er spricht von kahlen Bergen, von Gipfeln, auf denen der ewige Schnee funkelt. Das ist es, was in ihm aufsteigt, jetzt, wo das Morphium ihn von Schmerz und Zeit befreit. Armand sieht diese Alpenüberquerung wieder, von der er nie anders als in vagen Anspielungen gesprochen hat. Die letzten Bilder, die in sein Bewusstsein gelangen, sind nicht die ihrer gemeinsamen Vergangenheit, nicht die ihrer Gesichter, nicht die Augenblicke, von denen Louise gewünscht hätte, er würde sie in Erinnerung behalten, es sind die des Exils.

– Der Himmel, sagt er. Der Himmel, der durch die Baumwipfel dringt … glaubte, es sei hier zu Ende … unter den Lärchen … Ich hatte keine … überhaupt keine Angst mehr.

Dieser Augenblick gehört ihnen allein. Louise klappt die Sicherheitsvorrichtung am Bett hinunter und legt sich zu Armand. Noch lange, als er zu atmen aufgehört hat, bleibt sie neben diesem erkaltenden Körper liegen und sucht nach dem verzweifelnden Schmerz in ihr, den sie fühlen müsste. Aber Armands Tod lässt sie leer und schläfrig zurück. Im Halbschlaf träumt sie von einem dieser Tage der Weinlese, die sie so sehr geliebt hat, wenn das Morgenrot die Trauben glasiert und die Weinstöcke mit Goldfäden und bleichem Nebel bestickt. Unter den Männern, die aus der Stadt gekommen sind, um mit anzupacken, ist dieser Junge mit der braunen Haut, dessen Blick sie ausweicht, während sie über die Feldwege und durch die dicht bewachsenen Gräben gehen. Sie hört seine Stimme und seinen schwer verständlichen Akzent. Sie mag die Schwärze seiner Augen, die Art, wie er seine Stirn in Falten zieht, den Schatten, den die energischen Brauen manchmal auf sein Gesicht werfen und die ihm den Ausdruck von Aufsässigkeit und wilder Entschlossenheit geben.

Fanny schließt die Tür. Louise bleibt allein am Küchentisch zurück. Sie betrachtet ihre Hände, die offen auf dem Schoß liegen. Der Schmerz scheint sich etwas verzogen zu haben, eine Leere in den Fingern zurücklassend, eine Gefühllosigkeit. Der Gasofen ist aus, das Haus wieder in erdrückende Stille zurückgefallen. Armand ist in keinem der Räume nebenan, sie lauscht, wundert sich wieder, keinen Laut zu hören. Sie stellt Armands gewohnte Geräusche her, den Ton des Fernsehers, einen Hustenanfall, das Knistern des Sofaüberzugs. Aber Louise will sich nicht mehr von der Vergangenheit unterkriegen lassen. Es ist Zeit, sich fürs Abendessen herzurichten. Sie geht aus der Küche und steigt die Treppe hoch, die Hand aufs Geländer gestützt. Oben betrachtet sie einen Moment die geschlossenen Türen zu den reglosen Räumen, den grauen Zimmern, die jetzt nach dem Stoff der Überzüge und Möbellack riechen. Louise schließt die Augen und sieht die offenen Räume vor sich, wenn die Fensterläden nicht zugezogen sind. An einem Frühlingsnachmittag, an dem das helle Licht bis in den Flur dringt und den Holzboden überflutet, wenn die Kinder aus ihren Zimmern rennen und die Treppe hinunterstürzen. Louise meint Fanny, Jonas und Albin vorbeistreifen zu spüren, ihre jugendlichen Gerüche. Als sie die Augen wieder öffnet, findet sie das Stockwerk verlassen vor, mit den Erinnerungen, die sich in den Winkeln stapeln. Im Zimmer müht sich Louise eine Weile mit dem Reißverschluss am Rücken ihres Kleides ab. Sie schiebt keuchend die Arme aus den Ärmeln und lässt es über die Schenkel gleiten. Erstaunt betrachtet sie ihr schlaffes Bild im Spiegel, als würde es nicht zu ihr gehören. Früher kannte sie jede ihrer Besonderheiten auswendig, den Schönheitsfleck unter der rechten Brust, das Grübchen auf der Hüfte. Gewöhnlich weicht sie diesem Bild von sich aus, wendet den Blick ab und beachtet es nicht; dieser Körper scheint ihr nicht mit ihr vereinbar, nicht zu ihr gehörig, äußerlich. Am Tag des Essens jedoch betrachtet sie sich, wie sie in der Unterwäsche auf dem Bett sitzt, und findet sich weder hässlich noch abstoßend, sondern erbarmenswert und berührend. Louise löst ihren Büstenhalter, befreit ihre zerknitterten Brüste, streift die Unterhose ab und hält mit dem Blick dem dunkel gewordenen, fast kahlen Geschlecht stand. Mit den Fingern kämmt sie sich die Haare aus dem Gesicht. Die Erinnerung an Armand ist verstummt, die Stille im Haus beruhigt sie. Sie erforscht gelassen dieses Bild von sich und freundet sich mit dem Gedanken ihrer eigenen Endlichkeit an, ohne Angst und ohne Auflehnung. Bald werden die Kinder da sein, bei ihr. Louise legt sich nackt auf den Bettüberwurf. Draußen überzieht sich der Himmel mit Schäfchenwolken, in der Ferne grollt ein Donner, und die ersten Tropfen schlagen an den Fensterladen. Ab und zu bricht die Sonne durch, und das Zimmer leuchtet auf, Licht fällt auf ihren Körper und hüllt ihn ein. Louise schließt die Augen. Die Vergangenheit errichtet ein deutliches, harmonisches Gebäude in ihr, das nicht mehr dem zerbrochenen Leben mit den übermächtigen Erinnerungsfetzen gleicht, sondern ein klares Ganzes, ein Gemälde ergibt, in dem Armand und jedes ihrer Kinder vorkommen, die Momente der Gemeinsamkeit und die Momente der Uneinigkeit. Louise kann sich jetzt davon lösen, sich davon abwenden, um an nichts mehr zu denken, die durchs Fenster gleitende Sonne zu genießen und die Gewissheit des bevorstehenden Essens.

Sie wacht auf und dreht das Gesicht dem halb offenen Fenster zu. Es ist fast dunkel geworden. Im Wind liegt noch immer der schwere Gewitterduft. Die Schmerzen sind nicht zurückgekehrt. Louise steht auf und zieht sich im schwachen

Licht der Nachttischlampe an. Der Stoff raschelt an ihrer Haut. Bevor sie aus dem Zimmer geht, überlegt sie, ob sie das Licht ausmachen soll, aber sie möchte, dass die Kinder das Haus nicht im Halbdunkel antreffen werden, so schließt sie nur die Tür und lässt das Zimmer beleuchtet, macht im Vorbeigehen auch im Flur und in den anderen Zimmern Licht. Im Erdgeschoss geht sie als Erstes in die Küche und macht die Brenner unter den Töpfen an. Im Esszimmer öffnet sie die Fenster den Düften der Nacht, bevor sie das bestickte Tischtuch und das Geschirr aus dem Büfett nimmt. Aufmerksam deckt sie den Tisch, dann bleibt sie stehen und betrachtet den Raum, während sie an der Innenseite der Wange herumbeißt. Alles scheint bereit; sie möchte, dass die Kinder nun bald kommen, möchte nicht mehr länger allein sein. Louise hat das Gefühl, sie werde ihre Anwesenheit genießen und diesen Abend voll auskosten können. Das Klingeln an der Haustür zieht sie aus ihren Gedanken, und sie geht zum Eingang. Durch das Milchglas sieht sie eine Silhouette im Laternenlicht. Eine hohe Gestalt, die sie auf der Schwelle erstarren lässt. Es scheint ihr, dieses Bild unzählige Male gesehen zu haben; es kann nur Armand sein, der vom Hafen heimkehrt. Nicht der ausgemergelte, klagende Sterbliche, sondern der kräftige, unerbittliche Matrose. Sie fürchtet ihn nicht, denn wenn er jetzt da ist, bedeutet das auch, dass die Zeit wiederaufersteht, wo sie alle vereint gewesen waren, allem und jedem zum Trotz. Louise geht mit langsamem Schritt vor, es fühlt sich unwirklich an, als ob sie schwebe. Sie zieht den Riegel zurück und öffnet die Tür.

Albin steht völlig durchnässt vor ihr. Er sieht seine Mutter bedauernd an und spürt, dass sein Gesicht und seine Züge die übliche Verwirrung auslösen.

– Ich bin's, Mutter.

– Ja, natürlich, du bist also doch gekommen, stammelt Louise.

Albin nickt und beugt sich vor, um sie auf die Wange zu küssen.

– Du bist nass, sagt sie.

– Ich bin zu Fuß gekommen.

Louise scheint wieder ganz zu sich zu kommen.

– Komm schnell herein und trockne dich ab.

Albin tritt mit hastigem, ungeschicktem Schritt ins Haus. Louise zieht tief die laue Abendluft ein. Die Lampe unter dem Vordach verströmt ihren gelblichen Schein auf sie. Aufrecht steht sie im Licht, das auf die aneinandergereihten Steinplatten herabfällt. Stimmen kommen von der Straße herauf, und Louise reckt den Hals, um die sich nähernden Schatten besser erkennen zu können. Jonas und Hicham unterhalten sich mit lauter Stimme. Mathieu geht neben ihnen, und Martin folgt in ein paar Schritten Abstand. Louise denkt, dass Fanny und Albins Kinder nun doch nicht da sein werden. Haben die Worte ihrer Tochter nicht einen leisen Verzicht ausgedrückt? Louise vermutet, dass sie bereits weit weg ist, und es scheint ihr, als ob Fanny mit diesem letzten Ausreißen etwas von ihr wegtragen würde. Das Leben ist so schnell vorbeigegangen … Nichts als ein paar Handvoll sonnige Sonntage mit dem Lachen und Schreien von Kindern. Keiner von ihnen sieht sie. Nur sie blickt einen nach dem andern an und lauscht auf ihre von der Nacht verschluckten Stimmen. Nein, denkt Louise, sie ist nicht ganz und gar gescheitert. Sie hat nicht alles verloren. Es gibt sehr wohl etwas in ihnen, das sie allem und jedem zum Trotz zu schützen verstanden hatte. Jonas sieht Louise als Erster auf der Vortreppe des Hauses. Er gibt ihr mit der Hand ein Zeichen, und sie erwidert es.

Bald sehen alle sie an. Sie scheint ihnen eigenartig stark und unverwüstlich vor.

Sie kommen auf sie zu, ihre Kinder, ihr Fleisch, ihre noch zu lebenden Leben.

EPILOG

Die einzigartigen Inseln

Lea —
Guten Abend, gut' Nacht, / mit Rosen bedacht, / Mit Näglein besteckt, / schlupf unter die Deck'. / Morgen früh, wenn Gott will, / wirst du wieder geweckt. / Morgen früh, wenn Gott will, / wirst du wieder geweckt.

Nadia — Dieser Traum, in dem ich im Schatten der Baobabbäume über eine Straße aus ockerbrauner Erde gehe, der warme Atem des Harmattan bläht den Schurz um meine Lenden auf, ich gehe im Geruch von Hirsemehl und zuckergesättigten Früchten, die die Frauen in Tonschalen auf ihren Köpfen tragen.

Hicham — Wissen, dass du am Morgen schlafend an meiner Seite liegen wirst, in einen dieser Träume versenkt, in dem du vielleicht bei einem andern bist, dabei ohne jede Eifersucht, denn mir und nur mir allein bietet sich dein friedliches, vom Morgenlicht überflutetes Gesicht dar.

FANNY — Gibt es im Leben eine Stunde, in der einem bewusst wird, was alles nicht mehr zu leben bleibt?

Camille — Die großen Dornbüsche am Rand der Gräben, diese Gewölbe aus Gestrüpp, an dem wir uns Arme und Beine aufschürfen, der Eindruck, in diesen Krypten außerhalb der Welt zu sein, und die Brombeeren färben unsere Lippen blau und schmecken manchmal nach den Wanzen auf ihnen, und danach bleiben wir satt und schläfrig auf der nackten Erde liegen.

ALBIN — Ich sehe mir diese rauen Seemänner, die berauscht von schlechtem Wein in einem Gewirr aus Stimmen und anzüglichen Liedern am Tisch sitzen, einen nach dem andern an, und es scheint mir, in jedem von ihnen ein Stück von Armand zu sehen, ein Stück von Armand, den ich von einem ewigen Schiffbruch rette.

Mathieu — Lea, ihr triumphierendes Lachen, ihre warmen Achseln, unter die ich meine Hände schiebe, ihr gelbes Baumwollkleid und ihr Gesicht, von blonden Haaren umrahmt, das sich mir nur andeutet im Gegenlicht.

Jules — Diese große Leere in mir, wenn ich vor meinem Bruder aufwache, als müsse ich meinem Leben einen Sinn geben, den ich nicht kenne, dieses Brodeln, der Eindruck meiner absoluten Bedeutungslosigkeit, die Gewissheit, dass nichts von uns bleiben wird, dass wir zum Verschwinden bestimmt sind.

Emilie — Die Weihnachtsabende in der Familie und der Harzgeruch vom Bäumchen, das Entzücken unserer Kinder, die Berauschung vom Alkohol und die Wärme des Holzfeuers im Kamin, der Stolz, eine besondere Familie zu sein, wenn Albin mich in den Nacken küsst.

Martin — Wenn ich von dir ein Bild behalten müsste, dann dieses: Eines Morgens wache ich auf und gehe durch das Haus, das so leer und so still ist, dass es mir fremd erscheint, ich gehe durch die Wohnzimmertür hinaus und sehe dich im Garten, du hängst die Laken auf, eine Wäscheklammer zwischen die Zähne geklemmt, stehst barfuß im Nachthemd im feuchten Gras inmitten der vom Morgenlicht bläulichen Wäsche, ich sage nichts, du bemerkst mich nicht, lange seh ich dich an, als würde ich meine Mutter zum ersten Mal sehen.

Jonas — Am Ufer des Thau-Sees, wenn der Mont Saint-Clair in die Nacht taucht und sie mit seinen Lichtern erleuchtet, allein an dem spiegelnden Wasser entlanggehen, allein gehen und mich am Leben fühlen, eure Gegenwart fühlen, die überall enthalten ist, im Lärm der Zikaden, den die Nacht dämpft, und im Rauschen der Strandhaferwäldchen.

LOUISE — Ich liege in seinen Armen, lege meinen Kopf an seine Brust und sehe mit halb geschlossenen Augen gelassen die Jahre vor uns, das stille Glück an der Seite der Kinder, die wir bekommen werden, die Tage in stiller Freude, die strahlende Zukunft, die in diesem Weinlesetag, einem ganz gewöhnlicher Tag, enthalten ist.

ARMAND — Wenn alles zu Ende sein wird, werdet ihr an mir zweifeln, an der Erinnerung, die euch von mir bleibt. So ist es nun mal, die Lebenden verformen das Gedächtnis der Toten, nie sind sie weiter von ihrer Wahrheit entfernt.

G. A. zum Gedächtnis, und
»dieser neuen Stunden, der Zeit des Lebens
hinzugefügt, das sie alle zählt.«

BIBLIOGRAPHISCHE ANGABEN ZU DEN VERWENDETEN ZITATEN

AIMÉ CÉSAIRE, *Notizen von einer Rückkehr in die Heimat*, herausgegeben und übersetzt von Klaus Laabs, Matthes und Seitz, Berlin, voraussichtlich 2015 (in Vorbereitung)

WALT WHITMAN, Grasblätter, ins Deutsche übersetzt von Jürgen Brôcan, München 2009, Carl Hanser Verlag, S. 46

DAVID WOJNAROWICZ, *Close to the Knives*, ins Deutsche übersetzt von Stefan Ernsting, Mox und Maritz Verlag, Bremen, 2006

VIRGINIA WOOLF, Die Wellen, ins Deutsche übersetzt von Maria Bosse-Sporleder, München 1994. S. Fischer Verlag

Jean-Baptiste Del Amo

Die Erziehung

Aus dem Französischen von Lis Künzli

Roman, 416 Seiten, Broschur, Deutsche Erstausgabe
ISBN 978-3-442-74616-3

Betörend und tabulos:
»Das Parfum« meets »Shades of Grey«

Paris, 1760. Gaspard, Sohn eines Schweinebauern aus Quimper, kommt aus der Provinz in die Metropole. Sein Ziel: der gesellschaftliche Aufstieg. Er versucht sein Glück als Flussarbeiter, Perückenmacherlehrling und Strichjunge im Bordell. Als er den Grafen Etienne de V. kennenlernt, von dessen Körper und Persönlichkeit er besessen ist, steigen seine Ambitionen. Er liebäugelt mit dem Adel. Um dazuzugehören ist er bereit, seine eigenen Gefühle zu unterdrücken. Indem er adelige Herren, die ihn als heimlichen Liebhaber unterhalten, blendet und ausnützt, gelingt ihm tatsächlich der Aufstieg an die Spitze der Gesellschaft. Der Preis dafür ist eine innere Leere, die ihn schließlich in den Tod treibt.

»Auf halbem Weg zwischen Patrick Süskind und dem Marquis de Sade (...), ebenso sinnlich wie klassisch erzählt.«

Julien Bisson

tb

Stefan Brijs

Post für Mrs. Bromley

Aus dem Niederländischen von Marlene Müller-Haas

Roman, 560 Seiten, geb. Buch mit Schutzumschlag,
Deutsche Erstausgabe
ISBN 978-3-442-75388-8

Was macht Krieg mit Menschen?
Wofür ist man bereit, sein Leben zu geben?

btb

August 1914. In London melden sich Tausende junger Männer, um gegen die Deutschen zu kämpfen. Martin Bromley, Feuer und Flamme für den Krieg, versucht seinen Milchbruder John Patterson zu überreden, sich mit ihm zu melden, aber der will seinen Traum von einem Literaturstudium nicht aufgeben. John bleibt in einer Stadt zurück, in der der Druck auf die jungen Männer, die sich dem Krieg verweigern, immer größer wird. Als er von Martins Tod erfährt und schließlich selbst in Frankreich kämpft, tut er alles, um Mrs. Bromley den Tod ihres leiblichen Sohns zu verheimlichen. Auch um den Preis, dass mit ihm die Wahrheit sterben könnte.

»... eine Ode an die Literatur.«

De Volkskrant